Knaur.

Knaur.

Im Knaur Taschenbuch Verlag sind bereits folgende Bücher des Autors erschienen:
Das große Fußball-Quiz
Das neue große Fußball-Quiz
Das große Formel-1-Quiz

Über den Autor:
Oliver Noelle, geboren 1967, arbeitet als Redakteur und Autor in Hamburg. Er hat »ein bisschen studiert« (Indologie, Jura, Philosophie), verweigerte aber standhaft das Examen, denn: »Entscheidend ist' auf'm Platz.« Seine Kicker-Karriere begann als Mini-Bub beim SV Henstedt-Rhen und ist noch lange nicht zu Ende: Er pflügt die linke Außenbahn auf jedem erdenklichen Freizeitplatz in Hamburg. Anders ausgedrückt: Er hat seit 30 Jahren »nix anderes im Kopp« als Fußball.

Oliver Noelle

Das kleine Lexikon der Fußballrekorde

Stars & Skandale, Rekorde & Blamagen
aus 75 Jahren Fußball-WM

Knaur Taschenbuch Verlag

Besuchen Sie uns im Internet:
www.knaur.de

Originalausgabe April 2006

Ein Unternehmen der Droemerschen Verlagsanstalt
Th. Knaur Nachf. GmbH & Co. KG, München

Redaktion: Marko Jacob
Umschlaggestaltung: ZERO Werbeagentur, München
Umschlagabbildung: Mauritius
Satz: Ventura Publisher im Verlag
Druck und Bindung: Clausen & Bosse, Leck
Printed in Germany
ISBN-13: 978-3-426-77828-9
ISBN-10: 3-426-77828-9

5 4 3 2 1

Vorbemerkung

Das »Lexikon der Fußballrekorde« sammelt das Wissen um alle Fußball-Weltmeisterschaften seit 1930 – und natürlich auch das der Europameisterschaften, der Bundesliga und der Europapokal-Wettbewerbe –, um das Ereignis WM in vollen Zügen genießen zu können: In lockerer Folge – von A bis Z, von 1 bis 1000 – werden kleine und große Rekorde, Kurzbiografien, erstaunliche Fakten, witzige Sprüche und Anekdoten aneinandergereiht. Man kann es wie ein kurzweiliges Lesebuch zur Fußball-Geschichte von vorn bis hinten durchlesen, oder bei interessanten Punkten einsetzen und durch die Verweise immer »weiterschmökern«, oder man kann das Buch – als Ergänzung zu den einschlägigen Fußball-Lexika und Enzyklopädien – nutzen, um nach einzelnen Stichworten zu suchen.
Um das Finden bestimmter Stichworte von A bis Z zu erleichtern, beachten Sie bitte folgende Hinweise: Zahlen wurden in das Alphabet eingeordnet (so findet sich z.B. das Stichwort »8:0« im Alphabet unter »Acht«); Umlaute sind als solche notiert (»Ägypten« steht also unter »Ae«); Spieler oder Trainer sind nach ihrem Nachnamen sortiert, wobei wegen besserer Lesbarkeit der Vorname zuerst steht, der Nachname aber in Versalien (»Franz BECKENBAUER«). Dasselbe gilt für Vereine, die in Versalien nach ihrer Stadt sortiert sind (so steht »Celtic GLASGOW« unter »G«).
Ein letzter Hinweis gilt den immer wieder im Text auftretenden Verweisen (→). Diese werden nur angegeben, wenn unter dem genannten Verweis weiterführende Informationen zum aktuellen Stichwort zu finden sind (z.B. wird unter dem Stichwort »8:7 n.E.« das dramatische WM-Halbfinale 1982 zwischen Deutschland und Frankreich behandelt, im Verweis (→Ich zahl' ihm die Jacketkronen) wird speziell auf das Foul von Keeper Ha-

rald Schumacher an Patrick Battiston eingegangen; oder unter Uli Hoeneß wird auf (→Nachthimmel von Belgrad) verwiesen. Wie auch immer Sie das »Lexikon der Fußballrekorde« lesen – langsam und bedächtig, quasi im Kurzpassspiel – oder schnell wie bei einem geschickt vorgetragenen Konter: Viel Spaß dabei!

A

Abseits, die bisher am häufigsten geänderte Fußball-Regel. Mit der ersten Kodifikation 1863 (sogenannte Cambridge-Regeln) stand ein Spieler im Abseits, wenn er den Ball nach vorne spielte (!) – vergleichbar mit einem Angriff beim Rugby. Ab 1866 stand ein Spieler im Abseits, wenn bei Ballabgabe drei (!) Spieler der gegnerische Torlinie näher waren als der letzte Abwehrspieler, 1925 reichten noch derer zwei. 1995 wurde das »passive Abseits« (das gar kein Abseits ist) eingeführt: Dieser Regel zufolge steht ein Spieler bei Ballabgabe *nicht* im Abseits, obwohl weniger als zwei Abwehrspieler näher an der gegnerischen Torlinie stehen, wenn er nicht ins Spielgeschehen eingreift. Andernfalls (z.B. weil ein anderer, nicht im Abseits befindlicher Angreifer ihm den Ball zuspielt), wird die passive, d.h. Nicht-Abseitsposition, nachträglich doch zum Abseits.

8:0, der bisher höchste Sieg der deutschen Nationalmannschaft in einem WM-Turnier. Im ersten Gruppenspiel 2002 gegen den amtierenden Asienmeister Saudi-Arabien erzielten Miroslav →Klose (3), Michael Ballack, Carsten →Jancker, Thomas Linke, Oliver Bierhoff und Bernd Schneider die Tore. Weitere hohe WM-Siege gab es gegen Mexiko 1978 (6:0) und gegen die Türkei 1954 (7:2). Die höchste Niederlage Deutschlands bei einer Weltmeisterschaft setzte es gegen Ungarn 1954 mit →3:8. Der höchste Sieg bei einem EM-Turnier gelang der deutschen Auswahl 1972 im Endspiel gegen die Sowjetunion bzw. 1996 im Gruppenspiel gegen Russland mit jeweils 3:0. Den höchsten Sieg in einem Qualifikationsspiel erreichte Deutschland während der Qualifikation zur WM 1970 gegen Zypern mit 12:0.

8:7 n.E., das Ergebnis des dramatischen WM-Halbfinales 1982 zwischen Deutschland und Frankreich.
Die Elf von Bundestrainer Jupp →Derwall lag in der Verlängerung bereits hoffnungslos mit 1:3 zurück – Marius Trésor und Alain Giresse hatten Frankreich in der 93. bzw. 99. Minute in Führung geschossen. Doch der eingewechselte Karl-Heinz →Rummenigge und Klaus Fischer per sensationellem Fallrückzieher glichen zum 3:3 aus. Es folgte das erste →Strafstoßschießen bei einer Weltmeisterschaft: Zunächst scheiterte Ulli Stielike am französischen Keeper Jean-Luc Ettori. Weil aber Harald »Toni« Schumacher (→Ich zahl' ihm die Jacketkronen) die Schüsse von Didier Six und Maxim Bossis abwehrte, kam Deutschland mit 8:7 n.E. doch noch ins Endspiel – und wurde nach einem 1:3 gegen Italien Vizeweltmeister.

Achtelfinale, das bisher schlechteste Abschneiden Deutschlands bei einer Weltmeisterschaft überhaupt. 1938 in Frankreich verlor die großdeutsche Auswahl (→Wiener Melange mit preußischem Einschlag) unter Reichstrainer Sepp Herberger sensationell bereits in der ersten Runde (→Modus) gegen die Schweiz mit 1:1 n.V. und 2:4 im Wiederholungsspiel. Im Viertelfinale bzw. in der Zwischenrunde scheiterte Deutschland 1962 (0:1 gegen Jugoslawien), 1978 (2:3 gegen Österreich), 1994 (1:2 gegen Bulgarien) und 1998 (0:3 gegen Kroatien) (→Es gab eine Anordnung).

88.075 Zuschauer, der Zuschauerrekord für ein Bundesligaspiel. In der Saison 1969/70 sahen exakt so viele Menschen die Partie zwischen Hertha BSC und dem 1. FC Köln (1:0) im Berliner Olympiastadion. Der Weltrekord für ein Ligaspiel steht bei 177.656 Zuschauern, die 1963 das berühmte »Fla-Flu«-Derby in Rio de Janeiro zwischen Flamengo und Fluminense erlebten.

18 WM-Teilnahmen, der Rekord an Teilnahmen bei WM-Endrunden. Brasilien ist das einzige Land der Fußballgeschichte, das bisher bei allen Turnieren seit 1930 dabei war. Italien und Deutschland schafften bisher 17-mal den Sprung zum WM-Turnier, wobei allerdings die deutsche Nationalelf ebenso wie Brasilien niemals in der Qualifikation scheiterte: 1930 verzichtete der DFB (der Weg nach Uruguay war damals zu weit und der Deutsche Fußballbund war gegen den Einsatz von Profispielern), 1950 war der DFB wegen der Schuld am Zweiten Weltkrieg aus der FIFA ausgeschlossen und durfte nicht teilnehmen. Erst nach der WM 1950 durfte die deutsche Nationalmannschaft wieder auf internationaler Bühne spielen.

1872 fand das erste offizielle Länderspiel der Fußballgeschichte statt: Am 30. November spielten Schottland und England auf dem West of England Cricket Ground (!) in Glasgow gegeneinander und trennten sich 0:0. Beide Verbände hatten ein Vereinsteam in die Partie geschickt. Für die Gastgeber trat der seit der Gründung im Jahr 1867 immer noch ungeschlagene Queens Park Glasgow FC an, für die Gäste der amtierende FA-Cup-Sieger Wanderers FC London.
Zwei Jahre zuvor hatte es bereits einen inoffiziellen Vergleich der beiden »Mutterländer des Fußballs« gegeben. Im Kennington Oval von London trafen die Engländer auf eine Auswahl in England lebender Schotten – und verloren 1:2.

Adios Caballeros, Spruch von Kubas Torwart Benito Carvajales während der WM 1938 in Frankreich. Im Achtelfinale hatte er maßgeblichen Anteil am sensationellen 3:3 n.V. seiner Mannschaft gegen den großen Favoriten aus Rumänien und dem Erreichen eines Wiederholungsspiels gehabt. In der zweiten Partie spielte allerdings nicht Carvajales, sondern überraschend der kubanische Ersatzkeeper Juan Ayra im Tor. In einer von Carvajales *vor* dieser Partie selbst einberufenen Pressekonferenz verabschiedete er die Rumänen mit eben jenem Ausspruch und tippte auch gleich das Ergebnis des Wiederholungsspiels: 2:1 für Kuba. Das Spiel gewannen die Kubaner dann übrigens 2:1 …

Ägypten, das erste afrikanische Land, das Mitglied der FIFA wurde und zugleich das erste afrikanische Land, das an einer WM-Endrunde teilnahm. 1934 qualifizierte sich Ägypten als Gewinner einer gemeinsamen Asien/Afrika-Qualifikationsgruppe mit 7:1 und 4:1 gegen Palästina (die Türkei hatte damals zurückgezogen, weil bei einer Prügelei im Derby zwischen Galatasáray und Fenerbahce Istanbul fast alle Nationalspieler gesperrt worden waren…). Beim Turnier in Italien schied Ägypten in der ersten Runde mit 2:4 gegen den späteren Finalteilnehmer Ungarn aus. Es folgten vier Erfolge bei Afrikameisterschaften (1957, 1959, 1986 und 1998) sowie eine zweite WM-Teilnahme 1990 – wieder in Italien.

AFC, die Abkürzung für Asian Football Confederation, den 1954 gegründeten asiatischen Kontinentalverband. Der AFC hat heute 45 Mitglieder, die insgesamt viereinhalb Plätze für eine WM-Endrunde erhalten (vier garantierte Starter plus ein Relegationsspiel für ein fünftes asiatisches Land gegen einen nordamerikanischen Qualifikanten). Bei bisher 20 Endrunden-Teilnahmen asiatischer Länder erreichte Südkorea als Gastgeber der WM 2002 mit dem Halbfinale den bisher größten Erfolg Asiens.

Affäre von Sheffield, der Skandal um drei Nationalspieler der Schweiz bei der WM 1966 in England. Die Stammspieler Werner Leimgruber, Jakob »Köbi« Kuhn (inzwischen selbst Schweizer Nationalcoach, der das Team in einer dramatischen Relegation mit 2:0, 2:4 gegen die Türkei zur WM 2006 nach Deutschland brachte) und Leo Eichmann hatten sich in der Nacht vor dem ersten Gruppenspiel aus dem Mannschaftsquartier abgesetzt und mit leichten Mädchen und schweren Biergläsern gefeiert. Trainer Alfredo Foni setzte sie daraufhin nicht ein – prompt setzte es ein 0:5 gegen Deutschland. Nach einem 1:2 gegen Spanien und einem 0:2 gegen Argentinien fuhren die Schweizer nach der Vorrunde nach Hause.

Afrikameisterschaft, der seit 1957 ausgetragene Kontinentalwettbewerb des afrikanischen Fußballverbandes →CAF. Rekordsieger mit jeweils vier Titeln sind Ghana (1963, 1965, 1978 und 1982), Ägypten (1957, 1959, 1986 und 1998) und Kamerun (1984, 1988, 2000 und 2002), aktueller Titelträger ist Tunesien.

Ärmellos, die Trikots, mit denen Kamerun bei der WM 2002 auflaufen wollte. Die FIFA verbot dies mit der Begründung, dass es ohne Ärmel keine (vorgeschriebenen) Ärmelaufnäher geben könnte. Die ärmellosen Trikots waren als Werbegag von Kameruns Ausrüster Puma (→Herzogenaurach) entwickelt worden. Die Reaktion: Der amtierende Afrikameister trat mit durchsichtigen Netzärmeln an, auf denen die Aufnäher vorschriftsmäßig angebracht waren. Kamerun schied übrigens – ärmel- und erfolglos – nach einem 1:1 gegen Irland, einem 1:0 gegen Saudi-Arabien und einer 0:2-Niederlage gegen Deutschland in der Vorrunde aus.

AILTON, der erste ausländische Spieler, der in Deutschland zum Fußballer des Jahres gewählt wurde. Der Brasilianer, dessen vollständiger Name Ailton Goncalves da Silva lautet, wechselte 1998 von Universidad Nuevo León zu Werder Bremen und schoss für die Norddeutschen in 169 Bundesligaspielen 88 Tore. 2003/04 gewann er nicht nur das →Double mit dem SV Werder, sondern wurde Torschützenkönig und zusätzlich von den deutschen Sportjournalisten zum Fußballer des Jahres gewählt. In der Sommerpause wechselte er zum FC Schalke 04 und traf in 29 Spielen 14-mal. Nach vielen Eskapaden (Ailton ist berühmt dafür, zu spät aus den Ferien zurückzukommen und eine Auswechslung schlecht gelaunt hinzunehmen) wechselte er 2005 zu Besiktas Istanbul. Ailton über sich selbst: »Wenn ich Trainer wäre, und ich hätte den Ailton, ich würde ihn spielen lassen.« Das sah jedoch auch der brasilianische Nationaltrainer bisher anders – Ailton wurde wegen der großen Konkurrenz (im Sturm kämpfen u.a. Ronaldo, Ronaldinho, Kaká und Adriano um einen Platz) noch nie für das Nationalteam berücksichtigt.

Albanien, der häufigste Gegner der deutschen Nationalmannschaft in der Qualifikation für EM- oder WM-Turniere. Insgesamt sieben Mal wurde Albanien der DFB-Elf zugelost, von den 14 Spielen konnten die Deutschen 13 gewinnen – allerdings acht davon nur mit einem Tor Vorsprung. Das einzige Unentschieden gegen Albanien (0:0 am 17.12.1967 in Tirana) bedeutete zugleich das bisher einzige Mal, dass Deutschland in einer Qualifikation scheiterte: Durch den Punktverlust belegte Deutschland bei der Qualifikation für die Europameisterschaft 1968 in der Gruppe 4 nur den zweiten Platz hinter dem späteren Finalisten Jugoslawien und durfte damit nicht zur Endrunde nach Italien reisen.

Klaus ALLOFS, der einzige Spieler, der mit drei Treffern aus nur einer einzigen Partie EM-Torschützenkönig wurde. Im zweiten Gruppenspiel bei der Endrunde 1980 in Italien schoss der Stürmer von Fortuna Düsseldorf alle Tore beim deutschen 3:2-Sieg gegen die Niederlande. Das genügte, um am Ende des Turniers in der Torjägerliste vor Horst Hrubesch (→Kopfballungeheuer), Kees Kist und Zdenek Nehoda mit jeweils zwei Treffern zu landen. Seit 2000 ist Klaus Allofs (bester Spruch:

»Gegen uns hätten wir auch gewonnen«). Sportdirektor bei Werder Bremen.

Luis Barrancos ALVAREZ, der Schiedsrichter des Gruppenspieles zwischen El Salvador und Argentinien (0:2) bei der WM-Endrunde 1982. Der Bolivianer zeigte sich dabei gutmütig bis restlos überfordert: Die Spieler der bereits vor der Partie ausgeschiedenen Salvadorianer schlugen und traten den Unparteiischen – der allerdings ließ es den Mittelamerikanern durchgehen und verwies niemanden des Feldes.

Mario AMERICO, einfach nur Américo genannt, war der Masseur der brasilianischen Nationalmannschaft bei den WM-Turnieren von 1950 bis 1974. Die Lieblingsbeschäftigung der »schwarzen Kuh«: Er trug verletzte Spieler gern auf seinen Schultern vom Platz. Américo behandelte auch einen ganz besonderen »Patienten«. Nach dem siegreichen WM-Finale Brasiliens 1958 gegen Schweden (5:2) schlug er Schiedsrichter Maurice Guigue aus Frankreich den Endspielball aus der Hand und sicherte ihn dem brasilianischen Verband als Souvenir.

Ajax AMSTERDAM, der niederländische Rekordmeister mit 28 Titeln. Mit dem unter Trainer Rinus →Michels entwickelten →Total Voetbal gewann der Klub 1971–73 den Europapokal der Landesmeister. Nach längerer Durststrecke folgte 1995 der Gewinn der Champions League. Neben dem FC →Liverpool ist Ajax der einzige europäische Spitzenverein, der noch nie daheim gegen einen deutschen Klub verlor.

Jörn ANDERSEN, der erste →Ausländer, der Torschützenkönig der Bundesliga wurde. In der Saison 1989/90 erzielte der Norweger (Spitzname: »Schwede«!) 18 Tore für Eintracht Frankfurt.

José Leandro ANDRADE, Fußball-Olympiasieger 1924 und 1928, →Südamerikameister 1923, 1924 und 1926 sowie Weltmeister 1930 mit Uruguay (4:2 im Endspiel gegen Argentinien). Der erste dunkelhäutige Fußballstar, genannt »das schwarze Wunder«, hatte bei den Olympischen Spielen 1924 in Paris auch durch seine Tangokünste begeistert und blieb einige Monate als Showstar in der französischen Hauptstadt. Sein Neffe Victor Carlos Rodríguez Andrade gewann übrigens 1950 den zweiten WM-Titel für Uruguay (2:1 im entscheidenden Spiel gegen Brasilien).

Angola, südwestafrikanisches Land, das sich 2006 erstmals für eine WM-Endrunde qualifizieren konnte. Acht und vier Jahre zuvor war Angola jeweils als Gruppenzweiter knapp an Kamerun gescheitert, doch diesmal landete man vor dem großen Favoriten Nigeria.

Anpfiff, der Titel des 1987 erschienenen Buches vom deutschen Nationalkeeper Harald »Toni« Schumacher. Darin behauptete er, dass es Doping in der Bundesliga geben würde. Folge: Der DFB feuerte Schumacher aus der Nationalmannschaft, der 1. FC Köln warf ihn aus dem Verein.

Anschließend werde ich ins Krankenhaus gehen und mich einer Operation unterziehen, Aussage des Schweizer Nationalspielers Roger Boucquet vor dem verlorenen WM-Viertelfinale 1954 gegen Österreich (→7:5). Er hatte einen Tumor im Kopf, wollte sich das wichtige Spiel aber nicht entgehen lassen. Nach dem Spiel wurde Boucquet erfolgreich operiert.

»Anschlussspiel«, die Partie zwischen Deutschland und Österreich in Wien am 3. April 1938. Nach dem sogenannten »Anschluss« Österreichs an das Deutsche Reich war der ÖFB aus der

FIFA ausgetreten und hatte sich aufgelöst, die österreichischen Vereine wurden als »Gau Ostmark« in den DFB integriert. In einem letzten Spiel vor der Aufstellung einer »großdeutschen« Nationalmannschaft besiegte das →Wunderteam Österreichs die seit 18 Monaten ungeschlagene deutsche Elf mit 2:0. Die beiden Torschützen Matthias →Sindelar und Karl →Sesta wurden übrigens für die WM 1938 in Frankreich (→Wiener Melange mit preußischem Einschlag) von Reichstrainer Sepp Herberger nicht berücksichtigt... Das Ergebnis taucht bis heute nicht in der offiziellen DFB-Länderspiel-Statistik auf.

Anton aus Tirol, der Hit von DJ Ötzi, den die deutschen Nationalspieler in der Nacht nach dem Ausscheiden aus der Europameisterschaft 2000 im Spiel gegen Portugal (→B-Auswahl) auf der Terrasse des Mannschaftshotels sangen. Die Trauer über die 0:3-Niederlage war in dem zerstrittenen Team des damaligen Bundestrainers »Sir« Erich Ribbeck nicht besonders groß ...

Abdel Kader AOUISSI, der Schiedsrichter der WM-Qualifikationspartie zur WM 1978 zwischen Guinea und Ghana. Der algerische Unparteiische ordnete nach dem 2:1-Sieg der Guineer (das Hinspiel hatte Ghana mit 2:1 gewonnen) ein Wiederholungsspiel an. Nach den (damals neu geltenden) FIFA-Regeln hätte es allerdings stattdessen Verlängerung und Elfmeterschießen geben müssen! Die FIFA beließ es bei dieser angeblichen »Tatsachenentscheidung« von Aouissi. Im dritten Spiel gewann Guinea gegen Ghana mit 2:0, scheiterte aber danach am späteren WM-Teilnehmer Tunesien.

Argentinien, die einzige Nationalmannschaft, die 36 Spiele in Folge ungeschlagen blieb. Zwischen 1990 und 1993 gelang den *Gauchos* dieses Kunststück. Der zweifache Weltmeister (1978 mit 3:1 n.V. im Finale gegen die Niederlande sowie 1986 mit 3:2

im Finale gegen Deutschland) gewann (wie Uruguay) außerdem 14-mal die →Südamerikameisterschaft.

Arschkarte, anderer Ausdruck für die →Rote Karte. Um in der Hektik eines Spiels die Gelbe und Rote Karte nicht zu verwechseln, bewahren viele Schiedsrichter die Rote Karte nicht in der Brust-, sondern in der Gesäßtasche auf. Hat der Unparteiische also »die Arschkarte gezogen«, muss ein Spieler frühzeitig zum Duschen gehen ... Im Zeitalter des Schwarzweißfernsehens war dies für den TV-Zuschauer hilfreich, weil sofort erkennbar war, ob die Gelbe oder die Rote Karte vergeben wurde.

Asienmeisterschaft, der seit 1956 ausgetragene Kontinentalwettbewerb des asiatischen Fußballverbandes →AFC. Rekordsieger mit jeweils drei Siegen sind der Iran (1968, 1972 und 1976), Saudi-Arabien (1984, 1988 und 1996) sowie der derzeitige Titelträger Japan (1992, 2000 und 2004).

Auf Jahre hinaus unschlagbar, nannte Teamchef Franz Beckenbauer die deutsche Nationalmannschaft nach dem Sieg im WM-Finale 1990 (1:0 gegen Argentinien). Die gewagte Prognose wurde für ihn selbst nicht zum Problem, da er seinen Job an den neuen Bundestrainer Berti →Vogts weitergab. Im siebten Länderspiel unter Vogts setzte es mit einem 0:1 in Cardiff gegen Wales die erste deutsche Niederlage – keine elf Monate nach Beckenbauers Aussage.

Auf Wiedersehen, sangen die niederländischen Fans nach dem 2:1-Sieg ihrer Nationalmannschaft im EM-Halbfinale 1988 gegen den Gastgeber Deutschland in Hamburg. »Höhepunkt« der Feierlichkeiten: Der Schütze des ersten niederländischen Tores, Ronald Koeman, wischte sich mit dem getauschten Trikot von Olaf Thon demonstrativ den Hintern ab.

Die Holländer wurden nach dem Finalsieg gegen die damalige Sowjetunion (2:0) übrigens noch Europameister.

Aus dem Hintergrund müsste Rahn schießen, der berechtigte Wunsch des deutschen TV-Reporters Herbert Zimmermann vor dem entscheidenden 3:2 durch Helmut Rahn in der 84. Minute des WM-Finales 1954 zwischen Deutschland und Ungarn (3:2). Durch Ausrufe wie »Keiner wankt, der Regen prasselt«, »Halten Sie mich für verrückt, halten Sie mich für übergeschnappt«, »Toni, du bist ein Fußballgott« und natürlich »Aus, aus, aus, aus – das Spiel ist aus« wurde die Endspielreportage legendär.

Aus der Tiefe des Raumes, Aussage von FAZ-Reporter Karl-Heinz Bohrer über Günter →Netzer beim ersten Sieg Deutschlands im Londoner Wembley-Stadion 1972 (3:1). Der Mittelfeld-Regisseur von Borussia Mönchengladbach spielte in dieser Partie eine Art zweiten →Libero neben Franz Beckenbauer und entzog sich so der Bewachung durch die Engländer. Beim Angriff lösten sich Netzer und Beckenbauer zur Verwirrung der Gastgeber immer wieder ab. Seine im Jahr 2005 erschienene Autobiografie nannte Günter Netzer ebenfalls »Aus der Tiefe des Raumes«.

Australien, der erste ozeanische Teilnehmer bei einer Weltmeisterschaft (1974). Nach einem 0:2 gegen die DDR, einem 0:3 gegen die Bundesrepublik und einem 0:0 gegen Chile reisten die »Socceroos« als Tabellenletzter der Vorrundengruppe allerdings schnell nach Hause. Erst 2006 gelang dem dreifachen Ozeanienmeister (1980, 1996 und 2000) erneut der Sprung zum WM-Turnier (mit 0:1, 4:2 n.V. in der Relegation gegen Uruguay) – wieder nach Deutschland.

Auswechslung, bzw. Einwechslung, der Austausch eines Spielers während des gesamten Spiels.
Den Regeln nach ist dies erst seit der Weltmeisterschaft 1970 erlaubt (zwei Ersatzspieler, seit 1995 drei Ersatzspieler). Der erste offizielle Einwechselspieler der WM-Geschichte ist der Sowjetrusse Anatoli Pusatsch, der im Eröffnungsspiel der WM 1970 zwischen Gastgeber Mexiko und der Sowjetunion (0:0) in der 46. Minute seinen Mannschaftskollegen Viktor Serebrjannikow ersetzte. Doch bereits bei der ersten Weltmeisterschaft 1930 in Uruguay hatte es einen inoffiziellen, d.h. verbotenen »Joker« gegeben: Im Gruppenspiel zwischen Rumänien und Peru verließ der peruanische Linksaußen Luis Alfonso Souza Ferreira nach 80 Minuten den Platz und wurde irregulär durch Lizandro Nué Rodriguez ersetzt. Genützt hat es allerdings nicht. Zum Zeitpunkt des Wechsels lag Peru mit 1:2 in Rückstand, am Ende hieß es sogar 1:3 …
Mit einem glücklichen Händchen bei seinen Auswechslungen entschied Sir Alex →Ferguson auch das Champions-League-Finale 1999. 1:0 führte Bayern München gegen Manchester United durch den Treffer von Mario Basler bis kurz vor Schluss. In der Nachspielzeit trafen für ManU die Einwechselspieler Teddy Sheringham (nach 90 Minuten und 34 Sekunden) und Gunnar Solskjaer (nach 92 Minuten und 52 Sekunden) – jeweils nach einem Eckball von der rechten Abwehrseite.

B

B-Auswahl, Bezeichnung für die portugiesische Nationalmannschaft, die Deutschland im letzten Gruppenspiel der EM 2000 mit 3:0 schlug und damit vorzeitig nach Hause schickte. Portugal spielte ohne neun Stammspieler, nur die Innenverteidiger Fernando Couto und Jorge Costa wurden aus der ersten Elf eingesetzt. Sogar beide Ersatztorhüter kamen zum Einsatz! Sergio Concecaio schoss sich mit seinen drei Toren gegen Deutschland in die Anfangsformation für das Viertelfinale. Auch im letzten Gruppenspiel der EM 2004 trat Deutschland gegen eine tschechische Elf an, die ihre Stammspieler schonte – Deutschland verlor 1:2 und schied (schon wieder) nach der Vorrunde aus.

Tofik-BACHRAMOW-Stadion, der Name des Nationalstadions von Aserbaidschan in der Hauptstadt Baku. Namensgeber ist der FIFA-Schiedsrichter Tofik Bachramow, der als Linienrichter durch die Anerkennung des →Wembley-Tores durch Geoffrey Hurst beim WM-Finale 1966 zwischen England und Deutschland (4:2 n.V.) weltberühmt wurde. Vor dem Stadion in Baku wurde Tofik Bachramow zusätzlich durch eine lebensgroße Plastik geehrt.

Roberto BAGGIO verschoss den entscheidenden Elfmeter im WM-Finale 1994 zwischen Brasilien und Italien (3:2 i.E.). Nach 120 Minuten hatte es 0:0 gestanden, zum ersten Mal musste eine Weltmeisterschaft im →Strafstoßschießen entschieden werden. Nachdem Italiens Franco Baresi bereits über das Tor geschossen und Brasiliens Torwart Claudio Taffarel den Schuss von Daniele Massaro gehalten hatte, zielte auch der Spieler von Juventus Turin zu hoch – Brasilien war zum ersten Mal nach 24 Jahren wieder Weltmeister. Tragisch für Baggio:

»Codino« (der Haarzopf) hatte Italien überhaupt erst ins Endspiel geschossen. Fünf der sechs italienischen Treffer erzielte er im Achtelfinale (2:1 n.V. gegen Nigeria), Viertelfinale (2:1 gegen Spanien) und Halbfinale (2:1 gegen Bulgarien) – doch die heimische Presse machte ihn nun allein für die Niederlage verantwortlich.

Michael BALLACK, neben Oliver →Kahn der zweite tragische Held bei der Weltmeisterschaft 2002 in Japan und Südkorea. Im Halbfinale gegen Südkorea (1:0) erhielt er in der 71. Minute beim Zwischenstand von 0:0 die zweite Gelbe Karte im Verlauf der K.o.-Runde und war somit für ein mögliches Endspiel gesperrt. Nur vier Minuten danach knallte Michael Ballack eine Flanke von Oliver Neuville an den Pfosten und versenkte den Abpraller selbst zum entscheidenden Tor. Deutschland war im WM-Finale – Michael Ballack nicht!
Die Saison 2001/02 wurde für Michael Ballack insgesamt zum Unglücksjahr: In vier Wettbewerben holte er vier zweite Plätze – mit Bayer Leverkusen wurde er Vizemeister hinter Bayern München und verlor das DFB-Pokalfinale (2:4 gegen Schalke 04) sowie das Champions-League-Finale (1:2 gegen Real Madrid), mit der Nationalmannschaft wurde er Vizeweltmeister. Immerhin wurde er zum Fußballer des Jahres 2002 gewählt und wechselte zur Saison 2002/03 für 28 Mio. DM (immer noch der teuerste Transfer innerhalb der Bundesliga) zu Bayern München. Mit dem neuen Klub gewann er (nach 1998 mit dem 1. FC Kaiserslautern) auch 2003 und 2005 die Deutsche Meisterschaft und wurde zum Kapitän der deutschen Nationalmannschaft.

Gespenstisch: Michael Ballack schießt das 1:0 für Deutschland im WM-Halbfinale 2002 gegen Gastgeber Südkorea

Bananenflanke, stark angeschnittene Flanke, die sich vom Torwart wegdreht und daher schwer zu erreichen ist. Abwehrspieler Manfred →Kaltz vom Hamburger SV gilt als deren »Erfinder«.

Bankett, die offizielle Feier nach großen Fußballereignissen. Nicht immer ist die Stimmung auf dem Siegerbankett dem Anlass angemessen: Zur Party nach dem deutschen WM-Sieg 1974 in München waren die Ehefrauen der Funktionäre eingeladen – nicht aber die Frauen und Freundinnen der deutschen Nationalspieler! Die zwei Torschützen des Endspiels gegen die Niederlande (2:1), Gerd →Müller und Paul →Breitner, verzichteten daher auf das Bankett und erklärten mit sofortiger Wirkung ihren Rücktritt aus der Nationalmannschaft. Paul Breitner kehrte zur WM 1982 noch einmal ins Team zurück, Gerd Müller nie.

BANKS of England, der Spitzname von Gordon Banks, englischer Nationalkeeper von 1963 bis 1972 und Weltmeister 1966. In seinen 73 Länderspielen kassierte er insgesamt nur 57 Treffer und blieb dabei 35-mal ohne Gegentor (Weltrekord). Weltberühmt wurde Gordon Banks durch den »Save of the Century«, die Rettungstat des Jahrhunderts gegen Pelé im WM-Gruppenspiel 1970 zwischen England und Brasilien (0:1): In der 10. Minute flankte der spätere Torschütze →Jairzinho vor das Tor der Engländer, und →Pelé köpfte den Ball aus sechs Metern Entfernung auf das rechte untere Torwarteck. Der Brasilianer rief bereits »Goool«, doch Banks tauchte in einer sensationellen Reflexbewegung nach rechts ab und lenkte den aufprallenden Ball über die Torlatte. »Er kam aus dem Nichts«, sagte Pelé später. »Im einen Moment war er noch auf der linken Seite, im anderen Moment – nein, im selben Moment – war er schon auf der rechten Seite und hielt den Ball.«

Moacir BARBOSA, der Torwart der brasilianischen Nationalmannschaft während des WM-Turniers 1950. Im letzten und entscheidenden Endrundenspiel (→Modus) im Estadio →Maracanã unterlag Gastgeber Brasilien sensationell gegen Uruguay 1:2 – und dem Keeper von Vasco da Gama Rio de Janeiro wurde der zweite Gegentreffer angekreidet: Nach einem Pass von Julio Peréz in der 79. Minute flankte Rechtsaußen Alcides Ghiggia überraschend nicht nach innen, sondern schoss aus sechs Metern Entfernung und spitzem Winkel flach ins kurze Eck zum Siegtor für die »Urus«. Bei einem Unentschieden wäre die *Seleção* Weltmeister geworden.
Bis zu seinem Tod im Jahr 2000 musste Moacir Barbosa die Verachtung seiner Landsleute ertragen. Die Menschen verließen den Raum, wenn er eine Bar betrat, auf der Straße wurde gerufen: »Das ist der Mann, der ganz Brasilien zum Weinen gebracht hat.« 1993 wollte Barbosa die brasilianische Natio-

nalmannschaft im Trainingslager besuchen – und wurde nicht eingelassen …

FC BARCELONA, der 17-fache spanische Meister und 24-fache Pokalsieger hält einen sagenhaften Rekord des europäischen Fußballs: Seit dem Beginn der Geschichte der Europapokale im Jahr 1955 war »Barça« als einziger Verein in jeder Saison im Europapokal vertreten – d.h. 51-mal in Folge. Die Bilanz: ein Sieg im Europapokal der Landesmeister (1992), vier Siege im Europapokal der Pokalsieger (1979, 1982, 1989 und 1997 – ebenfalls Rekord) sowie zwei Erfolge im →Messepokal (1958 und 1960).

Batigol, Spitzname für den argentinischen Nationalspieler Gabriel Batistuta. Dem Stürmer, der unter anderem 1991 bis 2000 für den AC Florenz in der italienischen Serie A spielte, gelang ein außergewöhnlicher WM-Rekord. Er ist der einzige Spieler, der bei zwei verschiedenen WM-Turnieren einen echten →Hattrick erzielte. 1994 in den USA traf er dreimal in Folge beim 4:0 gegen Griechenland, 1998 in Frankreich war er dreimal hintereinander beim 5:0 gegen Jamaika erfolgreich. Der Knüller: Beide Spiele fanden am gleichen Tag statt, einem 21. Juni!

Dr. Peco BAUWENS, langjähriger Schiedsrichter (leitete vier Endspiele um die Deutsche Meisterschaft – unter anderem das Skandalspiel von →1922 – sowie 82 Länderspiele) und erster Präsident des →DFB nach dem Zweiten Weltkrieg. Unangenehm fiel Bauwens nach dem →Wunder von Bern bei der WM 1954 auf, als er das Team von Sepp Herberger als »Repräsentanz besten Deutschtums im Ausland« bezeichnete. Peinlich auch seine Ausfälle nach der Niederlage der deutschen Mannschaft im WM-Halbfinale 1958 gegen Schweden (1:3) und der Roten Karte gegen Erich →Juskowiak: »Solange ich im DFB mitentscheide, werden wir dieses Pflaster nicht mehr betreten«, sagte

Bauwens und fehlte sowohl beim WM-Finale als auch beim abschließenden Bankett.

Vladimir BEARA, der Torwart Jugoslawiens während der WM 1954 in der Schweiz. Beara lieferte den Beweis dafür, dass auch Fußballspieler sich anmutig bewegen können. Er hatte Ballett studiert und zeigte seine Kunst in den starken WM-Partien gegen Frankreich (1:0), Brasilien (1:1 n.V.) (→Modus) und Deutschland (0:2). Viele Reporter hielten ihn für den besten Keeper des Turniers.

Franz BECKENBAUER, erfand den modernen, offensiven →Libero und ist neben dem Brasilianer Mario →Zagallo der bisher einzige Mensch, der sowohl als Spieler (1974) als auch als Trainer (1990) den WM-Titel gewann.
Ursprünglich ein Fan von 1860 München, wechselte er 1958 wegen einer Ohrfeige, die ihm ein Spieler der Sechziger verpasste, von seinem Heimatklub SC München 06 zu Bayern München und sammelte als Mitglied der Bayern-Achse mit Torwart Sepp Maier und Mittelstürmer Gerd Müller Titel im Dutzend: Ehrfürchtig der →Kaiser genannt, wurde der elegante und leichtfüßige Beckenbauer fünfmal Deutscher Meister (1969, 1972–74 mit dem FC Bayern sowie 1982 mit dem Hamburger SV), viermal DFB-Pokalsieger (1966, 1967, 1969 und 1971), einmal US-Meister (1977 mit Cosmos New York), Europapokalsieger der Pokalsieger (1967), dreimal Europapokalsieger der Landesmeister (1974–76). Mit der Nationalelf wurde Beckenbauer, der nicht nur auf dem Platz die Mannschaft dirigierte (→Malente), Europameister (1972) und Weltmeister (1974). Zuvor hatte er bereits 1966 im WM-Finale gegen England und im legendären Halbfinale 1970 gegen Italien (→Jahrhundertspiel) WM-Erfahrung gesammelt.
Als Teamchef zwischen 1984 und 1990 (Bundestrainer konnte

er mangels Trainerschein nicht werden) führte Franz Beckenbauer die krisengeschüttelte deutsche Nationalmannschaft 1986 (→Suppenkasper) bis ins WM-Finale (2:3 gegen Argentinien) und 1990 zum WM-Sieg (1:0 gegen Argentinien).
Weitere Titel sammelte er als Sportdirektor von Olympique Marseille (Französischer Meister 1991) und als Interimstrainer bei Bayern München (Deutscher Meister 1994 und UEFA-Pokal-Sieger 1996).
Seit 1994 Präsident des FC Bayern München (seit 2002 Aufsichtsratsvorsitzender) und seit 1998 DFB-Vizepräsident, holte Franz Beckenbauer als Präsident des Organisationskomitees die WM 2006 nach Deutschland (Jack →Dempsey, Martin →Sonneborn).

David BECKHAM, englischer Mittelfeldspieler und Flankengott, der 1999 mit Manchester United die Champions League gewann und 2002 zu Real Madrid wechselte. Auch bekannt als Ehemann des Ex-»Spice Girl« Victoria Adams, hat »Becks« bei großen Turnieren bisher seine Weltklasse nicht zeigen können: 1998 im Achtelfinale gegen den Erzrivalen Argentinien (Antonio →Rattin, →Hand Gottes) trat er in der 47. Minute gegen Diego Simeone nach und flog vom Platz – Argentinien siegte schließlich 6:5 n.E. Zwar revanchierte sich David Beckham bei der WM 2002, indem er das entscheidende 1:0 im Gruppenspiel gegen Argentinien per Elfmeter erzielte. Doch drei weitere verschossene Elfmeter im Rahmen der Europameisterschaft 2004 machten ihn wieder zur tragischen Figur: Im Qualifikationsspiel in der Türkei (0:0) jagte er den Ball in den Istanbuler Nachthimmel, im Gruppenspiel gegen den Titelverteidiger Frankreich (1:2) scheiterte er beim Stand von 1:0 an Torwart Fabien Barthez und im Viertelfinale gegen Portugal (→Ricardo) schoss er im Elfmeterschießen den Ball fast aus dem Stadion hinaus: Ergebnis 8:7 n.E. für Portugal.

Belgien, der einzige Gastgeber eines EM- oder WM-Turniers, der bereits in der Vorrunde ausschied. Bei der Europameisterschaft 2000 – gemeinsam mit dem Nachbarn Niederlande ausgetragen – scheiterten die *Rode Duiwels* nach einem 2:1 gegen Schweden sowie einer 0:2-Niederlage gegen Italien und einer 0:2-Niederlage gegen die Türkei.
Die berüchtigte Abseitsfalle der Nationalmannschaft hatte beachtliche Erfolge Belgiens in den 80er Jahren ermöglicht. So stand das Team von Trainer Guy Thys im EM-Finale 1980 (1:2 gegen Deutschland) und im WM-Halbfinale 1986 (0:2 gegen Argentinien). Ein weiterer WM-Rekord des FIFA-Gründungsmitglieds: In der Qualifikation zum Turnier 1974 in Deutschland blieb Belgien ohne Gegentor – scheiterte aber dennoch an den punktgleichen Niederländern.

Lakhder BELLOUMI, der Torschütze des entscheidenden 2:1 für Algerien in der 89. Minute der WM-Partie gegen Deutschland 1982. Belloumi und Rabah →Madjer machten eine der größten Sensationen der WM-Geschichte perfekt, die Algerien wegen des Skandalspiels von Gijon (→Friedensnobelpreis) allerdings nicht in die Zwischenrunde brachte.

Dennis BERGKAMP, niederländischer Nationalspieler und beliebtester Spieler bei Arsenal London. Der von seinen Eltern ausgerechnet nach dem Manchester-United-Star Dennis Law benannte Spieler ist auch wegen seiner Flugangst bekannt, aufgrund der er auf so manches Auswärtsspiel der Champions League verzichten musste. Um Bergkamp dennoch zur WM 2002 nach Südkorea und Japan zu bringen, hatten niederländische Fans bereits eine Autoroute (!) nach Asien ausgetüftelt. Doch die Oranjes scheiterten bereits in der Qualifikation an Portugal und Irland (→Mittendrin statt nicht dabei) …

BERLINER FC Frankfurt, der erste Fußballklub in Deutschland. Georg Leux gründete den Verein 1885 in Berlin und benannte ihn nach seiner Heimatstadt Frankfurt. Der erste noch existierende deutsche Fußballverein ist der 1888 gegründete BFC Germania Berlin.

Santiago BERNABEU, der Bauunternehmer und ehemalige Spieler von Real →Madrid wurde 1943 Präsident seines Klubs und baute das heute nach ihm benannte Stadion. Als der katalanische Rivale FC →Barcelona sein Stadion Camp Nou ausbaute und die Fans einen nach ihnen benannten Ziegelstein in das Bauwerk einlassen konnten, gab ein Witzbold »Santiago Bernabéu« als seinen Namen an.

Thomas BERTHOLD, der einzige deutsche Nationalspieler, der zweimal in Länderspielen die Rote Karte erhielt: 1986 im WM-Viertelfinale gegen Mexiko (0:0, 4:1 n.E.) und 1991 in der EM-Qualifikation gegen Wales (0:1).

George BEST, das erste Enfant terrible des Weltfußballs. Der 37-fache nordirische Nationalspieler, Europapokalsieger der Landesmeister 1968 mit Manchester United (→Busby Babes), war für seine genialen Pässe auf dem Spielfeld ebenso bekannt wie für seine Eskapaden außerhalb des Platzes. Der bekannteste Spruch des Mittelfeldspielers: »Das meiste Geld habe ich für Frauen und Alkohol ausgegeben, den Rest habe ich einfach verprasst.« George Best führt die »Best«enliste einer ganzen Reihe von Weltklasse-Fußballern an, die ebenfalls niemals bei einer WM auftraten, z.B. Alfredo →Di Stefano, Bernd →Schuster und Eric Cantona. George Best war außerdem der erste Fußballprofi, nachdem eine Schallplatte benannt wurde (von Wedding Present, 1987) und der auf dem Cover zu sehen war.

Bhutan, der Sieger im sogenannten »anderen Finale« am Tag des WM-Endspiels 2002. Ein niederländischer Fußball-Fan und Filmemacher war nach dem Ausscheiden der *Oranjes* in der WM-Qualifikation (→Mittendrin statt nicht dabei) so verzweifelt, dass er und seine Freunde nach Nationalmannschaften Ausschau hielten, die noch schlechter als die Niederländer sein könnten. Er fand sie im damaligen 202. und 203. der FIFA-Weltrangliste, dem britischen Protektorat Montserrat in der Karibik und dem Königreich Bhutan im Himalaja. Beide Verbände waren von der Idee, ein Spiel gegeneinander auszutragen, sofort begeistert. Am Tag des WM-Finales zwischen Brasilien und Deutschland kam es im Changlimithang-Stadion von Thiumphu zum Showdown: Gastgeber Bhutan siegte vor 25.000 Zuschauern mit 4:0 und übernahm damit vorübergehend Platz 199 in der FIFA-Rangliste.

Oliver BIERHOFF, der Schütze des ersten →Golden Goal der Fußballgeschichte. Im Endspiel der Europameisterschaft 1996 zwischen Deutschland und Tschechien (2:1 i.V.) wurde Bierhoff in der 69. Minute eingewechselt. Vier Minuten später köpfte er nach einem Freistoß von Christian Ziege den Ausgleich. In der Verlängerung schoss er nach 95 Minuten mit dem Rücken zum Tor stehend auf das tschechische Tor, der Ball rutschte Keeper Peter Kouba über die Handschuhe und trudelte über die Linie – Deutschland war zum dritten Mal Europameister!
Oliver Bierhoff hatte sich in der Bundesliga bei Bayer Uerdingen, dem Hamburger SV und Borussia Mönchengladbach nicht durchsetzen können. Über Casino Salzburg und Ascoli Calcio aus der italienischen Serie B wechselte er 1995 zu Udinese Calcio und wurde 1998 als erster Deutscher mit 27 Treffern italienischer Torschützenkönig. Im selben Jahr ging der Kopfballspezialist zum AC Mailand und wurde 1999 italienischer Meister.

Gemeinsam mit dem neuen Bundestrainer Jürgen →Klinsmann trat er 2004 in die Dienste des DFB und arbeitet seitdem als Manager der deutschen Nationalmannschaft.

Francois OMAM-BIYIK, der Torschütze für Kameruns Nationalmannschaft beim sensationellen 1:0-Sieg im →Eröffnungsspiel der WM 1990 gegen Argentinien. Nach 67 Minuten war Kameruns Kana-Biyik wegen Foulspiels vom Platz gestellt worden, sechs Minuten darauf traf der nicht mit ihm verwandte Omam-Biyik. In der 89. Minute erhielt der Kameruner Massing zwar noch die Rote Karte, doch die Überraschung war perfekt.

Laurent BLANC, der Schütze des ersten →Golden Goal der WM-Geschichte. Im Achtelfinale 1998 gegen Paraguay erzielte der Abwehrspieler in der 114. Minute das entscheidende 1:0 für den Gastgeber Frankreich. Im Halbfinale gegen Kroatien (2:1) wurde Laurent Blanc wegen eines vermeintlichen Ellbogenchecks vom Platz gestellt und durfte nicht am Endspiel gegen Brasilien teilnehmen. Dennoch hat der Spieler von Olympique Marseille einen wichtigen Anteil am 3:0-Sieg gegen Brasilien: Denn wie stets vor Länderspielen küsste er auch diesmal den französischen Nationalkeeper Fabien Barthez symbolisch auf die Glatze.

Cuauthemoc BLANCO, mexikanischer Nationalspieler, der bei der Weltmeisterschaft 1998 in Frankreich mit einem phänomenalen Trick die Zuschauer begeisterte: Im Gruppenspiel gegen Südkorea (3:1) nahm der Stürmer von Necaxa Mexico den Ball zwischen die Füße und hob ihn über die Abwehrbeine zweier Gegenspieler hinweg Richtung Tor. Ein Treffer resultierte leider nicht aus dieser artistischen Leistung.

Joseph BLATTER, seit 1998 als Nachfolger von Joao →Havelange Präsident der FIFA. Der Schweizer ist der erste, der diesen

Posten nicht als Ehrenamt führt, sondern ein Gehalt bekommt. Seit Beginn seiner Amtszeit wird Blatter, er selbst nennt sich Joseph S. Blatter, wobei das »S« nur für seinen Spitznamen Sepp steht, mit Korruptionsvorwürfen in Verbindung gebracht – bewiesen werden konnte ihm allerdings nichts.

Blöde Sau, das Schimpfwort, das Erwin Kremers die Teilnahme an der WM 1974 in Deutschland kostete. Am letzten Bundesliga-Spieltag der Saison 1973/74 spielte der Linksaußen mit seinem Verein Schalke 04 beim 1. FC Kaiserslautern und verlor sowohl die Partie (0:4) als auch die Contenance: In der 85. Spielminute beschimpfte er Schiedsrichter Max Klauser als »blöde Sau« und flog vom Platz. Die Rote Karte hatte böse Folgen. Das DFB-Sportgericht sperrte ihn bis zum 31. August. Und Bundestrainer Helmut Schön strich den Europameister von 1972 aus dem Kader der Nationalmannschaft. »So undiszipliniert darf sich kein Spieler verhalten.«

Amelia BOLANIOS, ein junges Mädchen aus El Salvador, das am 7. Mai 1969 nach der 0:1-Niederlage der salvadorianischen Nationalmannschaft im Hinspiel der WM-Qualifikation in Honduras mit der Pistole ihres Vaters Selbstmord verübte. Die Rivalität der beiden Länder führte kurze Zeit darauf zum berühmten →Fußballkrieg. Die Beerdigung von Amelia Bolanios wurde als Staatsbegräbnis in El Salvador live im TV gezeigt.

Bolivien, das erste Land, das den Rekordweltmeister Brasilien in einem Spiel der WM-Qualifikation besiegte. Während der Qualifikation zur Weltmeisterschaft 1994 in Frankreich gelang den Bolivianern im heimischen La Paz ein sensationelles 2:0. Im Rückspiel revanchierte sich die *Seleção* mit einem 6:0-Sieg, dennoch konnte Bolivien als Gruppenzweiter zum dritten Mal nach

1930 und 1950 zur WM fahren. Dort schied das Team allerdings nach einem 0:1 im Eröffnungsspiel gegen Deutschland, einem 0:0 gegen Südkorea und einem 1:3 gegen Spanien in der Vorrunde aus.

Ottorino BORASSI, der Präsident des italienischen Fußballverbandes und FIFA-Vizepräsident während des Zweiten Weltkrieges. Aus Misstrauen gegen die italienische Regierung (und die deutschen Verbündeten) nahm er den Weltmeisterpokal (→World Cup) während des Krieges aus dem Safe einer römischen Bank und versteckte ihn unter dem eigenen Bett.

Jean-Marc BOSMAN, belgischer Fußballspieler, der 1995 das nach ihm benannte »Bosman«-Urteil des Europäischen Gerichtshofs (EuGH) erstritt. Fünf Jahre zuvor hatte ihm sein Verein FC Lüttich das Gehalt gekürzt, und Jean-Marc Bosman wollte in die zweite französische Liga zum FC Dünkirchen wechseln. Doch der FC Lüttich forderte eine zu hohe Ablösesumme und entließ Bosman schließlich – ohne Freigabe für einen anderen Verein. Der Belgier kämpfte sich durch alle gerichtlichen Instanzen, der EuGH erklärte schließlich die Transferregeln der UEFA, die Ablösesummen und die Ausländerregeln für unvereinbar mit dem EU-Vertrag. Seit dieser Gerichtsentscheidung ist ein Fußballer mit Ablauf seines Vertrages ablösefrei, entsprechend haben sich die Spielergehälter vervielfacht.

Botswana, das erste Land, dessen Nationalmannschaft während einer Auslandsreise verloren ging. In der Sommerpause 2005 sollte das Team – als Vorbereitung für ein WM-Qualifikationsspiel – eine Freundschaftspartie gegen die zweite Mannschaft von Real Madrid austragen. Der vereinseigene Sender der »Galaktischen«, Real-TV, sollte live übertragen. Doch leider erschien niemand von der afrikanischen Mannschaft. Tags darauf hieß es in spanischen Zeitungen, die Spieler Botswanas seien lediglich im Museum und Fanshop des Estadio Santiago Bernabéu gesichtet worden …

Boykott, die bewusste Nichtteilnahme an der WM-Endrunde trotz Qualifikation und trotz Mitgliedschaft in der FIFA. Rekordhalter ist hier Argentinien, das insgesamt dreimal in Folge auf eine Weltmeisterschaft verzichtete. Nachdem das Turnier 1938 entgegen vorheriger Absprachen von der FIFA nicht nach Südamerika vergeben wurde, nahmen die Gauchos weder an dieser Endrunde in Italien noch an den beiden folgenden (1950 in Brasilien, 1954 in der Schweiz) teil.
Auch Deutschland verzichtete auf eine WM: 1930 (der DFB vertrat strikt das Amateur-Ideal und wollte unter anderem nicht gegen österreichische Profimannschaften antreten …) blieb die Nationalmannschaft dem ersten Turnier aller Zeiten in Uruguay fern.
1966 verzichteten sogar alle Nationen aus Afrika und Asien (bis auf Nordkorea) auf die Weltmeisterschafts-Qualifikation, weil beiden Kontinenten damals insgesamt nur ein fester Startplatz garantiert war.

Ernie BRANDTS erzielte in einem WM-Spiel für beide Mannschaften jeweils einen Treffer. In der Partie inzwischen den Niederlanden und Italien 1978 traf der Abwehrspieler zunächst zum 0:1 ins eigene Tor und verletzte dabei seinen Torwart Piet Schrijvers. In der zweiten Hälfte schoss Brandts per Freistoß allerdings das 1:1 – und brachte damit die Niederlande ins Endspiel gegen Argentinien (1:3 n.V.).

Brasilien, der Rekordweltmeister mit insgesamt fünf Titeln (1958, 1962, 1970, 1994 und 2002). Erstaunlich: Die Südamerikameisterschaft gewann die *Seleção* nur siebenmal (1919, 1922,

1949, 1989, 1997, 1999 und 2004) und liegt damit in der Bilanz deutlich hinter den Rivalen aus Argentinien und Uruguay (jeweils 14 Titel).

Paul BREITNER, der einzige deutsche Nationalspieler, der in zwei WM-Endspielen ein Tor erzielte. Im Finale 1974 schnappte sich der damalige Abwehrspieler nach einem Foul im Strafraum an Bernd →Hölzenbein den Ball und verwandelte den Elfmeter eiskalt zum wichtigen 1:1-Ausgleichstor gegen die Niederlande (Endstand 2:1). Eigentlich hatte Gerd Müller schießen sollen, nachdem Uli Hoeneß (→Nachthimmel von Belgrad) im letzten Spiel der Zwischenrunde gegen Polen verschossen hatte ... Im Finale 1982 gegen Italien (1:3) erzielte Breitner – inzwischen zum Mittelfeldregisseur avanciert – das einzige deutsche Tor in der 83. Minute.
Paul Breitner, der sich in frühen Profijahren als Anhänger von Mao bekannte, gewann mit Bayern München fünf Deutsche Meisterschaften (1972–74, 1980 und 1981), zweimal den DFB-Pokal (1971 und 1982) sowie den Europapokal der Landesmeister (1974). In drei Jahren bei Real Madrid gewann er dreimal die spanische Meisterschaft (1975–77) und einmal den Pokal (1975). Nach dem Rücktritt von Berti Vogts als Bundestrainer nach der WM 1998 einigte sich Breitner mit DFB-Präsident Egidius Braun am Telefon, die deutsche Nationalmannschaft zu übernehmen. Doch nachdem Braun einen DFB-kritischen Zeitungsartikel von Paul Breitner gelesen hatte, wurde er 17 Stunden nach dem ersten Gespräch wieder »entlassen« – natürlich erneut am Telefon ...

Breslau-Elf, Bezeichnung für die deutsche Nationalmannschaft nach einem 8:0-Sieg 1937 im (damals deutschen) Breslau gegen Dänemark. Das Team von Reichstrainer Sepp Herberger blieb eineinhalb Jahre lang in insgesamt 16 Länderspielen unbesiegt und verlor erstmals wieder beim 3:6 in Berlin gegen England 1938. Die Torschützen im Spiel gegen Dänemark: Otto Siffling (5), Fritz Szepan, Ernst Lehner und Adolf Urban.

British Home Championships, der erste internationale Wettbewerb der Fußball-Geschichte. Von 1883 bis 1983 spielten die Verbände Großbritanniens im Gruppensystem (jeder gegen jeden in Hin- und Rückspielen) den britischen Meister aus. Rekord-Titelträger ist England (53 Siege) vor Schottland (40), Wales (zwölf), Nordirland (drei) und Irland (ein Sieg). 1954 und 1958 waren die Home Championships zugleich die Qualifikationsgruppe für die WM-Endrunden.

José Luis BROWN, der Libero in Argentiniens Weltmeisterelf von 1986. Brown, dessen Vertrag beim kolumbianischen Klub Nacional Medellin gerade ausgelaufen war und der ohne Verein zur WM nach Mexiko anreiste, kam erst nach der Verletzung von Daniel Passarella in die Stammformation. Er absolvierte alle sieben Spiele während des Turniers und schoss das wichtige 1:0 im Finale gegen Deutschland (Endstand 3:2).

BTT, Abkürzung für Bundestorwarttrainer. Diese Position nahm Sepp Maier zwischen 1987 und 2004 beim DFB ein, seit 1994 übt er diese Funktion auch bei Bayern München aus. Nachdem Maier sich mehrfach lautstark für Bayern-Keeper Oliver Kahn als Nummer eins der deutschen Nationalmannschaft ausgesprochen und damit Kritik an der Torwartrotation geäußert hatte, wurde er vom neuen Bundestrainer Jürgen Klinsmann gefeuert und durch Andreas Köpke ersetzt.

Büchsenwurf von Mönchengladbach, einer der größten Skandale in der Geschichte des Europapokals. Im Hinspiel des Achtelfinales des Europapokals der Landesmeister 1971/72 schlug Borussia Mönchengladbach Inter →Mailand mit 7:1 und zeigte das größte Spiel eines deutschen Klubs in internationalen Wettbewerben aller Zeiten – doch das Ergebnis wurde später von der UEFA annulliert. In der 28. Minute (es stand 2:1) wurde Inters Roberto Boninsegna von einer Coladose am Kopf getroffen. Er ließ sich fallen und unter dramatischen Posen der Mailänder Verantwortlichen vom Platz tragen. Nach einer 2:4-Niederlage in Mailand und einem 0:0 im Wiederholungsspiel in Berlin schied Borussia Mönchengladbach aus.

Bulle, Spitzname von Franz Roth, dem einzigen deutschen Spieler, der in drei Europapokal-Endspielen ein Tor erzielte. Der vierfache Nationalspieler traf für Bayern München im Europapokal der Pokalsieger 1967 (1:0 n.V. gegen Glasgow Rangers) sowie im Europapokal der Landesmeister 1975 (2:0 gegen Leeds United) und 1976 (1:0 gegen den AS St. Etienne).

BUSBY Babes, die Bezeichnung für die junge Mannschaft von →Manchester United, die Manager Matt Busby ab Mitte der 50er Jahre gebildet hatte. Nach einem tragischen Flugzeugabsturz 1958 am Münchner Flughafen starben acht der 16 Spieler. Matt Busby baute eine neue Mannschaft auf – und gewann mit ihr zehn Jahre später den Europapokal der Landesmeister. Zwei Spieler, die das Unglück ebenfalls überlebt hatten, standen 1968 gegen Benfica Lissabon (4:1 n.V.) im Finale: Bobby →Charlton und Billy Foulkes.

Busfahrer, ein Beruf, für den Stürmer →Garrincha laut Aussage des brasilianischen Teampsychiaters Joao Carvalhes zu dumm war. Vor der Weltmeisterschaft 1958 testete der gebildete Mann die Intelligenz aller für die *Seleção* in Frage kommenden Spieler. Garrincha, gefürchteter Rechtsaußen von Botafogo Rio de Janeiro, kam nur auf 38 von 123 möglichen Punkten. Von

→Pelé riet Carvalhes als »infantil und ohne Aggression« ebenfalls ab. Übrigens: Im WM-Finale gegen Gastgeber Schweden (5:2) gab Garrincha zwei Vorlagen und Pelé erzielte zwei Treffer …

Hans-Jörg BUTT, der Torwart, der bisher die meisten Tore in der Bundesliga erzielte. Seit der Saison 1997 traf Butt für den Hamburger SV und Bayer Leverkusen insgesamt 25-mal – jeweils per Elfmeter. In der Saison 1999/2000 war er mit neun Treffern sogar interner Torschützenkönig beim HSV (gemeinsam mit Stürmer Roy Präger). In bisher drei Einsätzen für die deutsche Nationalmannschaft zwischen 2000 und 2003 konnte Butt allerdings keinen Treffer erzielen.

C

CAF, die Abkürzung für Confédération Africaine de Football, den 1956 gegründeten afrikanischen Kontinentalverband. Der CAF hat heute 52 Mitglieder, die insgesamt fünf feste Plätze für eine WM-Endrunde erhalten. Bei bisher 23 Endrunden-Teilnahmen afrikanischer Länder erreichten →Kamerun (1990) und →Senegal (2002) die größten Erfolge – und erreichten jeweils das Viertelfinale.

CAFU, der einzige Spieler, der in drei WM-Endspielen in Folge mitwirkte. Der brasilianische Abwehrspieler – 1997 bis 2003 beim AS Rom und seit 2004 beim AC Mailand unter Vertrag – gewann mit der *Seleção* den Weltmeistertitel 1994 (3:2 i.E. im Finale gegen Italien) und den Weltmeistertitel 2002 (2:0 im Finale gegen Deutschland). 1998 unterlag er mit Brasilien im WM-Endspiel gegen Frankreich (0:3). Cafu, der eigentlich Marcos Evangelista do Moraes heißt, erhielt seinen Spitznamen, weil er dem Spieler Cafuringa ähnlich sah.

Bobby CAMPBELL, der bisher einzige Viertligaspieler, der zu einer Weltmeisterschaft fahren durfte. Der Spieler vom englischen Klub Bradford City war 1982 mit der nordirischen Nationalmannschaft bei der WM, kam allerdings in den fünf Partien seines Teams nicht zum Einsatz.

Hernan Mejia CAMPURAZO, der ehemalige Vizepräsident des kolumbianischen Fußballverbandes. Er wurde im Jahr 2000 von Unbekannten entführt. Als der südamerikanische Verband →CONMEBOL drohte, deshalb die Südamerikameisterschaft im folgenden Jahr in Kolumbien an ein anderes Land zu vergeben, wurde Campurazo freigelassen. Das Turnier fand 2001 in

Kolumbien statt, die Gastgeber siegten im Endspiel mit 1:0 gegen den Gast-Teilnehmer Mexiko.

Santiago CANIZARES, spanischer Nationaltorwart, der für seine Verletzung, wegen der er *nicht* an der WM 2002 teilnehmen konnte, berühmt wurde: Im Trainingslager verletzte er sich beim Versuch, eine herunterfallende Rasierwasserflasche mit dem Fuß aufzufangen, an der Scherbe und trennte sich alle Sehnen im großen Zeh durch.

Eric CANTONA, fünffacher englischer Meister mit Leeds United (1992) und Manchester United (1993, 1994, 1996, 1997). Der Franzose, bereits mit Olympique Marseille dreifacher französischer Meister (1989–91), wurde in England zum umstrittenen Idol: 1995 streckte er bei einem Auswärtsspiel mit Manchester United beim Londoner Klub Crystal Palace den Zuschauer Matthew Simmons mit einem Karatetritt nieder und wurde für acht Monate gesperrt.

Antonio CARBAJAL, der erste und gemeinsam mit Lothar →Matthäus einzige Fußballer, der an fünf Weltmeisterschaften teilnahm. Die mexikanische Torwartlegende vom FC León machte 1950, 1954, 1958, 1962 und 1966 insgesamt dreizehn WM-Spiele. Mexiko kam allerdings bei allen Turnieren nie über die Vorrunde hinaus. Nach seinem letzten WM-Spiel 1966 in England – einem 0:0 gegen Uruguay – küsste »Tota« die beiden Pfosten desjenigen Tores, das er zuletzt sauber gehalten hatte.

CAROL II., rumänischer König von 1930 bis 1940 und großer Fußballfan. Carol nominierte die Spieler der rumänischen Auswahl für die WM 1930 in Uruguay und sorgte dafür, dass 15 von ihren Arbeitgebern freigestellt wurden, um die lange Schiffsreise zur Weltmeisterschaft (→Conte Verde) antreten zu können. Rumänien schied allerdings nach einem 3:1 gegen Peru und einem 0:4 gegen den Gastgeber und späteren Weltmeister Uruguay aus.

Carlos CASZELY, der erste Spieler, der jemals bei einer Weltmeisterschaft eine →Rote Karte sah. Platzverweise hatte es bereits gegeben, aber seit der WM 1970 sollte zur Verdeutlichung der rote Karton gezeigt werden. Da es 1970 keinen Sünder gab, kann der chilenische Nationalspieler Caszely diesen Rekord für sich verbuchen: Im Gruppenspiel bei der WM 1974 gegen Gastgeber Deutschland (0:1) holte der bereits verwarnte Caszely in der 68. Minute Berti Vogts von den Beinen – Rot.

Carlos José de CASTILHO, der Nationaltorwart Brasiliens während der WM 1954 in der Schweiz. Im brutalen Viertelfinale gegen Ungarn (2:4, →Schlacht von Bern) machte Castilho auf amüsante Art auf sich aufmerksam: Bei der Abwehr eines Schusses von Zoltan Czibor verlor er seine Hose – was ihn allerdings nicht daran hinderte, auch den Nachschuss von Jozsef Bozsic erfolgreich abzublocken.

Hector CASTRO, der uruguayische Nationalspieler, der im ersten WM-Finale 1930 gegen Argentinien das entscheidende 4:2 in der 89. Minute gegen Argentinien köpfte. Das Erstaunliche an dem halblinken Stürmer von Nacional Montevideo: Er war einhändig.

Catenaccio, berühmt-berüchtigte italienische Defensiv-Taktik, als deren Erfinder allgemein der Argentinier (!) Helenio →Herrera gilt.
In Anlehnung an den sogenannten Schweizer Riegel werden im Catenaccio neben vier Abwehrspielern und einem Libero

hinter der Abwehr drei weitere Mittelfeldspieler in die Verteidigungsarbeit einbezogen. Der erste Trainer, der mit dieser Taktik spielen ließ, war allerdings 1948 Nereo Rocco vom italienischen Verein US Triestina. Er wollte damit die Offensivkraft der reichen Vereine wie dem AC Mailand mit ihrem Stürmertrio →Grenoli begegnen. Helenio Herrera perfektionierte dieses System bei Inter Mailand und gewann unter anderem 1964 und 1965 den Europapokal der Landesmeister. Entscheidend für den Erfolg des Catenaccio war allerdings, dass Herreras Abwehrspieler ebenso als schnelle Konterspieler eingesetzt werden konnten, beispielsweise Giacinto Facchetti. Helenio Herrera, der 1997 starb, behauptete stets, in diesem Sinn sei seine Art des Catenaccio bereits eine Vorform des →Total Voetbal gewesen.

Champions League, der in der Saison 1992/93 an die Stelle des →Europapokals der Landesmeister (»Champions Cup«) getretene Wettbewerb der besten Vereinsmannschaften Europas. Entscheidend für den neuen Modus war das (fast jede Saison wieder reformierte) Gruppensystem, bei dem die teilnehmenden Vereine trotz schlechten Abschneidens mit festen Einnahmen rechnen können. Die Kritik an der »Geldmaschine« war und ist groß, dennoch hat sich die Königsklasse bei Fans und Fernsehen längst etabliert.
Rekordsieger der Champions League ist Real Madrid mit drei Titeln (1998, 2000 und 2002) vor dem AC Mailand mit zwei Titeln (1994 und 2003). Je einmal gewannen Olympique Marseille (1993), Ajax Amsterdam (1995), Juventus Turin (1996), Borussia Dortmund (1997), Manchester United (1999), Bayern München (2001), der FC Porto (2004) und der FC Liverpool (2005).

Herbert CHAPMAN, der erste Trainer-»Guru« der Fußballgeschichte und Erfinder der Taktiktafel. Bereits mit dem englischen Provinzklub Huddersfield Town Sieger des →FA-Cup

(1922) und zweimal englischer Meister (1924 und 1925), wechselte er zu Arsenal London und machte die »Gunners« zum besten Vereinsteam Europas der dreißiger Jahre. Mit Hilfe seines revolutionären WM-Systems (die Abwehrspieler bilden aus der Vogelperspektive gesehen ein großes W, die Stürmer ein M) gewann er mit Arsenal noch einmal den FA-Cup (1930) und dreimal die englische Meisterschaft (1931, 1933 und 1934).

Angelos CHARISTEAS, der einzige Spieler, der innerhalb einer Saison Deutscher Meister, DFB-Pokalsieger und Europameister wurde. Mit Werder Bremen gewann der »Edeljoker« 2003/04 das Double und wurde zudem bei der EM 2004 zum Helden Griechenlands: Er schoss im Finale gegen Gastgeber Portugal das entscheidende 1:0.

Sir Bobby CHARLTON, eines der →Busby-Babes und Kapitän der englischen Weltmeister-Elf von 1966, der für seine Verdienste 1994 von der Queen zum Ritter geschlagen wurde und sich seitdem »Sir« nennen darf. Berühmt ist vor allem eine Partie, an der Charlton nicht bis zum Ende teilnahm: Seine Auswechslung im WM-Viertelfinale 1970 gegen Deutschland (→Hinterkopf) beim Stand von 2:1 für England gilt noch heute als Grund für die 2:3-Niederlage.

Jack CHARLTON, der ältere Bruder von Bobby →Charlton und ebenfalls Mitglied der englischen Weltmeisterelf von 1966. Jack Charlton trainierte von 1986 bis 1993 die irische Nationalmannschaft und besiegte bei der EM 1988 mit seinem Team sensationell England mit 1:0.

Chloroform, ein Mittel zur Betäubung bei Verletzungen, mit dem sich ein amerikanischer Betreuer bei der WM 1930 selbst den K.O. versetzte. Nach einer umstrittenen Schiedsrichterentscheidung im Halbfinale gegen Argentinien (Endstand 1:6 gegen die USA) warf er erzürnt seine Tasche auf den Rasen – die Flasche mit Chloroform zerbrach und stellte den renitenten Mediziner kurzzeitig ruhig …

Pierluigi COLLINA, italienischer Unparteiischer, der insgesamt sechsmal in Folge zum Weltschiedsrichter des Jahres gewählt wurde (1998–2003). Der Jurist war bekannt für seinen sicheren Umgang mit den Stars und für seinen Glatzkopf, der von der Stoffwechselkrankheit Alopezie herrührt. Für deutsche Mannschaften bedeutete Collina fast immer ein schlechtes Omen. So pfiff er das 1:2 von Bayern München im Champions-League-Finale 1999 (→Auswechslung), das →1:5 der deutschen Nationalmannschaft gegen England während der Qualifikation zur WM 2002 und das 0:2 im WM-Finale 2002 gegen Brasilien. Vielleicht lag es auch daran, dass der DFB dem Glatzkopf einst einen Föhn als Gastgeschenk überreichte …

Luigi COLUCCIO, der einzige Spieler, der postum wegen einer Roten Karte gesperrt wurde. In der Partie seines FC Giosa Jonica in Italiens Serie C gegen den FC Bocal flog er vom Platz. Drei Tage danach wurde Coluccio vor seiner eigenen Bar erschossen – weitere sechs Tage später sprach der italienische Verband (der von seinem Tod wusste) eine Sperre für ein Spiel aus.

Alf COMMON wurde bekannt für den ersten »großen« Spielerwechsel der Fußballgeschichte. Im Jahr 1905 wechselte er vom FC Sunderland zum FC Middlesbrough – für die damals astronomische Summe von 1000 englischen Pfund.

CONCACAF, die Abkürzung für Confederación Norte/Centroamericana y del Caribe de Fútbol, den 1961 gegründeten nord- und mittelamerikanischen Kontinentalverband. Die CONCA-

CAF hat heute 36 Mitglieder, die insgesamt drei feste Plätze für eine WM-Endrunde erhalten. Bei bisher 28 Endrunden-Teilnahmen nord- und mittelamerikanischer Länder gelang den USA mit dem Erreichen des Halbfinales 1930 der größte Erfolg.

Confederations Cup, der seit 1992 ausgetragene Wettbewerb der Kontinentalmeister, des amtierenden Weltmeisters und des jeweiligen Gastgebers. Vom saudi-arabischen Scheich König Fahd gegründet und ursprünglich Fahd-Cup genannt, wird der Konföderationenpokal seit 1995 alle zwei Jahre von der FIFA ausgerichtet. Rekordsieger mit jeweils zwei Titeln sind Frankreich (2001 und 2003) und Brasilien (1997 und 2005), je einmal gewannen Argentinien (1992), Dänemark (1995) und Mexiko (1999). Deutschland nahm bisher zweimal teil: 1999 schied die Nationalmannschaft nach einem 0:4 gegen Brasilien, einem 2:0 gegen Neuseeland und einem 0:2 gegen die USA in der Vorrunde aus, 2005 wurde Deutschland daheim Dritter (2:3 im Halbfinale gegen Brasilien, 4:3 n.V. gegen Mexiko im Spiel um Platz drei).

Edmund CONEN, der Schütze des ersten echten →Hattricks der WM-Geschichte. Der Stürmer vom FV Saarbrücken traf 1934 in Italien im Achtelfinale gegen Belgien (5:2) nach 66, 70 und 87 Minuten. Vier weitere deutsche Spieler trafen dreimal in WM-Spielen: Max Morlock 1954 beim 7:2 gegen die Türkei, Gerd →Müller 1970 beim 3:1 gegen Peru, Karl-Heinz →Rummenigge 1982 beim 4:1 gegen Chile und Miroslav →Klose 2002 beim 8:0 gegen Saudi-Arabien. Den ersten unechten Hattrick bei Weltmeisterschaften erzielte der US-Amerikaner Bertram Patenaude beim 3:0 gegen Paraguay im Gruppenspiel 1930.

CONMEBOL, die Abkürzung für Confederación Sudamericana de Futbol, den 1916 gegründeten südamerikanischen Kontinentalverband. Der kleinste Kontinentalverband hat heute zehn Mitglieder, die insgesamt viereinhalb Plätze für eine WM-Endrunde erhalten (vier garantierte Starter plus ein Relegationsspiel für ein fünftes südamerikanisches Land gegen einen ozeanischen Qualifikanten). Die CONMEBOL gewann mit bisher neun Weltmeisterschaften (fünfmal Brasilien, jeweils zweimal Uruguay und Argentinien) die meisten Titel.

Conte Verde, der Name des Schiffes, auf dem 1930 vier Nationalmannschaften zur WM nach Uruguay reisten. Rumänien (ab Genua), Frankreich (ab Villefranche-sur-Mer), Belgien (ab Barcelona) und Brasilien (ab Rio de Janeiro) bestiegen den italienischen Luxusdampfer in Richtung Montevideo. Das Training auf dem Achterdeck scheinen die Mannschaften allerdings vernachlässigt zu haben, vielmehr wurde der Trip in vollen Zügen genossen – inklusive Essen, Trinken und Kartenspielen. Kein Wunder, dass alle vier Mannschaften bereits in der Vorrunde scheiterten.

Dettmar CRAMER, der Trainer mit den meisten Auslandsstationen aller Zeiten. Die FIFA gibt die Zahl seiner internationalen Ämter mit »rund 90« an. Seine größten Erfolge: die Bronzemedaille beim olympischen Fußballturnier 1968 mit Gastgeber Japan und der Gewinn des →Europapokals der Landesmeister 1976 mit Bayern München.

Johan CRUYFF, niederländisches Mittelfeldgenie, genannt »König Johan«. Er gewann den Europapokal der Landesmeister dreimal als Spieler mit Ajax Amsterdam (1971–73) und einmal als Trainer des FC Barcelona (1992). Als Kapitän der niederländischen Nationalmannschaft bei der WM 1974 war er der Kopf des →Total Voetbal und wurde zu Europas bestem Fußballer des 20. Jahrhunderts gewählt.

Cup der Verlierer, der Name, den Franz Beckenbauer für den ungeliebten →UEFA-Pokal erfand. Dennoch waren die Verantwortlichen von Bayern München froh, als der Klub 1996 – mit Interims-Trainer Beckenbauer – den UEFA-Pokal (2:0, 3:1 im Finale gegen Girondins Bordeaux) gewann.

Cup der guten Hoffnung, der Spitzname für den UI-Cup, durch den sich der Sechst- bis Achtplatzierte der Bundesliga für den →UEFA-Pokal qualifizieren kann. Bisher gelang dies dem Karlsruher SC (1995), Werder Bremen (1998), dem VfB Stuttgart (2000 und 2003), Schalke 04 (2003 und 2004) sowie dem Hamburger SV (2005).

Colin CURRAN, der Spieler, der das erste Tor der DDR-Auswahl bei einem WM-Turnier erzielte. Bei der Endrunde 1974 traf der australische Nationalspieler vom Western Suburbs SC Sidney im ersten Gruppenspiel ins eigene Netz – Joachim Streich vollendete für die DDR zum 2:0-Endstand.

D

Ali DAEI, der Spieler, der die meisten Länderspieltore erzielte. Der iranische Nationalspieler – von 1997 bis 2002 für Arminia Bielefeld, Bayern München und Hertha BSC in der Bundesliga aktiv – traf in 142 Partien insgesamt 106–mal für sein Land. Bei seiner einzigen WM-Teilnahme 1998 blieb er allerdings ohne Tor. Ferenc →Puskas erzielte 84 Länderspieltore, →Péle 77.

Dänemark, das einzige Land, das Europameister wurde, ohne sich zuvor für die Endrunde qualifiziert zu haben.
Wenige Tage vor der EM-Endrunde 1992 wurde Jugoslawien wegen des Bosnienkrieges aus der UNO und der FIFA ausgeschlossen. Dänemark – 1904 Gründungsmitglied der FIFA – durfte als Gruppenzweiter in der Qualifikation hinter Jugoslawien nachrücken. Trainer Richard Möller-Nielsen musste erst einmal seine Nationalspieler aus dem Urlaub holen. Die stets gut gelaunte und einem Besuch im Schnellrestaurant nicht abgeneigte Truppe qualifizierte sich mit 0:0 gegen England, 0:1 gegen Schweden und 2:1 gegen Frankreich für das Halbfinale. Dort folgte eine der größten Sensationen der Fußballgeschichte: Mit 7:6 n.E. gegen Titelverteidiger Niederlande und 2:0 gegen Weltmeister Deutschland (Tore: John »Faxe« Jensen und Kim Vilfort) holte das »Danish Dynamite« den EM-Titel.
Als Europameister nahm Dänemark 1995 am →Confederations-Cup teil und gewann auch dieses Turnier (2:0 im Finale gegen Argentinien).

DDR, zwischen 1949 und 1990 bestehender, selbständiger deutscher Staat. Die größten Erfolge der Nationalmannschaft waren die Qualifikation für die WM 1974 und der dortige Sieg gegen die gastgebende Bundesrepublik Deutschland (Jürgen →Sparwasser) sowie der Gewinn der olympischen Goldmedaille 1976 (3:1 im Finale gegen Polen). Das letzte Länderspiel gewann die DDR-Auswahl 1990 auswärts in Belgien mit 2:0, Kapitän Matthias →Sammer erzielte beide Treffer.

William DEAN, genannt »Dixie«, Stürmer vom FC Everton, der noch immer einen einmaligen Rekord hält: In der Saison 1927/28 erzielte er in der englischen First Division in 39 Punktspielen sagenhafte 60 Saisontore.

Henri DELAUNAY, genannt »Vater der Europameisterschaft«. Der erste Generalsekretär der von ihm mitgegründeten UEFA war die treibende Kraft hinter der EM-Idee. Der Vorgänger der Europameisterschaft (»Europapokal der Nationen« 1960 und 1964) hieß zu Ehren des 1955 verstorbenen Funktionärs »Coupe Henri Delaunay«.

Célestin DELMER, der französische Nationalspieler, der beim WM-Spiel Frankreichs 1930 gegen Chile (0:1) auf dem Mannschaftsfoto zu sehen war – obwohl er angeblich gar nicht mitgespielt hatte. Erst 1992 kam heraus, dass seine Mannschafts-»Kameraden« Augustín Chantrel und Marcel Pinel – die auch die statistischen Daten in die Heimat sandten – Delmers Einsatz aus Antipathie unterschlagen hatten.

Dem Fritz sei' Wetter, Sepp Herbergers Begriff für kühles und regnerisches Wetter, bei dem sein Kapitän Fritz →Walter immer seine besten Leistungen zeigte. Der Grund: Walter war vor wichtigen Spielen immer sehr nervös und kurz davor, sich zu übergeben. Bei feuchter Luft passierte ihm jedoch kein Malheur … Während des WM-Finales 1954 (→Wunder von Bern) herrschte eben dieses Fritz-Walter-Wetter.

Der Platz ist in einem herrlichen Zustand, Aussage einer FIFA-Delegation, die vor dem ersten Entscheidungsspiel der WM-Qualifikation 1974 zwischen Chile und der Sowjetunion das Nationalstadion in Santiago de Chile untersucht hatte. Der Grund: Zwei Wochen vor dem Hinspiel in Chile putschte das Militär gegen Präsident Salvador Allende, hielt im Nationalstadion Tausende politischer Gefangener fest und führte sogar Exekutionen durch. Der Protest der UdSSR wurde allerdings von der FIFA abgelehnt! Daraufhin verzichtete die sowjetische Mannschaft auf die Begegnung. Schiedsrichter Linemayr pfiff dennoch an, der chilenische Kapitän Valdéz schoss ins leere Tor, das Spiel wurde abgebrochen und mit 2:0 für Chile gewertet.

Charles DEMPSEY, der Delegierte des Ozeanischen Fußballverbandes →OFC bei der umstrittenen WM-Vergabe für das Turnier 2006 nach Deutschland. Im dritten und letzten Wahlgang des FIFA-Kongresses im Jahr 2000 enthielt sich der Neuseeländer – entgegen dem Auftrag des OFC – seiner Stimme, so dass sich überraschend Deutschland mit 12:11 Stimmen gegen den allgemeinen Favoriten Südafrika durchsetzte (Martin →Sonneborn).
Einen Tag zuvor hatten bereits die vier asiatischen Delegierten überraschend ihre Meinung pro Deutschland geändert. Die kurz zuvor beschlossene Zusammenarbeit des DFB-Sponsors DaimlerChrysler mit dem südkoreanischen Konzern Hyundai – der Sohn von Hyundai-Chef Chung saß zufällig im FIFA-Exekutiv-Komitee – hat nach Aussagen aller Beteiligten natürlich nichts mit dem schnellen Seitenwechsel zu tun …

Jupp DERWALL, der Bundestrainer bzw. Teamchef mit der besten Länderspiel-Bilanz (45 Siege, elf Unentschieden, elf Niederlagen). Der auch »Häuptling Silberlocke« genannte Ex-Assistent von Helmut Schön leitete die Nationalmannschaft von 1978 bis 1984, blieb dabei 23 Spiele in Folge ungeschlagen, gewann den EM-Titel 1980 (→Kopfballungeheuer) und wurde Vizeweltmeister 1982. Nach der enttäuschenden EM 1984 mit dem Vorrunden-Aus nach einem 0:1 gegen Spanien trat Derwall als erster Trainer der Nationalmannschaftsgeschichte vor dem Ende seiner Vertragslaufzeit zurück. Mit Galatasaray Istanbul wurde er danach zweimal türkischer Meister (1987 und 1988) und einmal Pokalsieger (1985).

Detroit Silverdome, die Arena, in der zum ersten Mal in der WM-Geschichte ein Hallenspiel stattfand. Vor 73.425 Zuschauern trennten sich 1994 der Gastgeber USA und die Schweiz 1:1. Weitere Hallenspiele desselben Turniers: Schweiz – Rumänien (4:1), Schweden – Russland (3:1) und Brasilien – Schweden (1:1). Da in der Arena das Gras nicht anwuchs, wurde der Rasen für 2,4 Millionen Dollar vor dem Gebäude auf dem Parkplatz angepflanzt und – in 1.988 Stücke zerteilt – im Silverdome ausgelegt. Das erste Hallenspiel in einer WM-Qualifikation absolvierten 1976 im Kingdome Seattle die USA und Kanada (2:0).

Deutschland, der Rekordeuropameister mit insgesamt drei Titeln (1972, 1980 und 1996) sowie mit drei WM-Siegen (1954, 1974 und 1990) die zweiterfolgreichste Nation bei Weltmeisterschaften hinter →Brasilien.

DFB, Abkürzung für Deutscher Fußball-Bund, den im Jahr 1900 gegründeten Verband des deutschen Fußballs. Der heute mit ca. 6,3 Millionen Menschen größte Sportverband der Welt trat 1905 der FIFA und 1954 der UEFA bei. Dem Ausschluss 1945 aus der FIFA wegen der Schuld Deutschlands am Zweiten Weltkrieg folgte die Wiederaufnahme 1950. Nach der Wiedervereinigung kam es 1990 zum Anschluss des Nordostdeutschen Fußballverbandes der DDR an den DFB.

Laurent DI LORTO, der Torwart der französischen Nationalmannschaft beim 1:3 im WM-Viertelfinale 1938 gegen Gastgeber Italien. Der Spieler vom FC Sochaux knallte bei der Abwehr eines Schusses von Gino Colaussi gegen den eigenen Pfosten und boxte sich den Ball dabei selbst ins Tor – 0:1.

Alfredo DI STEFANO, der einzige Spieler, der jemals vier Tore in einem Europapokal-Finale erzielte (1960 beim 7:3 mit Real Madrid gegen Eintracht Frankfurt) und zugleich der einzige Spieler, der in fünf Europapokal-Endspielen (von 1956 bis 1960) jeweils mindestens einen Treffer erzielte.
Der gebürtige Argentinier wechselte 1948 von River Plate Buenos Aires in die wilde kolumbianische Liga zu Millionarios Bogotá und 1953 zu Real Madrid. »El Aleman« (= der Deutsche; so genannt wegen seiner Disziplin) war zugleich Mittelfeldstratege, Vollstrecker vor dem Tor und absoluter Chef seiner Mannschaft und somit der entscheidende Faktor für den Erfolg der Madrilenen, die fünfmal in Folge den Europapokal der Landesmeister gewannen.
Er absolvierte sieben Länderspiele für Argentinien sowie 31 für Spanien und hatte auch als Trainer Erfolg: Mit Boca Juniors Buenos Aires wurde er argentinischer Meister 1969, mit dem FC Valencia spanischer Meister 1971, Pokalsieger 1979 sowie Europapokalsieger der Pokalsieger 1980. Seit 2000 ist »Don Alfredo« Ehrenpräsident von Real Madrid.

Double, der Gewinn der nationalen Meisterschaft und des nationalen Pokalwettbewerbs innerhalb einer Saison. Folgende deutsche Vereine konnten bisher ein Double gewinnen: Schalke 04 (1937), Bayern München (1969, 1986, 2000, 2003 und 2005), Dynamo Dresden (1971, 1977 und 1990), der 1. FC Köln (1978), der BFC Dynamo Berlin (1988), Hansa Rostock (1991) sowie Werder Bremen (2004).

Drei-Punkte-Regel, die 1994 bei Weltmeisterschaften und 1995/96 in der Bundesliga eingeführte Regel, nach der es bei Punktspielen für einen Sieg drei Punkte (statt vorher zwei) und für ein Unentschieden einen Punkt gibt.

3:4, die erste Niederlage des Fußball-Mutterlandes England gegen ein nicht britisches Team. Am 15. März 1929 unterlag England in Spanien mit diesem Ergebnis.

3:6, die erste Heimniederlage Englands gegen ein nicht britisches Team. Der Olympiasieger Ungarn gewann 1953 das Freundschaftsspiel im Londoner Wembley-Stadion mit diesem Ergebnis (→Soll ich mit ihm gehen oder nicht, →Ich weiß, wie es geht) – das Rückspiel verloren die Engländer sogar mit 1:7.

3:8, die höchste Niederlage der deutschen Nationalmannschaft bei Weltmeisterschaften. Im zweiten Gruppenspiel der WM 1954 in der Schweiz unterlag das Team von Sepp Herberger dem großen Favoriten Ungarn. Ein WM-Bluff des Bundestrainers ermöglichte erst das →Wunder von Bern: Der seit drei Jahren ungeschlagene Olympiasieger spielte mit der DFB-Elf Katz und Maus. Sandor Kocsis traf viermal, Nandor Hidekuti zweimal sowie Ferenc Puskas und Josef Toth je einmal. Allerdings hatte der Bundestrainer auf fünf Stammspieler verzichtet und die Niederlage somit bewusst in Kauf genommen. Die Ungarn waren damit über die wahre Stärke des deutschen Teams im Unklaren … Diesen Schachzug hatte sich Herberger sogar vorher vom DFB genehmigen lassen! Durch den komplizierten →Modus des Turniers musste Deutschland nach der Partie zu einem Entscheidungsspiel gegen die Türkei antreten, die man zuvor bereits 4:1 geschlagen hatte. Mit einem 7:2-Sieg (diesmal in Bestbesetzung) erreichte Deutschland das Viertelfinale.

30 WM-Niederlagen erlitt die mexikanische Nationalmannschaft bisher – absoluter Rekord. Die Bilanz Mexikos bei Weltmeisterschaften ist relativ ernüchternd: Bei zwölf Turnieren gab es zehn Siege, elf Unentschieden und 30 verlorene Spiele.

300 Zuschauer, die kleinste Besucherzahl bei einem Weltmeisterschaftsspiel. Die Partie zwischen Peru und Rumänien (1:3) im Estadio Pocitos von Montevideo bei der WM 1930 war schlechter besucht als heutzutage eine Partie in der viertklassigen Oberliga.

364 Tage, der größte Abstand zwischen Hin- und Rückspiel bei der Qualifikation für eine EM oder WM. Bei den Ausscheidungsspielen für die Europameisterschaft 1960 traten die UdSSR und Ungarn im September 1958 zum Hinspiel in Moskau (3:1) und erst im September 1959 zum Rückspiel in Budapest (0:1) an.

1313 n. Chr., das Jahr, in dem das Fußballspiel erstmals verboten wurde. Englands König Edward II. wollte damit den unangenehmen Begleiterscheinungen (Prügeleien etc.) einen Riegel vorschieben. Auch die Könige Edward III.: (1365) und Richard II. (1388), Heinrich V. (1415) und Heinrich VII. (1491) verboten zwischenzeitlich die schönste Nebensache der Welt.

83.000 Zuschauer, das Fassungsvermögen des Fußballstadions in Dortmund. Es ist damit das größte in Deutschland vor dem Olympiastadion in Berlin (76.000) und des Stadions in München (66.000) – und einer der Austragungsorte der Weltmeisterschaft 2006.

300.000 Euro, die Prämie für die deutschen Nationalspieler im Falle des Gewinns der Weltmeisterschaft 2006. Für das Erreichen des Endspiels winken 150.000 Euro, für das Halbfinale

100.000 Euro, für das Viertelfinale immerhin noch 50.000 Euro – pro Spieler, versteht sich.

13, die Rückennummer von Gerd →Müller bei den Weltmeisterschaften 1970 und 1974. Eigentlich hätte er als Mittelstürmer die Nummer 9 erhalten, doch die war für Nationalheld Uwe →Seeler reserviert. Nachdem Müller 1970 mit zehn Treffern WM-Torschützenkönig wurde, behielt er seine Glückszahl 13 – und schoss mit ihr unter anderem das entscheidende Tor im Finale 1974 gegen die Niederlande (2:1).

13-mal erreichte Deutschland bei Weltmeisterschaften mindestens das Viertelfinale – und zwar hintereinander! Bei allen Turnieren von 1954 bis 2002 war die Nationalelf unter den besten Acht der Welt.

13 Länder, die geringste Anzahl an WM-Teilnehmern. Bei der ersten Weltmeisterschaft 1930 waren nur vier europäische, zwei nordamerikanische und sieben südamerikanische Mannschaften dabei – Minusrekord. Auch am Endturnier 1950 nahmen nur 13 Länder teil, allerdings gingen 32 in die Qualifikation.

13 Spiele in Folge blieb Brasilien bei Weltmeisterschaften unbesiegt – Rekord. Nach der Niederlage im WM-Viertelfinale 1954 gegen Ungarn (2:4, →Schlacht von Bern) gewann die *Seleção* zwischen 1958 und 1966 elf von 13 Partien und wurde 1958 und 1962 Weltmeister. Erst 1966 im zweiten Gruppenspiel gab es wieder eine Niederlage: erneut gegen Ungarn (1:3).

13 Spieler, das kleinste Mannschaftsaufgebot, das jemals zu einem WM-Turnier fuhr. Bei der Weltmeisterschaft 1954 in der Schweiz hatte Schottlands Nationaltrainer Andy Beattie nur wenige Alternativen – einerseits wollte der Verband Geld sparen, andererseits hatte der Spitzenklub Glasgow Rangers wegen einer Freundschaftsspielreise nach Amerika keine Spieler abgestellt.

Du sitzt hier locker und hast zwei Weizen getrunken, Vorwurf von Rudi →Völler an den Fernsehreporter Waldemar Hartmann. Nach einem kläglichen 0:0 der deutschen Nationalmannschaft während der EM-Qualifikation 2004 auf Island reagierte der damalige Teamchef ärgerlich auf die Kritik des Moderatorenduos Gerhard Delling/Günter Netzer (»Ein neuer Tiefpunkt der Samstagabend-Unterhaltung«). »Ruuuudi« nannte die Kritik »Mist« und »Käse« – außerdem hätte Waldemar Hartmann zu sehr dem original bayerischen Gerstenheilsaft zugesprochen. »Waldi« konterte nach einer Schrecksekunde lässig: »Es gibt kein Weizenbier auf Island« und »Wir können gern zur Dopingprobe gehen.«

Aldo DUSCHER, beging das wahrscheinlich brutalste Foul *vor* einer WM. Der argentinische Abwehrspieler von Deportivo La Coruna grätschte im Champions-League-Spiel 2001/02 gegen Manchester United deren Star David →Beckham um. Die Aktion wurde in England mit Wut aufgenommen – waren doch Argentinien und England Gruppengegner bei der Weltmeisterschaft 2002. Dort allerdings revanchierte sich »Becks« gekonnt: Er verwandelte einen Strafstoß zum entscheidenden 1:0 gegen Argentinien …

E

Stefan EFFENBERG, deutscher Nationalspieler, der zunächst durch seinen →Mittelfinger und später durch seine Führungsqualitäten bekannt wurde. »Effe« spielte jeweils zweimal bei Borussia Mönchengladbach und bei Bayern München. Er gewann dreimal die Deutsche Meisterschaft (1999 bis 2001 mit Bayern München) und zweimal den DFB-Pokal (1995 mit Borussia Mönchengladbach, 2000 mit Bayern München). Zwischendurch gab er ein Gastspiel beim AC Florenz, mit dem er sogar in der italienischen Serie B spielen musste.
Seinen größten Erfolg feierte der Spieler, der in der Nationalmannschaft selten überzeugen konnte, in der Saison 2000/01 mit Bayern München: Im Finale der Champions League gegen den FC Valencia erzielte er nervenstark per Elfmeter den Ausgleich zum 1:1 und traf auch im Elfmeterschießen – Bayern München gewann schließlich 6:5 n.E.

Ehrenspielführer, inoffizieller Titel, den der DFB an überragende Nationalspieler verleiht, die über einen langen Zeitraum Kapitän der deutschen Nationalmannschaft waren. Bisher gibt es vier Ehrenspielführer: Fritz Walter, Uwe Seeler, Franz Beckenbauer und Lothar Matthäus.

Eigentor, das Erzielen eines Treffers gegen die eigene Mannschaft. Manfred →Kaltz vom Hamburger SV erzielte während seiner aktiven Zeit insgesamt sechs Eigentore in der Bundesliga (Rekord). Nikolce Noveski vom 1. FSV Mainz 05 schaffte in der Saison 2004/05 gegen Eintracht Frankfurt das Kunststück, innerhalb von nur drei Minuten gleich zweimal ins eigene Tor zu treffen (Pierre →Issa).

Ein Haus, ein Auto und Bezahlung aller Lebenskosten versprach Zaïres Präsident Mobute Sese Seko seinen Spielern nach der sensationellen Qualifikation für die WM 1974. Wegen des schwachen Abschneidens bei dem Turnier (unter anderem 0:9 gegen Jugoslawien) war später davon keine Rede mehr …

Ein Tor genügte Italien bei der Weltmeisterschaft 1970, um die Vorrunde zu überstehen. Mit einem 1:0 gegen Schweden (erzielt von Angelo Domenghini) sowie torlosen Unentschieden gegen Uruguay und Israel wurden die Azzuri sogar Gruppensieger.

Einen Strick kaufen, die schriftliche Aufforderung eines empörten Fans an Bundestrainer Sepp Herberger nach dem →3:8 Deutschlands gegen Ungarn bei der WM 1954. Die Reaktionen nach der Niederlage waren harsch, unter anderem wurde der »Chef« als Vaterlandsverräter gebrandmarkt. Nach dem 3:2-Sieg gegen Ungarn im Endspiel meldete sich der Briefschreiber übrigens erneut und entschuldigte sich.

31:0, der höchste Sieg in einem WM-Qualifikationsspiel überhaupt. Australien gewann in der zweiten Ausscheidungsrunde zur Weltmeisterschaft 2002 gegen Amerikanisch-Samoa mit diesem Ergebnis. Wenige Tage zuvor hatten die *Socceroos* den Rekord bereits mit einem 22:0 gegen Tonga gebrochen.

1.143 Minuten, die Zeit, die Italiens Torwart Dino Zoff in Länderspielen ohne Gegentor blieb – bis heute bedeutet dies Weltrekord. Der erste Gegentreffer nach zwölf Zu-Null-Spielen hatte allerdings große Folgen: Im ersten Gruppenspiel der WM 1974 in Deutschland traf der Haitianer Emmanuel →Sanon zum überraschenden 1:0 für den Außenseiter! Italien siegte zwar am Ende mit 3:1, doch nach einem 1:1 gegen Argentinien

und einer 1:2-Niederlage gegen Polen schied Italien wegen der um einen Treffer schlechteren Tordifferenz gegenüber Argentinien aus.
Den Bundesliga-Rekord hält Timo Hildebrand mit 884 Minuten: Vom 33. Spieltag der Saison 2002/03 bis zum neunten Spieltag der Saison 2003/04 musste der Keeper des VfB Stuttgart den Ball nicht aus dem Netz holen. Damit liegt Hildebrand in der Weltrangliste allerdings nur auf Platz 69. Nummer eins ist der Brasilianer Geraldo Pereira de Matos Filho. Er blieb 1977/78 in 1.816 Minuten ohne Gegentor.

Einreiseverbot, ausgesprochen von der japanischen Regierung gegenüber Diego →Maradona während der WM 2002. Der berühmt-berüchtigte Drogensünder fand aber schließlich doch noch Gnade: Justizminister Moriyanna hob das Verbot gegen den Weltstar auf – im letzten Gruppenspiel von Argentinien gegen Schweden durfte er auf der Tribüne Platz nehmen. Glück brachte er seiner Mannschaft nicht. Nach einem von Ariel Ortega verschossenen Strafstoß schied Argentinien mit einem 1:1 aus.

Einreiseverweigerung, ein Malheur, das den nigerianischen Nationalspielern nach der enttäuschenden WM 1998 passierte. Diejenigen, die nach dem überraschenden 1:4 im Achtelfinale gegen Dänemark einen Abstecher in die Heimat machen wollten, wurden von den empörten Zöllnern am Flughafen – allerdings nur vorübergehend – nicht eingelassen…

Einteiler, ein weiterer Clou von Kameruns Ausrüster Puma (→Ärmellos): Im ersten Spiel beim Afrika-Cup 2004 trat Kamerun erstmals in einem sexy Einteiler – mit den Krallen einer Raubkatze an der Seite – auf. Punkt IV des FIFA-Reglements fordert allerdings ausdrücklich Trikot *und* Hose bei einer Fußballmannschaft! Trotz der Erlaubnis des afrikanischen Verbandes CAF wollte der Schiedsrichter die erste Partie der unbezähmbaren Löwen nicht anpfeifen und fragte per Fax bei der FIFA nach. Die antwortete mit Ja – und zog Kamerun nachträglich dennoch sechs Punkte in der WM-Qualifikation ab! Zwar wurde Kamerun später begnadigt, die 200.000 Euro Strafe mussten jedoch gezahlt werden.

Eintrittskarten, das meistgesuchte Objekt während der Weltmeisterschaft 2006 in Deutschland. Von den Tickets für die insgesamt 64 WM-Spiele gingen nur ein Drittel in den freien Verkauf, der »Rest« wurde für die FIFA und ihre Sponsoren reserviert.

Ivan EKLIND, der Erfinder der kurzen Bekleidung für Schiedsrichter. An der Pfeife machte der Schwede zumeist einen guten Eindruck – bis auf das Halbfinale der Weltmeisterschaft 1934 in Italien. Beim 1:0-Sieg der Gastgeber gegen Nachbar Österreich köpfte er den Gästen den Ball weg und verhinderte so eine Torchance! Den Italienern schien das gefallen zu haben, sie nominierten Eklind auch für das Finale gegen die Tschechoslowakei (2:1 n.V.).

Ekuador, Republik in den Anden, deren Nationalmannschaft erstmals 2002 an einer Weltmeisterschaft teilnahm. Nach zwei Niederlagen in den Gruppenspielen gegen Italien und Mexiko gelang in der letzten Partie gegen Kroatien überraschend der erste Sieg. Mittelfeldspieler Edison Vicente Mendez traf zum 1:0.

Elfenbeinküste, Afrikameister von 1992 und WM-Debütant beim Turnier 2006 in Deutschland. Das Team um Chelsea-Star Didier Drogba warf am letzten Spieltag der Qualifikation 2006 in einem dramatischen Fernduell Kamerun aus dem Wettbewerb (Pierre →Womé).

EM-Endspiele, auf einen Blick:
1960: Sowjetunion – Jugoslawien 2:1 n.V.
1964: Spanien – Jugoslawien 2:1
1968: Italien – Jugoslawien 1:1 n.V., 2:0
1972: Deutschland – Sowjetunion 3:0
1976: Tschechoslowakei – Deutschland 7:6 n.E.
1980: Deutschland – Belgien 2:1
1984: Frankreich – Spanien 2:0
1988: Niederlande – Sowjetunion 2:0
1992: Dänemark – Deutschland 2:0
1996: Deutschland – Tschechien 2:1 i.V.
2000: Frankreich – Italien 2:1 i.V.
2004: Griechenland – Portugal 1:0

Empire Stadium in Vancouver, das Stadion, in dem am 24. September 1976 das erste WM-Qualifikationsspiel auf Kunstrasen stattfand. Kanada und die USA trennten sich 1:1. Gruppensieger und WM-Teilnehmer wurde allerdings Mexiko.

Engländer, die Staatsangehörigkeit, unter der Jimmy Kemp nach der WM 1978 angesprochen werden wollte. Der Schotte (!) war so enttäuscht vom Abschneiden seiner Nationalmannschaft (→Mohammed Ally), dass er eine Anzeige in die Zeitung setzte und verlangte, ab jetzt nur noch als Engländer betrachtet zu werden. England hatte sich übrigens für die WM 1978 gar nicht erst qualifiziert.

England, das »Mutterland des Fußballs«. Dort entwickelte sich im 19. Jahrhundert das moderne Fußballspiel: 1863 wurde mit der Football Association (FA) der erste Verband gegründet, im selben Jahr wurden erstmals verbindliche Regeln aufgestellt, 1871 der erste Pokal-Wettbewerb (→FA-Cup) und 1888 die erste Liga-Meisterschaft ins Leben gerufen.

Der Erfolg der englischen Nationalmannschaft bei Welt- und Europameisterschaften hält sich allerdings in Grenzen. An den ersten drei WM- und den ersten beiden EM-Turnieren nahm England erst gar nicht teil. Nur einmal, 1966 im eigenen Land (→Wembley-Tor), gelang ein WM-Sieg.

Ente, Spitzname von Willi Lippens. Der Linksaußen spielte von 1966 bis 1976 für Rot-Weiß Essen sowie von 1976 bis 1979 bei Borussia Dortmund – in 242 Bundesliga-Spielen erzielte er 92 Tore. Berühmt wurde der Niederländer, der bei nur einem Länderspiel für die Holländer auflief, allerdings auch für seine Späßchen auf dem Spielfeld. So stoppte er den Ball mit dem Hintern oder setzte sich bei der Ausführung eines Eckballs eine Fanmütze auf den Kopf. Die bekannteste Anekdote: In einem Spiel der Regionalliga mit Rot-Weiß Essen sagte der Schiedsrichter zu Lippens: »Ich verwarne Ihnen.« Schlagfertige Antwort: »Ich danke Sie.« Dafür flog Ente Lippens vom Platz …

Entscheidend is' auf'm Platz, berühmter Ausspruch von Alfred »Adi« Preißler – Deutscher Meister mit Borussia Dortmund 1956 und 1957 und zweifacher Nationalspieler – als Bundesliga-Trainer von Rot-Weiß Oberhausen.

Er spielte stets, er kämpfte nie, die bekannteste Zeile aus dem Gedicht »Auf den Tod eines Fußballspielers« von Friedrich Torberg. Der Künstler schrieb damit eine Hommage an den österreichischen Nationalspieler Matthias →Sindelar.

Sven Göran ERIKSSON, der erste ausländische Nationaltrainer Englands. Bevor der Schwede 2001 das Fußball-Mutterland übernahm, hatte er unter anderem mit dem IFK Göteborg 1982 den UEFA-Pokal, mit Benfica Lissabon 1983, 1984 und 1991 die portugiesische Meisterschaft sowie mit Lazio Rom 1999 den

Europapokal der Pokalsieger und 2000 die italienische Meisterschaft gewonnen.

Eröffnungsfeier, das offizielle Ereignis, ohne das eine Weltmeisterschaft scheinbar nicht auskommen kann. Zumindest eine der Eröffnungsfeiern wurde legendär: Die Party zur WM 1930 in Uruguay fand zu spät statt! Mit ihr wurde das neue Estadio Centenario in Montevideo eingeweiht. Da es allerdings zu Beginn des Turniers noch nicht fertig war, wurde mit der Partie zwischen Uruguay und Peru erst das siebte Turnierspiel dort ausgetragen. Zu diesem Zeitpunkt waren Brasilien, Bolivien, Paraguay, Belgien und Mexiko bereits ausgeschieden ...

Eröffnungsspiel, die 1974 eingeführte erste Partie eines WM-Turniers mit dem amtierenden Weltmeister. Die bisherigen Ergebnisse: 1974: Brasilien – Jugoslawien 0:0. 1978: Deutschland – Polen 0:0. 1982: Argentinien – Belgien 0:1. 1986: Italien – Bulgarien 1:1. 1990: Argentinien – Kamerun 0:1. 1994: Deutschland – Bolivien 1:0. 1998: Brasilien – Schottland 2:1. 2002: Frankreich – Senegal 0:1. Ab der WM 2006 ist der Titelverteidiger nicht mehr automatisch qualifiziert, daher wird von da an immer der Gastgeber das Eröffnungsspiel absolvieren.

Es gab eine Anordnung, laut Bundestrainer Berti →Vogts die Ursache für das Ausscheiden Deutschlands im WM-Viertelfinale 1998. Weil Schiedsrichter Pedersen die deutsche Mannschaft beim 0:3 gegen Kroatien (Tore: Jarni, Vlaovic, Suker) stark benachteiligt habe – insbesondere die Rote Karte für Christian Wörns nach einem dummen Foul kurz vor der Pause sei unberechtigt gewesen –, vermutete der »Bundes-Berti« eine Verschwörung der FIFA gegen Deutschland. Es gab außer ihm allerdings niemanden, der diese Theorie für sehr wahrscheinlich hielt.

Andrés ESCOBAR, der einzige WM-Spieler, der wegen eines Eigentores ermordet wurde. Der kolumbianische Abwehrspezialist »erzielte« im WM-Gruppenspiel 1994 gegen den Gastgeber USA (1:2) den Treffer zum 0:1, Kolumbien schied in der Vorrunde aus. Wenige Tage darauf erschossen unbekannte Täter den Spieler auf offener Straße in Medellin. Die Worte eines der Mörder vor der Tat: »Danke für das Eigentor, Andrés.« Es heißt, die Mitglieder des Drogenkartells hätten mit Wetten auf das WM-Spiel viel Geld verloren.

Estadio Centenario, das für die erste WM 1930 gebaute und heute noch existierende Stadion in Montevideo. Die drei Ränge des Nationalstadions Uruguays wurden beim Bau nach den Endspielstätten der Olympischen Spiele 1924 (Paris) und 1928 (Amsterdam) sowie der WM 1930 (Montevideo) benannt. In allen drei Begegnungen trug Uruguay den Sieg davon.

Estadio Maracaná, das mit einem Fassungsvermögen von 200.000 Besuchern größte Stadion der Welt. Die zur WM 1950 in Rio de Janeiro gebaute »Schüssel« hält immer noch den Zuschauerrekord für Länderspiele (199.854 beim letzten Gruppenspiel der WM 1950 zwischen Brasilien und Uruguay, Moacir →Barbosa) und den Zuschauerrekord für Ligaspiele (177.656 beim Lokalderby 1963 zwischen Flamengo und Fluminense Rio de Janeiro). Offiziell heißt das Stadion übrigens Estadio Mario Filho, benannt nach dem berühmten brasilianischen Sportjournalisten, der unter anderem die Zeitungen *O Globo* und *O Mundo Esportivo* gründete.

Europameisterschaft, der seit 1960 ausgetragene Kontinentalwettbewerb des europäischen Fußballverbandes UEFA. Rekordsieger mit drei Titeln ist Deutschland (1972, 1980 und 1996). Frankreich gewann die EM zweimal (1984 und 2000), die

UdSSR (1960), Spanien (1964), Italien (1968), die Tschechoslowakei (1976), die Niederlande (1988), Dänemark (1992) und Griechenland (2004) je einmal. Bei den ersten beiden Austragungen hieß der noch inoffizielle Wettbewerb »Europapokal der Nationen«, erst seit 1968 wird er von der UEFA organisiert.

Europapokal der Landesmeister, der zwischen 1955 und 1992 ausgetragene und 1993 von der →Champions League abgelöste Wettbewerb der nationalen Meister. Rekordsieger ist Real Madrid mit sechs Titeln (1956 bis 1960 sowie 1966). Rechnet man die Champions League hinzu, kommen die »Galaktischen« sogar auf neun Siege. Zwei deutsche Vereine konnten den Europapokal der Landesmeister gewinnen: Bayern München (1974 bis 1976) und der Hamburger SV (1983).

Europapokal der Pokalsieger, der zwischen 1960 und 1999 ausgetragene Wettbewerb der nationalen Pokalsieger. Rekordtitelträger ist der FC Barcelona mit vier Siegen (1979, 1982, 1989 und 1997). Dieser Wettbewerb ist der einzige Europapokal, der niemals vom Titelverteidiger gewonnen werden konnte. Allein sieben Mal stand der Vorjahressieger im Endspiel und verlor: der AC Florenz 1962, Atletico Madrid 1963, der AC Mailand 1974, der RSC Anderlecht 1977, Ajax Amsterdam 1988, der AC Parma 1994, Arsenal London 1995 und Paris Saint-Germain 1997. Seit der Saison 1999/2000 qualifizieren sich die nationalen Pokalsieger für den UEFA-Pokal.

EUSEBIO, der WM-Torschützenkönig 1966 mit neun Treffern. Der portugiesische Nationalheld stammt aus Maputo im ehemaligen Mosambik und wurde mit 17 Jahren von den Spähern von Benfica Lissabon entdeckt. Mit Benfica gewann er unter anderem elfmal die portugiesische Meisterschaft sowie den Europapokal der Landesmeister 1963. Berühmt wurde der kraftvolle

und antrittsschnelle Stürmer durch seinen Auftritt im Gruppenspiel gegen Brasilien (3:1), als er mit zwei Toren Pelé & Co. aus dem Wettbewerb schoss, und im WM-Viertelfinale 1966 zwischen Portugal und Nordkorea (→5:3), als er mit vier Toren fast im Alleingang den 0:3-Rückstand seiner Mannschaft aufholte.
Benfica sorgte mit astronomischen Ablöseforderungen dafür, dass die »schwarze Perle« erst 1975 den Verein verlassen konnte. Dort hatte der dunkelhäutige Stürmer – verglichen mit anderen großen Stars seiner Zeit – für einen Hungerlohn gespielt.

F

FA-Cup, der erste Wettbewerb der Fußballgeschichte. 1871/72 wurde der Pokalwettbewerb vom englischen Fußballverband Football Association (FA) ins Leben gerufen. Erster Titelträger waren die Royal Engineers (1:0 im Finale gegen London Wanderers). Rekordsieger ist Manchester United mit 18 Titeln.

FAHD Al-Ahmed, kuwaitischer Scheich und früherer Präsident des kuwaitischen Fußballverbandes. Er winkte während des WM-Vorrundenspiels 1982 zwischen Kuwait und Frankreich beim Stand von 1:3 von der Tribüne aus seine Mannschaft vom Platz und eilte auf das Spielfeld, um gegen ein Tor des Franzosen Alain Giresse zu protestieren. Wegen eines Pfiffes aus dem Publikum seien seine Spieler »abgelenkt« gewesen. Nach minutenlanger Diskussion setzte Schiedsrichter Stupar das Spiel mit einem Schiedsrichterball fort – er gab Al-Ahmed damit tatsächlich nach und entschied auf »kein Tor«! Maxim Bossis traf in der Schlussminute doch noch zum 4:1-Endstand für Frankreich, Kuwait schied aus und wurde von der FIFA mit einer Geldstrafe belegt.

Fahrstuhlmannschaft, ein Verein, der immer wieder durch Auf- und Abstiege zwischen zwei Spielklassen pendelt. Die Fahrstuhlmannschaft der Bundesliga ist Arminia Bielefeld mit insgesamt sieben Auf- und sechs Abstiegen seit 1963. Den Weltrekord hält der zypriotische Verein Aris Limassól: Zwischen 1997 und 2005 stieg man insgesamt neunmal *in Folge* ab und wieder auf …

Charlie FAULTLESS, ein schottischer Schiedsrichter bei der WM 1954 in der Schweiz. Laut Zuschauermeinung konnte Mr.

Faultless seinen Nachnamen (= »fehlerfrei«) bei der Leitung der Partien Brasilien – Jugoslawien und Österreich – Schweiz nicht immer rechtfertigen ...

Faustschlag, die Handlung, die Torwart Uli Stein den Job beim Hamburger SV kostete. Im Supercup-Finale 1987 zwischen dem HSV und Bayern München (1:2) schlug Stein den Torschützen zum 2:1, Uwe Wegmann, nieder. Sein Verein entließ ihn mit sofortiger Wirkung, Stein spielte später allerdings bei Eintracht Frankfurt weiter in der Bundesliga. In der Nationalmannschaft kam er insgesamt sechsmal zum Einsatz und stand 1986 bei der WM in Mexiko im Aufgebot (→Suppenkasper).

Sir Alex FERGUSON, gewann mit dem FC Aberdeen und Manchester United insgesamt 22 Titel (unter anderem den Europapokal der Pokalsieger 1983 und 1991 sowie die Champions League 1999) – Weltrekord.

Fernsehübertragung der WM-Spiele findet seit 1954 statt. Die erste Partie der WM-Geschichte, die das Fernsehen zeigte, war das Gruppenspiel zwischen Jugoslawien und Frankreich (Endstand 1:0).

FIFA, die Abkürzung für Fédération Internationale de Football Association, den 1904 gegründeten Fußball-Weltverband mit Sitz in Zürich. Die FIFA hat heute 207 Mitgliedsverbände. Gründungsmitglieder sind Frankreich, Belgien, die Schweiz, Dänemark, die Niederlande, Schweden und Spanien (das zunächst nur durch einen Verein vertreten war: Madrid FC, seit 1920 Real Madrid). Die FIFA veranstaltet Welt- und Kontinentalmeisterschaften sowie die Olympischen Fußballturniere und überwacht das Regelwerk (→IFAB).

Flutlichtspiel, das erste WM-Spiel unter Flutlicht. Es fand erst bei der Weltmeisterschaft 1974 in Deutschland statt – und auch das nur wegen schlechten Wetters. Das →Eröffnungsspiel zwischen Weltmeister Brasilien und Jugoslawien, das um 17 Uhr im Frankfurter Waldstadion angepfiffen wurde, endete trotz der intensiven Beleuchtung nur 0:0.

Just FONTAINE schoss 13 Tore bei nur einem einzigen WM-Turnier – ein Rekord für die Ewigkeit. Bei seiner einzigen Weltmeisterschaftsteilnahme 1958 gelang dem französischen Nationalspieler das Kunststück, in allen sechs Spielen mindestens einen Treffer zu erzielen – gegen Paraguay (3), Jugoslawien (2), Schottland (1), Nordirland (2), Brasilen (1) und Deutschland (4). Das schaffte nach ihm nur der Brasilianer →Jairzinho.
In Marrakesch geboren, trat der antrittsschnelle Fontaine für die Junioren-Nationalmannschaft Marokkos an, bevor er nach Frankreich wechselte. Mit OGC Nizza wurde er einmal Meister (1956) und einmal Pokalsieger (1954), mit Stade Reims dreimal Meister (1958, 1960 und 1962) sowie einmal Pokalsieger (1958). An der WM 1958 sollte der Stürmer gar nicht teilnehmen. Doch da René Bliard verletzt war, nahm ihn Frankreichs Trainer Albert Batteux mit, am Ende wurde Frankreich WM-Dritter. Nach einem doppelten Schien- und Wadenbeinbruch im Jahr 1960 musste der »Herr der 13 Tore« seine Karriere beenden.

Forza Italia (»Vorwärts, Italien«), der Schlachtruf der Fans der italienischen Nationalmannschaft. Silvio Berlusconi, Präsident des AC Mailand zwischen 1986 und 2005, benutzte ihn für den Namen seiner Partei, mit der er Italiens Ministerpräsident wurde.

Frankenstein, der Spitzname von Ailton Manga, Brasiliens Torwart bei der Weltmeisterschaft 1966. »Grausam« war dabei vor allem sein Fehler vor dem ersten Gegentor im letzten

Gruppenspiel gegen Portugal (1:3). Nach der Niederlage schied Titelverteidiger Brasilien bereits in der Vorrunde aus.

Frankreich, der erste amtierende Weltmeister, der auch Europameister wurde. Nach dem WM-Sieg 1998 im eigenen Land durch ein 3:0 im Finale gegen Brasilien gewann die *Equipe tricolore* 2000 auch den EM Titel mit 2:1 i.V. gegen Italien (→Golden Goal). Ebenfalls im eigenen Land gelang Frankreich auch der EM-Gewinn 1984 (Michel →Platini). In zwei dramatischen WM-Halbfinals 1982 (→8:7 n.E.) und 1986 unterlagen die Franzosen der deutschen Nationalmannschaft.
Die Grande Nation weist allerdings auch einen peinlichen Rekord auf: Bei der WM 2002 in Südkorea und Japan wurde Frankreich zum schlechtesten Titelverteidiger der WM-Historie: Mit 0:1 gegen Senegal, 0:0 gegen Uruguay und 0:2 gegen Dänemark schied der amtierende Weltmeister ohne Tor und ohne Sieg bereits in der Vorrunde aus.

Freemason's Tavern, die Kneipe in London, in der 1863 mit der englischen Football Association (FA) der erste Fußballverband der Welt gegründet wurde. Der Zeitung *The Times* war das damals nicht mehr als 35 Zeilen wert …

Freilos, das automatische Weiterkommen in die nächste Runde eines Wettbewerbs, ohne ein Spiel auszutragen. Bei Weltmeisterschaften gab es dies nur ein einziges Mal: Schweden erreichte 1938 in Italien kampflos das Viertelfinale, da der zugeloste Gegner Österreich nach dem »Anschluss« an Deutschland seinen Fußballverband aufgelöst und dem DFB unterstellt hatte (→Anschlussspiel).

Freundschaftsspiel, die Partie zwischen Nordirland und Italien im Jahr 1957. Eigentlich sollten die beiden Länder am 4. Dezember zum WM-Qualifikationsspiel in Belfast antreten, doch Schieds- und Linienrichter steckten am Londoner Flughafen wegen Nebel fest. Da sich die *Azzurri* (die »Blauen«) weigerten, einen nordirischen oder schottischen Schiedsrichter anzuerkennen, geht die daraufhin ausgetragene Partie (2:2) als Freundschaftsspiel in die Annalen der Weltmeisterschaften ein. Von Freundschaft konnte allerdings keine Rede sein, die 90 Minuten waren gekennzeichnet durch brutale Fouls und Zuschauerausschreitungen. Am 15. Januar 1958 fand schließlich das Qualifikationsspiel statt: Der Schiedsrichter kam diesmal rechtzeitig an (es war übrigens derselbe: Herr Zsolt aus Ungarn), Nordirland siegte überraschend 2:1 und fuhr zur WM 1958.

Robin FRIDAY, der beste Fußballer der Welt, der niemals in einer ersten Liga spielte. 1952 in Acton bei London geboren, spielte der begnadete Stürmer nur von 1974 bis 1977 professionell Fußball, zunächst beim englischen Viertligisten FC Reading, danach bei Cardiff City. Die wenigen Augenzeugen seiner Spiele loben noch heute Fridays Talent als »pure Magie«. Dem auch wegen seiner Eskapaden außerhalb des Platzes (Alkohol, LSD, Frauen, Kneipenschlägereien …) bekannten Spieler wurde von der Pop-Band *Super Furry Animals* mit dem Song »The Man Don't Give a Fuck« ein Denkmal gesetzt. Bekannte Manager wie Bob Paisley vom FC Liverpool nahmen von einer Verpflichtung des Genies Abstand. Robin Friday starb 1990 – mit nur 38 Jahren – an einem Herzinfarkt.

Artur FRIEDENREICH schoss mit 1.329 Treffern die meisten Tore der Fußballgeschichte – vor Pelé (1.282) und dem Österreicher Bimbo Binder (1.006). 1892 als Sohn eines Deutschen und einer Afro-Brasilianerin geboren, wurde er mit CA Paulistano São Paulo zwischen 1912 und 1929 insgesamt siebenmal Torschützenkönig der São-Paulo-Liga und der erste Superstar des brasilianischen Fußballs. Wegen seiner schwarzen Vorfahren wurde er allerdings lange Zeit diskriminiert (er glättete vor jedem Spiel sein krauses Haar und fixierte es mit Brillantine) und machte nur 22 Länderspiele für Brasilien. 1919 sorgte »Fried« für den ersten Titel der *Seleção* überhaupt, indem er das entscheidende 1:0 gegen Uruguay im Finale um die →Südamerikameisterschaft erzielte.

Friedensnobelpreis, der Preis, den Frankreichs Nationaltrainer Michel Hidalgo nach dem unfairen 1:0 zwischen Deutschland und Österreich bei der WM 1982 in Gijon an beide Teams vergeben wollte. Im letzten Gruppenspiel musste Deutschland unbedingt gewinnen, um in die Zwischenrunde einzuziehen. Nachdem das Ergebnis von Algerien (3:2 gegen Chile) vom Nachmittag bereits bekannt war, genügte Österreich auch eine knappe Niederlage zum Weiterkommen. Nach dem frühen Führungstor in der 11. Minute durch Horst →Hrubesch per Knie spielten deutsche und österreichische Spieler den Ball nur noch in den eigenen Reihen umher, ohne einen weiteren Treffer erzielen zu wollen. Die Zuschauer pfiffen, TV-Reporter Eberhard Stanjek echauffierte sich, doch am Ende blieb es beim 1:0. Algerien schied punktgleich mit Deutschland und Österreich aus – und das Spiel ging in die Fußball-Annalen als »Nichtangriffspakt von Gijon« ein. Nach diesem Skandalspiel (sowie dem skandalösen →6:0 Argentiniens bei der WM 1978 gegen Peru) entschied die FIFA, ab 1986 die letzten Gruppenspiele immer zeitgleich auszutragen.

Anders FRISK, der erste Schiedsrichter, der wegen anhaltender Bedrohungen durch Fußballfans seine Karriere beendete. Der Norweger war in der Saison 2004/05 zunächst beim Champions-League-Spiel zwischen Lazio Rom und Dynamo Kiew von einem italienischen Zuschauer per Steinwurf verletzt worden und hatte die Partie abgebrochen. Nach der Leitung der Champions-League-Partie zwischen dem FC Barcelona und Chelsea London wurde er von Chelseas Trainer José Mourinho beschuldigt, in der Halbzeitpause mit Barça-Coach Frank Rijkaard Absprachen getroffen zu haben. Die Drohanrufe der englischen Anhänger nahmen ein so großes Ausmaß an, dass Anders Frisk kein Spiel mehr pfeifen wollte.

Frisör, ein Dienstleister, zu dem Argentiniens Nationaltrainer Daniel Passarella vor der WM 1998 zwei seiner Spieler schickte: Gabriel Batistuta (→Batigol) und Fernando Redondo. Passarella, dessen wehende Haarpracht bei der WM 1978 im eigenen Land länger war als die Batistutas 20 Jahre später, verlangte auch in der äußeren Erscheinung absolute Disziplin. Batigol folgte dem Wunsch des Trainers, Redondo nicht.

Fünf WM-Teilnahmen, ein Rekord für die Ewigkeit, den nur zwei Spieler der Fußballgeschichte halten: Mexikos Torwart Antonio →Carbajal und Lothar →Matthäus.

Fünf Elfmeter in einem einzigen WM-Spiel. Diesen Rekord hält der Schiedsrichter Ulysses Saucedo, der beim Spiel der WM 1930 zwischen Argentinien und Mexiko fünfmal auf den ominösen Punkt zeigte. Vier Schützen erwiesen sich dabei als sicher, der Argentinier Paternóster verschoss. Einziger Trost: Wie man später herausfand, musste Paternóster aus 14,63 Metern Entfernung schießen! Er hat damit die Ehre, den »längsten« Elfmeter der WM-Geschichte ausgeführt zu haben …

5:3, das Ergebnis des WM-Viertelfinales 1966 zwischen Portugal und Nordkorea. Die asiatische Mannschaft hatte nach 24 Minuten bereits mit 3:0 geführt, doch →Eusébio hatte einen seiner großen Tage erwischt. Der portugiesische Stürmer erzielte drei Minuten darauf das 1:3, holte den Ball aus dem Netz und legte ihn auf den Anstoßpunkt – der Auftakt zu einer sensationellen Aufholjagd. Er selbst schoss drei weitere Treffer (darunter allerdings zwei Elfmeter), José Augusto besorgte den Rest …

5,38, die durchschnittliche Trefferzahl bei der WM 1954 in der Schweiz. Mehr Tore fielen bisher bei keiner Weltmeisterschaft. Den Minusrekord gab es bei der WM 1990 mit 2,21 Toren pro Partie.

15 Uhr oder 18.45 Uhr?, die Frage nach der Anstoßzeit des WM-Qualifikationsspiels 1997 zwischen Estland und Schottland. Nach der Ankunft der Gäste wurde die Partie überraschend vorverlegt, doch Estlands Nationalmannschaft trat um 15 Uhr nicht an – mit der Begründung, die Spieler seien »bei der Arbeit«. Um 18.45 Uhr wiederum traten die Schotten nicht an, so dass die Partie zweimal je mit einer Mannschaft angepfiffen, aber nicht beendet wurde … Die FIFA setzte das Spiel schließlich neu an, in Monaco trennten sich die Streithähne 0:0.

25 WM-Spiele, der Rekord, den immer noch der deutsche Nationalspieler Lothar →Matthäus hält. Zwischen 1982 und 1998 trat er 25-mal bei Weltmeisterschafts-Endrunden an, es folgen Paolo Maldini (23) sowie Uwe Seeler, Wladyslaw Zmuda und Diego Maradona (jeweils 21).

50 Jahre, die längste Zeitspanne, die ein Trainer bei demselben Verein blieb. Bill Maley war von der Gründung Celtic →Glasgows 1883 bis 1933 als Übungsleiter verantwortlich und gewann in dieser Zeit 17-mal die schottische Meisterschaft und 14-mal den schottischen Pokal.

50 Millionen US-Dollar, die Höhe des Kredits, den Argentinien 1978 an den Nachbarn Peru gab – einen Tag nach dem →6:0 Argentiniens gegen Peru im entscheidenden Spiel der Zwischenrunde ... Weiterhin lieferte Argentiniens Diktator Videla 35.000 Tonnen Weizen und Waffen.

50.000 US-Dollar, der Inhalt der 20 Briefumschläge, mit denen Sepp →Blatter jeweils die Annahme seiner »Verbesserungs«-Vorschläge vor der FIFA-Kommission unterstützen lassen wollte. Unter anderem sollten die Tore größer und die Hosen der Frauen kürzer werden, außerdem sollte die WM alle zwei statt alle vier Jahre stattfinden. »For the Good of the Game« (Blatters Wahlspruch) entschieden die Delegierten anders.

Fußballkrieg, der verharmlosende Titel für die militärischen Auseinandersetzungen zwischen El Salvador und Honduras im Jahr 1969. Nach zwei Spielen (1:0, 0:3) in der WM-Qualifikation gegen El Salvador wies Honduras 300.000 Salvadorianer des Landes aus. Nach dem Entscheidungsspiel (3:2 n.V. in Mexiko City für El Salvador) griff der Gewinner (!) den Verlierer an. Die FIFA ließ El Salvador dennoch als WM-Teilnehmer zu.

Fußballschuhe, ein notwendiges Utensil, das in seltenen Fällen auch bei einem WM-Turnier vergessen wird. So fuhr die Nationalmannschaft Belgiens 1982 in Spanien zum Spiel gegen El Salvador ohne »Buffer« ins Stadion. Eine Polizeistreife raste mit Blaulicht los, um sie zu holen – und hatte eine Reifenpanne! Erst ein zweiter Wagen brachte die Fußballschuhe rechtzeitig ins Stadion. Die Belgier spielten allerdings wie in fremden Schuhen und gewannen nur ganz knapp 1:0.

G

Galacticos, »die Galaktischen«, der Titel für die Startruppe von Real →Madrid, die Präsident Florentino Perez seit dem Jahr 2000 zusammengestellt hat. Nacheinander verpflichtete der Verein die Weltstars Luis Figo (2000 vom FC Barcelona), Zinedine Zidane (2001 von Juventus Turin), Ronaldo (2002 von Inter Mailand), David Beckham (2003 von Manchester United), Michael Owen (2004 vom FC Liverpool) und Robinho (2005 vom FC Santos).

Placido Pando Reynaldo GALINDO, der erste Spieler der WM-Geschichte, der jemals vom Platz gestellt wurde. Der peruanische Mittelfeldspieler musste bei der Weltmeisterschaft 1930 im Spiel gegen Rumänien wegen Foulspiels das Spielfeld verlassen. Trotz einer Sperre lief er allerdings im folgenden Spiel gegen Gastgeber Uruguay wieder auf, ohne dass die Verantwortlichen der FIFA es bemerkten.

GARRINCHA, »kleiner Vogel« , eigentlich Manuel Francisco dos Santos, der einzige WM-Torschützenkönig, der per Los bestimmt wurde. Gemeinsam mit fünf anderen Spielern hatte Garrincha – der bei der Weltmeisterschaft 1962 in Chile auch ohne den verletzten Pelé groß auftrumpfte und je zwei Treffer im Viertelfinale gegen England (3:1) und im Halbfinale gegen Chile (4:2) schoss – insgesamt vier Tore erzielt, wurde aber zum alleinigen Sieger erklärt.
Der indianischstämmige Brasilianer wurde links mit einem O-Bein und rechts mit einem X-Bein geboren, wobei das linke Bein auch noch sechs Zentimeter kürzer war. Ein Handicap schien dies nicht zu sein: Als Rechtsaußen des FC Botafogo Rio de Janeiro wurde er für seine spektakulären Dribblings berühmt.

Mit der brasilianischen Nationalmannschaft verlor Garrincha in 57 Länderspielen nur ein einziges Mal – in seinem letzten Spiel bei der WM 1966 gegen Ungarn (1:3). Zuvor gewann er 1958 in Schweden sowie 1962 in Chile jeweils den WM-Titel. Dabei war seine Finalteilnahme 1962 durchaus umstritten: Nach einem üblen Foul des chilenischen Abwehrspielers Eladio Rojas im Halbfinale (Endstand 4:2 für Brasilien) stand »Mané« auf und knuffte dem Übeltäter sechs Minuten vor Spielende mehr aus Spaß als aus Rache mit dem Knie in dessen Hintern. Der Linienrichter informierte den peruanischen Schiedsrichter Yamasaki, der stellte Garrincha vom Platz! Weil damals ein Platzverweis keine automatische Sperre nach sich zog, musste die FIFA-Kommission über die Finalteilnahme Garrinchas entscheiden. Da sich sogar der peruanische Präsident bei Yamasaki für Garrincha einsetzte (!), entschied die Kommission mit fünf zu zwei Stimmen für den Brasilianer.

Paul GASCOIGNE, englischer Nationalspieler unter anderem während der WM 1990 und der EM 1996. »Gazza«, der mit Tottenham Hotspur 1991 den →FA-Cup gewann sowie mit Glasgow Rangers 1996 und 1997 schottischer Meister sowie 1996 schottischer Pokalsieger wurde, hatte neben genialen Momenten auf dem Platz vor allem einige verrückte Momente außerhalb des Spielfeldes. So tauchte er eine Stunde nach einem Länderspiel in einem Pub auf – immer noch mit dem England-Outfit bekleidet, inklusive Schuhen. Er setzte sich ans Steuer des Mannschaftsbusses beim FC Middlesbrough und fuhr das Fahrzeug gegen die Einfahrt – 14.000 Pfund Schaden. Und er lieferte sich einen der bekanntesten Zweikämpfe der englischen Fußballgeschichte mit Vinnie »die Axt« →Jones. Beim Spiel zwischen Newcastle United und Jones' Verein FC Wimbledon griff dieser Paul Gascoigne in die »Familienplanung« und drückte fest zu – das Foto der beiden wurde weltbekannt. Nach der Partie schickte »Gazza« eine Rose zu Vinnie Jones in die Umkleidekabine. Der bedankte sich und schickte eine Toilettenbürste zurück.

Gesundheitsbescheinigung, ein offizielles Papier, das Brasiliens Mannschaftsarzt Dr. Goisling vor der Anreise der *Seleção* zur Weltmeisterschaft 1962 von insgesamt 24 Prostituierten eines Bordells in Vina del Mar forderte. Das ist eine perfekte Vorbereitung ...

Ghana, das erste afrikanische Land, das bei den Olympischen Spielen eine Medaille im Fußball gewann (Bronze 1992 in Barcelona mit 1:0 gegen Australien). Der vierfache Afrikameister (1963, 1965, 1978 und 1982) und zweifache U17-Weltmeister (1991 und 1995) zählt traditionell zu den stärksten Fußballnationen seines Kontinents, konnte sich aber erst 2006 erstmals für eine WM-Endrunde qualifizieren. Beim bisher einzigen Länderspiel Deutschlands gegen Ghana (6:1) brillierte TV-Kommentator Heribert Fassbender mit der politisch korrekten Aussage: »Die Spieler von Ghana erkennen Sie an den gelben Stutzen.«

Gib mich die Kirsche, berühmter Spruch von Linksaußen Lothar Emmerich, mit dem er seine Mitspieler aufforderte, ihm den Ball zuzuspielen. »Emma« war Torschützenkönig der Bundesliga 1966 (31 Treffer) und 1967 (28 Treffer, gemeinsam mit Gerd →Müller) und wurde mit der deutschen Nationalmannschaft 1966 in England Vizeweltmeister.

Ginseng, eine gesunde Wurzel, welche die Spieler von Nordkorea bei der WM 1966 zur Stärkung einnahmen. Nach einer überraschenden Kontrolle durch die FIFA wurde dies entdeckt und den Spielern als angebliches Dopingmittel vor dem Viertelfinale gegen Portugal (3:5) verboten.

Celtic GLASGOW, schottischer Rekord-Pokalsieger mit bisher 33 Titeln – das ist zugleich Weltrekord. Celtic – der Verein der irischen Einwanderer und Katholiken Glasgows – ist außerdem der erste britische Verein, der den Europapokal der Landesmeister gewann (1967) und der erste Verein, der das →Triple holte.

GLASGOW Rangers, schottischer Rekordmeister mit bisher 51 Titeln, was zugleich Weltrekord bedeutet. Der Klub der Protestanten Glasgows hat inzwischen denselben Trikotsponsor wie der »Erzfeind« Celtic →Glasgow (die Biermarke Carling), da die Fans beider Vereine bis dato immer den Sponsor des jeweils anderen Teams boykottiert hatten.

Rudi GLÖCKNER, der einzige deutsche Schiedsrichter, der ein WM-Finale pfiff. Glöckner leitete insgesamt 251 Partien der DDR-Oberliga und 24 Länderspiele, darunter das Finale der Weltmeisterschaft 1970 zwischen Brasilien und Italien (4:1).

Golden Goal, die umstrittene, von 1996 bis 2003 geltende Regel, nach der ein K.o.-Spiel, das nach 90 Minuten unentschieden steht, in der Verlängerung durch den ersten gefallenen Treffer entschieden wird. Die wichtigsten Golden-Goal-Schützen: Oliver →Bierhoff im EM-Finale 1996 zwischen Deutschland und Tschechien (2:1 i.V.), Laurent Blanc im WM-Achtelfinale 1998 zwischen Frankreich und Paraguay (1:0 i.V.), David Trezeguet im EM-Finale 2000 zwischen Frankreich und Italien (2:1 i.V.), Delfi Geli per Eigentor (!) im UEFA-Cup-Finale 2001 zwischen dem FC Liverpool und CD Alavez (5:4 i.V.) sowie Nia Künzer im WM-Finale der Frauen 2003 zwischen Deutschland und Schweden (2:1 i.V.). 2003 wurde die Regel durch das →Silver Goal ersetzt.

Goldene Generation, Bezeichnung für die Spieler, die mit Portugal die U21-WM 1989 und 1991 gewannen und jahrelang das Gerüst der portugiesischen A-Nationalmannschaft bildeten. Insgesamt fünf Spieler waren bis zur EM 2004 im eigenen Land dabei: Luis Figo, Joao Pinto, Rui Costa, Fernando Couto und Torwart Vitor Baia. Ein Happy End gab es für das Quintett nicht: Im EM-Finale 2004 unterlag Portugal gegen →Griechenland mit 0:1.

Goldmedaille um den Hals, die einzige Bekleidung, welche die amerikanische Torhüterin Briana Scurry nach dem Finalsieg gegen Brasilien beim Olympischen Turnier 1996 in Atlanta trug, als sie jubelnd durch die Straßen lief. Frauenfußball war erst kurz zuvor als olympische Disziplin anerkannt worden und erlebte deshalb in Atlanta seine Premiere.

Gooooool, der berühmte, lang gezogene Torschrei der brasilianischen Rundfunkjournalisten. Erfunden wurde er 1942 von Radioreporter Rebelo Junior aus Rio de Janeiro.

Sergio GOYCOECHEA, der nominell dritte Torwart der argentinischen Nationalmannschaft bei der WM 1990 in Italien. Doch wegen Verletzungen der beiden anderen Torhüter wurde der Keeper von River Plate Buenos Aires während des Turniers zur Nummer eins und zum gefürchteten Elfmetertöter. Im Viertelfinale gegen Jugoslawien (3:2 n.E.) und im Halbfinale gegen Gastgeber Italien (5:4 n.E.) wehrte er jeweils zwei Schüsse ab. Lediglich im Endspiel gegen Deutschland hielt Goycoechea keinen Strafstoß: Andreas Brehme verwandelte in der 85. Minute zum entscheidenden 1:0. Mit insgesamt vier bei Weltmeisterschaftsturnieren gehaltenen Elfmetern hält Goycoechea gemeinsam mit Harald »Toni« Schumacher (→»Ich zahl' ihm die Jacketkronen«) den Rekord.

Jürgen GRABOWSKI, der erste deutsche Spieler der WM-Geschichte, der eingewechselt wurde. Der Mittelfeldspieler, später mit Eintracht Frankfurt DFB-Pokal-Sieger 1974 und 1975 sowie UEFA-Pokal-Sieger 1980 – kam im ersten Gruppenspiel 1970 gegen Marokko zur zweiten Halbzeit für Helmut Haller ins Spiel und sorgte durch seine Leistung dafür, dass aus dem 0:1 zur Pause noch ein 2:1-Sieg wurde.

Green Fire Jewellery, der Juwelier in der Lobby des Hotels Tegendama in Bogotá. Hier soll der englische Spieler Bobby Moore zwei Wochen vor dem Start der WM 1970 in Mexiko angeblich ein Armband im Wert von 600 Pfund gestohlen haben. Hintergrund der Anschuldigung war eine damals übliche Methode der Erpressung von Prominenten. Bobby Moore wurde verhaftet und erhielt Hausarrest, wurde aber freigesprochen.

Grenoli, die Abkürzung für das schwedische Sturmtrio Gren-Nordahl-Liedholm, das nach dem Olympiasieg Schwedens 1948 zum AC Mailand wechselte. Nils Liedholm kam 1948 vom IFK Norrköpping, Gunnar Nordahl 1949 ebenfalls sowie Gunnar Gren 1949 von Orgryte IS. Unter Trainer Nereo Rocco, und mit seinem schwedischen Sturm, gewann der AC Mailand 1951 die italienische Meisterschaft.

Griechenland, der Sensationssieger des EM-Turniers 2004 in Portugal. Unter dem deutschen Trainer Otto →Rehhagel gewann das sehr defensiv agierende griechische Team im Endspiel gegen den Gastgeber mit 1:0 durch ein Tor des Bundesliga-Spielers Angelos →Charisteas von Werder Bremen. Zuvor hatten die Hellenen auch Frankreich (1:0) und Tschechien (1:0 i.V.) geschlagen.

Grimme-Preis, anerkannter Fernsehpreis in Deutschland, der im Jahr 2000 unter anderem an die beiden Fußball-Moderatoren

Gerhard Delling und Günter →Netzer verliehen wurde. Mit ihren ironischen Kommentaren hatten sie das blamable Ausscheiden der deutschen Nationalmannschaft bei der EM in Belgien und den Niederlanden (→B-Mannschaft) halbwegs erträglich gemacht.

Gyula GROSICS, der Torwart der ungarischen Nationalmannschaft beim Olympiasieg 1952 sowie bei den WM-Turnieren 1954, 1958 und 1962. Im Gruppenspiel der Weltmeisterschaft 1954 gegen Südkorea (9:0) hatte der Spieler von Honved Budapest seinen einzigen peinlichen Auftritt im internationalen Fußball: Bei einer Abwehraktion verlor er seine Hose – doch zum Glück war der Gegner so schwach, dass Grosics bis zu seiner Wiedereinkleidung nicht eingreifen musste.

Guatemala, die Nationalmannschaft, die während der Qualifikation für die WM 1958 durch eine »geschlossene Mannschaftsleistung« auf sich aufmerksam machte: Nachdem die Mannschaft in der ersten Runde daheim gegen Costa Rica 2:6 verloren hatte und auch im Rückspiel 1:3 zurücklag, regte sich der Spieler Quinones nach einem nicht gegebenen Treffer auf und wurde vom Platz gestellt. Aus Protest folgten die anderen zehn Spieler und verließen das Spielfeld. Die FIFA wertete das Spiel mit 3:1 für Costa Rica.

Gulasch, das Mittagessen, welches Bundestrainer Sepp →Herberger am Tag nach dem →3:8 der deutschen Nationalmannschaft im Gruppenspiel der WM 1954 gegen Ungarn servieren ließ. Der schlaue Taktiker hatte kein Problem mit der hohen Niederlage …

Gurkentruppe, die Beleidigung, die Ersatzkeeper Uli Stein (→Suppenkaspar) während der WM 1986 in Mexiko angeblich für die deutsche Nationalmannschaft fand. Bis heute schwört der damalige HSV-Torwart, nicht er, sondern Teamchef Franz →Beckenbauer wäre es gewesen.

Rudi GUTENDORF, der einzige Trainer, der wegen eines korrupten Postbeamten nie zu WM-Ehren gelangte.
»Riegel-Rudi« wurde in der ersten Bundesliga-Saison 1963/64 mit dem Meidericher SV überraschend Vizemeister und gewann während seiner knapp 60 Auslandseinsätze von Antigua bis Venezuela unter anderem den peruanischen Pokal und die japanische Meisterschaft. Im Jahr 1982 sollte er die Nationalmannschaft Kameruns bei der Weltmeisterschaft betreuen. Doch trainierte er damals noch das Team Tansanias. Mangels Telefonverbindung schickte Gutendorf – für 84 Dollar – ein Telegramm nach Kamerun mit der Freigabe des tansanischen Verbandes und der Erlaubnis der deutschen Bundesregierung für den Wechsel. Im offiziellen WM-Programm war Gutendorf bereits genannt – aber kurze Zeit darauf musste er erfahren, dass Kamerun einen anderen Trainer eingestellt hatte. Der Postbeamte hatte die 84 Dollar eingesteckt und das Telegramm nie abgeschickt.

H

Thomas HÄSSLER, schoss mit seinem ersten Länderspieltor die deutsche Nationalmannschaft zur WM 1990 nach Italien. »Icke« traf zum entscheidenden 2:1 gegen Wales im letzten Qualifikationsspiel und ermöglichte so erst den Gewinn des Weltmeistertitels.
Der geborene Berliner konnte mit seinen Vereinen 1. FC Köln, Juventus Turin, AS Rom, Borussia Dortmund, Karlsruher SC, 1860 München und Austria Salzburg nie einen Titel gewinnen. Mit der Nationalmannschaft allerdings siegte der dribbelstarke Mittelfeldspieler und Freistoßspezialist bei der WM 1990 und der EM 1996.

Helmut HALLER, der einzige Deutsche, der zum Fußballer des Jahres in Italien gewählt wurde. 1962 wechselte er vom FC Augsburg zum FC Bologna und wurde 1964 italienischer Meister. Ebenso »heldenhaft« war seine Tat nach dem WM-Finale 1966 im Wembley-Stadion gegen England. Helmut Haller klaute den Finalball und gab ihn erst kurz vor der Europameisterschaft 1996 in England an den englischen Verband zurück.

Dietmar HAMANN, der Spieler, der das letzte Tor im alten →Wembley-Stadion erzielte. Im Qualifikationsspiel zur WM 2002 traf der Mittelfeldspieler des FC Liverpool per Freistoß zum 1:0 für die deutsche Nationalmannschaft gegen England. Bei einer Internet-Abstimmung über den Namen einer Fußgängerbrücke zum neuen Wembley-Stadion gewann aufgrund einer großen Aktion deutscher Fans der Vorschlag » Dietmar-Hamann-Bridge«. Die englische Kommission entschied sich allerdings für »White-Horse-Bridge« in Erinnerung an das »White-Horse-Final« von →1923.

»Didi« Hamann war 1998 von Bayern München zu Newcastle United und ein Jahr später zum FC Liverpool gewechselt. Mit den Reds gewann er unter anderem 2001 den UEFA-Pokal und 2005 die Champions League.

Hampden Park, das schottische Nationalstadion in Glasgow. Hier wurde 1960 der Zuschauerrekord für Europapokalspiele aufgestellt (134.000 Besucher sahen im Endspiel des Europapokals der Landesmeister den 7:3-Sieg von Real Madrid über Eintracht Frankfurt). Mit Queens Park Glasgow spielt heute im traditionsreichen Stadion ein Viertligist (!) vor durchschnittlich 500 Zuschauern.

Mariel HAMM, genannt »Mia«, die erste Weltfußballerin der Fußballgeschichte (2001). Die Mittelfeldspielerin von Washington Freedom gewann mit der US-Nationalmannschaft zweimal den WM-Titel der Frauen (1991 und 1999) sowie zweimal die olympische →Goldmedaille (1996 und 2004).

Hand Gottes, laut Diego →Maradona verantwortlich für das berühmt-berüchtigte 1:0 bei Argentiniens 2:1-Sieg gegen England im WM-Viertelfinale 1986 (→WM-Tor des Jahrhunderts). Nach einem hohen Rückpass des englischen Abwehrspielers Stephen Hodge auf Torwart Peter Shilton sprang der kleine Argentinier dazwischen und schlug den Ball mit der linken Hand ins Tor. Nach dem Spiel sagte er den Journalisten: »Es war ein bisschen Maradonas Kopf und ein bisschen die Hand Gottes.«

Handmanschette, das Hilfsmittel, mit dem der Niederländer René van de Kerkhof wegen einer Verletzung die WM 1978 bestritt. Ausgerechnet vor dem Anpfiff des Finales gegen Gastgeber Argentinien wurde ihm dies verboten. Van de Kerkhof ging in die Kabine zurück und verband die angebrochene Hand mit

Mull – das Endspiel begann mit sieben Minuten Verspätung, und endete mit einem Sieg der Argentinier (3:1 n.V.).

Handspiel auf der Torlinie, das geeignete Mittel, um ein Gegentor zu verhindern – erst recht, wenn kein Elfmeterpfiff folgt. Zwei deutsche Nationalspieler zeichneten sich bei Weltmeisterschaften durch ihre Fähigkeiten als Handballer aus. Karl-Heinz →Schnellinger »hielt« 1966 die knappe 1:0-Führung im WM-Viertelfinale gegen Uruguay fest (Endstand in einer hitzigen Partie schließlich 4:0), Torsten Frings gelang dasselbe im WM-Viertelfinale 2002 gegen die USA (Endstand 1:0). Beide Unsportlichkeiten wurden möglicherweise vom Fußballgott bestraft – denn Deutschland verlor in beiden Turnieren jeweils das Endspiel.

Mike HANKE, der einzige Spieler, der bereits ein Jahr *vor* dem Beginn der WM-Endrunde 2006 in Deutschland für die ersten beiden Partien gesperrt ist. Beim Spiel um Platz drei während des Confederations Cup 2005 gegen Mexiko (4:3 n.V.) hatte der damalige Schalker Nationalstürmer ein Revanche-Foul begangen und die Rote Karte gesehen. Trotz Protestes des DFB sperrte die FIFA Mike Hanke für zwei Pflichtspiele – und da Deutschland als Gastgeber keine WM-Qualifikationsspiele bestreiten musste, sind das die ersten zwei Spiele der Endrunde!

Gabriel HANOT, der »Vater des Europapokals«. Der frühere französische Nationalspieler arbeitete als Sportchef der Zeitung *L'Equipe* und hatte 1955 die Idee, den →Europapokal der Landesmeister einzuführen.

Ernst HAPPEL, der einzige Trainer, der mit drei verschiedenen Vereinen im Finale des Europapokals der Landesmeister stand. Der Österreicher siegte mit Feyenoord Rotterdam (2:1 n.V. gegen Celtic Glasgow 1970) sowie mit dem Hamburger SV (1:0

gegen Juventus Turin 1983) und verlor mit dem FC Brügge (0:1 gegen den FC Liverpool 1978). Mit der niederländischen Nationalmannschaft verlor Happel wenige Wochen danach auch das WM-Finale gegen Gastgeber Argentinien (1:3 n.V.).

Hattrick, Bezeichnung für das Erzielen von drei Toren in einem Spiel. In Deutschland wird ein Hattrick als »echter Hattrick« bezeichnet, wenn der Schütze die Tore in einer Halbzeit und ohne Unterbrechung durch andere Treffer der eigenen oder gegnerischen Mannschaft erzielt.
Dass ein Hattrick nicht immer automatisch auch zum Sieg der eigenen Mannschaft führt, musste Igor Belanow bei der WM 1986 in Mexiko erfahren: Im Achtelfinale gegen Belgien traf der sowjetische Spieler nach 27, 70 und 111 Minuten – doch die UdSSR schied mit 3:4 n.V. gegen die »Roten Teufel« aus.

Joao HAVELANGE, der FIFA-Präsident von 1974 bis 1998. Der Olympiateilnehmer (im Schwimmen) von 1936 ist der bisher einzige Nicht-Europäer, der diesen Posten innehatte. Unter der Ägide des Brasilianers setzte die Ausweitung des WM-Turniers (→Modus), die Ausweitung des FIFA-Turnierkalenders (jede Menge Jugend- und Junioren-Weltmeisterschaften) sowie die knallharte Vermarktung der Fußball-WM ein. Viel Hilfe erfuhr der stets skandalumwitterte Funktionär von seinem damaligen Generalsekretär Joseph →Blatter und Adidas-Boss Horst Dassler (→Herzogenaurach).

Heja Heja Sverige, die Anfeuerungsrufe der schwedischen Anhänger während der WM-Endrunde 1958 im eigenen Land. Die lautstarke Unterstützung der eigenen Mannschaft wurde über die Lautsprecher und durch Einpeitscher möglich, die per Megafon die Zuschauer antrieben. Im Halbfinale gegen Deutschland (3:1, Erich →Juskowiak) war die Atmosphäre so aggressiv, dass die FIFA die Einpeitscher für das Finale zwischen Schweden und Brasilien (2:5) untersagte.

Sepp HERBERGER, der Trainer, der die längste Zeit Übungsleiter einer Nationalmannschaft war (20 Jahre).
1897 in Mannheim geboren, stürmte Herberger viele Jahre für den SV Waldhof Mannheim. Nach seinem Wechsel 1924 zu Phönix und kurz darauf zum Nobelklub VfR Mannheim wurde Herberger vom DFB wegen Verstoßes gegen den Amateurparagrafen gesperrt, durfte aber 1925 bereits wieder für Tennis Borussia Berlin spielen.
1930 wurde Herberger der Assistent von Reichstrainer Prof. Dr. Otto Nerz und von 1936 bis 1942 Reichstrainer. Nachdem der DFB 1950 wieder in die FIFA aufgenommen wurde, übernahm er den Job als Bundestrainer bis 1964, war also insgesamt 20 Jahre für die Nationalmannschaft verantwortlich.
Der größte Erfolg von Sepp Herberger war der Gewinn des WM-Titels mit der deutschen Nationalmannschaft 1954 in der Schweiz (→Wunder von Bern).

Herberger-Grätsche, die Bezeichnung für das Foul von Nationalspieler Werner Liebrich am Ungarn Ferenc Puskas während des →3:8 im Gruppenspiel der WM 1954. In der zweiten Hälfte legte Liebrich den »Major« am Mittelkreis von hinten und verletzte ihn so sehr, dass der Kapitän der Ungarn erst im Endspiel – erneut gegen Deutschland (→Wunder von Bern) – wieder auflaufen konnte. Nach der ersten Hälfte soll Puskas zum deutschen Abwehrspieler Jupp Posipal gesagt haben: »Ich werde ihn austricksen, so oft ich will.« In der Kabine erzählte Posipal dies natürlich Werner Liebrich …

Die Väter des Erfolgs: Fritz Walter und Sepp Herberger auf den Schultern der Fans im Berner Wankdorf-Stadion

Herbstmeister, der Tabellenführer der Bundesliga nach der Hinrunde. In 29 von 42 Fällen gewann der Herbstmeister am Ende der Saison auch den Titel. Der erste Herbstmeister, dem dies nicht gelang, war 1971 Bayern München: Trotz eines Punktes Vorsprung nach 17 Spielen wurde schließlich Borussia Mönchengladbach Deutscher Meister. Der schlechteste Herbstmeister der Bundesliga-Geschichte war 1993/94 Eintracht Frankfurt. Nach 34 Spieltagen belegte man nur den fünften Tabellenplatz.

Helenio HERRERA gilt als Erfinder des →Catenaccio. Der gebürtige Argentinier war Abwehrspieler unter anderem bei Boca Juniors Buenos Aires, Racing Casablanca und Red Star Paris. Als Trainer wurde er Landesmeister mit Atletico Madrid (1950 und 1951), dem FC Barcelona (1959 und 1960) und Inter Mailand (1963, 1965 und 1966). Mit den Italienern gewann er auch den Europapokal der Landesmeister 1964 und 1965. Weiterhin trainierte der Motivationskünstler jeweils für kurze Zeit die Nationalmannschaften von Frankreich, Spanien und Italien. Während der WM 1962 in Chile war Herrera verantwortlich für die spanische Auswahl. Da er den gealterten Superstar Alfredo Di Stefano nicht in der *Seleccion* haben wollte, grätschte Herrera ihn kurzerhand beim Training um.

Herzogenaurach, das fränkische 2000-Einwohner-Städtchen, in dem mit Adidas und Puma gleich zwei große Sportartikelhersteller niedergelassen sind. Dies ist kein Zufall, denn die Gründer waren zwei Brüder, die zunächst eine gemeinsame Firma besaßen und sich dann zerstritten. 1948 zerschlugen Adolf und Rudolf Dassler ihre »Gebrüder Dassler Sportschuhfabrik«, der erste wurde Chef von Adidas, der zweite Boss von Puma. Legendär ist der Streit beider Firmen um die Erfindung des →Stollenschuhs.

Heysel-Stadion in Brüssel, der Austragungsort des Endspiels im Europapokal der Landesmeister 1985 zwischen dem FC Liverpool und Juventus Turin. Vor dem Anpfiff begannen englische Fans (vielen Aussagen zufolge nicht nur des FC Liverpool, sondern auch von Chelsea London und anderen Klubs), italienische Zuschauer zu jagen. In der Massenpanik wurden viele Menschen gegen Zäune und Mauern gedrückt, die Polizei in dem baufälligen Stadion war völlig überfordert – Folge: 39 Tote. Der Einsatzleiter der Polizei, der Generalsekretär des belgischen Fußball-Verbandes sowie 14 Gewalttäter wurden später verurteilt. Das Spiel wurde dennoch angepfiffen, Juventus Turin gewann durch einen unberechtigten Foulelfmeter – verwandelt von Michel →Platini – mit 1:0.

Guus HIDDINK, der einzige Trainer, der sich »nebenberuflich« für die WM 2006 qualifizierte.

Der Niederländer gewann mit dem PSV Eindhoven 1988 das Triple und hatte bereits mit der niederländischen (1998) und südkoreanischen Nationalmannschaft (2002) das WM-Halbfinale erreicht. 2002 kehrte er zum PSV Eindhoven zurück, übernahm allerdings in der Endphase der Qualifikation zur WM 2006 zusätzlich das Amt des Nationaltrainers von →Australien und brachte die Socceroos zum Endturnier.

René José HIGUITA, der kolumbianische Nationaltorwart, der mehr durch seine Ausflüge außerhalb des Strafraums berühmt wurde als durch seine Paraden. Der Keeper von Nacional Medellin wurde zum traurigen Helden im WM-Achtelfinale 1990 zwischen Kolumbien und Kamerun. In der 109. Minute wollte er – 30 Meter vor dem eigenen Tor – an Kameruns Roger →Milla vorbeidribbeln. Doch der Stürmer nahm Higuita den Ball ab und erzielte das 2:0.
Im Freundschaftsspiel 1995 gegen England sorgte Higuita noch einmal für Schlagzeilen: Er hielt einen Schuss mit dem »Scorpion Trick«, indem er vornüber sprang, die Beine nach hinten in die Höhe riss und den Ball mit der Hacke abwehrte. Der Schiedsrichter hatte die Szene allerdings vorher abgepfiffen, so dass die Aktion gar nicht notwendig gewesen wäre.

Hinterkopf, einer der vielen Körperteile, mit denen Uwe →Seeler einen Treffer erzielte. Das Hinterkopftor war »Uns Uwes« Treffer zum 2:2-Ausgleich im WM-Viertelfinale 1970 gegen England (3:2 n.V.). Nach einem 0:2-Rückstand ermöglichte der HSV-Mittelstürmer mit seinem spektakulären Treffer in der 80. Minute die Verlängerung, in der Gerd →Müller das entscheidende Tor erzielte.

Bernd HÖLZENBEIN gilt in den Niederlanden immer noch als einer der schlimmsten Elfmeterschinder aller Zeiten. Der Mittelfeldspieler von Eintracht Frankfurt (gewann den DFB-Pokal 1974 und 1975 sowie den UEFA-Pokal 1980) fiel in der 26. Minute des WM-Finales 1974 zwischen Deutschland und den Niederlanden nach einem Zweikampf mit Wim Jansen im Sechzehnmeterraum – Strafstoß. Paul →Breitner schnappte sich den Ball: 1:1. Am Ende gewann Deutschland durch Gerd Müller mit 2:1.

Uli HOENESS, der am längsten amtierende Manager der Bundesliga. Seit 1979 ist Hoeneß bei Bayern München im Amt. Der Ex-Bayern-Spieler sowie Europameister (1972) und Weltmeister (1974) hatte am Ende seiner – bis auf einen Moment! – erfolgreichen Karriere (→Nachthimmel von Belgrad) noch kurze Zeit beim 1. FC Nürnberg gespielt und übernahm dann die Geschicke beim FC Bayern.

Horst HRUBESCH, das »Kopfballungeheuer«. Der Mittelstürmer des Hamburger SV erzielte zwischen 1978 und 1983 insgesamt 136 Bundesligatore und gewann mit seinem Verein die Deutsche Meisterschaft 1979, 1982 und 1983 sowie den Europapokal der Landesmeister 1983. Die meisten Treffer wurden vom rechten Verteidiger des HSV, Manfred →Kaltz, vorgelegt. Die Erklärung für das perfekte Zusammenspiel mit seinem Vorlagengeber erklärte Hrubesch in einem TV-Interview mit den einfachen Worten »Ich, Ball, Kopf, Tor«.
Im Finale der Europameisterschaft 1980 in Italien wurde Hrubesch zum Matchwinner. Beim 2:1 gegen Belgien erzielte er beide Treffer: das 1:0 mit einem sehenswerten Fernschuss, das entscheidende 2:1 – natürlich – per Kopfball.

Huddersfield Town, der erste Verein der englischen First Division, der dreimal in Folge die Meisterschaft gewann (1924 bis 1926). Trainer in den ersten beiden Meisterjahren war der legendäre Herbert →Chapman.

Geoff(rey) HURST, der Schütze des legendären →Wembley-Tores im WM-Finale 1966 und der einzige Spieler, der jemals drei Tore in einem Endspiel erzielte (und dem somit ein unechter →Hattrick gelang). Erst im April 1966 machte der Stürmer von West Ham United – der mit allen seinen Klubs nie einen Titel gewinnen konnte – sein erstes Länderspiel für England. Drei Monate später war er Weltmeister! Hurst, der zunächst eine Karriere als Cricketspieler begonnen hatte, war 1966 eigentlich hinter Jimmy Greaves nur die zweite Wahl für die Mittelstürmerposition. Aber als der sich im letzten Vorrundenspiel verletzte, kam Hurst noch dreimal zum Einsatz. Er traf im Skandalspiel gegen Argentinien (Antonio →Rattin) zum entscheidenden 1:0, blieb im Halbfinale gegen Portugal (2:1) torlos – und wurde im Finale gegen Deutschland zum großen Gewinner: In der 18. Minute glich er den deutschen Führungstreffer durch Weber aus, und in der ersten Verlängerung eines WM-Endspiels überhaupt traf er zum (umstrittenen) 3:2 (101. Minute) und zum alles entscheidenden 4:2 (120. Minute). Nur die Brasilianer Vava und →Pelé schossen auch drei Tore in WM-Endspielen.

I

Ich weiß, wie es geht, Aussage von Sepp Herberger zu Jupp Posipal auf dem Rückweg von London nach Deutschland. Die beiden hatten das →3:6 von England gegen Ungarn gesehen, und der Bundestrainer hatte eine Ahnung bekommen, wie die als unschlagbar geltenden Magyaren zu packen seien: Nicht der Mittelläufer Werner Kohlmeyer müsste gegen die hängende Spitze Nandor Hidekuti spielen, sondern Außenläufer Eckel. So geschah es dann auch … (→Wunder von Bern).

Ich zahl' ihm die Jacketkronen, Aussage des deutschen Keepers Harald »Toni« Schumacher nach dem siegreichen WM-Halbfinale 1982 gegen Frankreich (→8:7 n.E.). Beim Stand von 1:1 hatte er in der 61. Minute den allein auf ihn zulaufenden Franzosen Patrick Battiston mit einem Sprung ins Gesicht brutal niedergestreckt. Schumacher wurde weder mit einem Strafstoß noch mit einer Roten Karte bestraft und später zum »Helden« im Elfmeterschießen. Der ohnmächtige Patrick Battiston musste ausgewechselt werden und verlor durch das Foul drei Zähne – und Deutschland später das Finale.

IFAB, die Abkürzung für das International Football Association Board, die 1886 gegründete Schiedsrichter- und Regelkommission. Änderungen der Fußballregeln kann nur die IFAB auf der jährlich stattfindenden Hauptversammlung mit einer Dreiviertel-Mehrheit beschließen. Mitglieder sind die Verbände von England, Schottland, Wales und Nordirland (mit je einer Stimme) sowie die FIFA (mit vier Stimmen).

In dieser Gruppe käme auch Unterhaching weiter, lockerer Spruch von Uli Hoeneß nach der Auslosung der deutschen

Der »Toni« wird zum Täter: Harald Schumacher verletzt den Franzosen Patrick Battiston

Gruppe bei der Weltmeisterschaft 1982 in Spanien. Die Gegner Algerien, Chile und Österreich hielt der Bayern-Manager für leicht. Fast wäre es allerdings schief gegangen … (→Friedensnobelpreis).

Indien, das einzige Land, das aufgrund eines Regelstreits auf eine WM-Teilnahme verzichtete. Indien war 1950 aufgrund des Verzichts von Burma und den Philippinen sowie der fehlenden FIFA-Zugehörigkeit Indonesiens überraschend das einzige Land in der Asiengruppe und daher automatisch für die WM in Brasilien qualifiziert. Doch die indischen Spieler wollten – wie in ihrem Land üblich – ohne Schuhe spielen und die Füße nur mit Lappen umwickeln. Die FIFA wollte dies nicht zulassen, und nach einigem Hin und Her verzichtete auch Indien auf die WM.

Irak, das einzige Land, das sich für eine Weltmeisterschaft qualifizierte, ohne ein Heimspiel ausgetragen zu haben. Wegen des Krieges mit dem Iran untersagte die FIFA beiden Ländern, die Qualifikation für das Turnier 1986 im eigenen Land zu auszutragen. Der Iran wollte sich nicht daran halten und wurde ausgeschlossen, der Irak absolvierte die Partien in Kuwait-City, Kalkutta und Taif. Es war das bisher einzige Mal, dass der Irak die WM-Teilnahme erreichte. Nach Niederlagen gegen Paraguay, Belgien und Gastgeber Mexiko schied das Team jedoch bereits in der Vorrunde aus.

Israel, das einzige Land, das Mitglied von drei verschiedenen Kontinental-Verbänden war.
1956 trat Israel in den asiatischen Verband AFC ein. Doch wegen des Suez-Krieges und der Besetzung des Gaza-Streifens weigerten sich nacheinander die Türkei, Indonesien, der Sudan und Ägypten, gegen die jüdischen Fußballer anzutreten, Israel wäre damit 1958 das erste Land gewesen, das sich ohne ein einziges Spiel für die WM qualifiziert hätte. Die FIFA verhinderte dies, indem eine Zusatzqualifikation gegen →Wales angeordnet wurde, welche die Briten erwartungsgemäß mit 2:0 und 2:0 gewannen.
Nach dem Ausschluss aus dem AFC 1976 trat der Asienmeister von 1964 dem ozeanischen Verband OFC bei, 1991 dann endgültig der UEFA. Die WM-Qualifikation gelang Israel nur 1970, als sich die Nationalmannschaft in den Ausscheidungsspielen Ozeaniens gegen Neuseeland und Australien durchsetzte.

Pierre ISSA, der einzige Spieler, der zwei Eigentore in einem einzigen WM-Spiel erzielte. Im ersten Gruppenspiel des Turniers 1998 gegen Gastgeber Frankreich in Marseille traf der Südafrikaner in der 77. und in der 90. Minute jeweils in die falsche Richtung: Endstand 3:0 für Frankreich. Vielleicht war der

Verteidiger verwirrt, weil er im »eigenen« Stadion spielte – Issa stand bei Olympique Marseille unter Vertrag.

Galatasaray ISTANBUL, der erste türkische Verein, der einen Europapokal gewann. 1999/2000 schied die Mannschaft als Dritter der Champions-League-Vorrunde (hinter dem FC Chelsea und Hertha BSC) aus dem Wettbewerb aus, war damit aber dennoch für die 3. Runde des UEFA-Pokals qualifiziert. Hier kämpfte sich Galatasaray bis ins Endspiel und besiegte Arsenal London mit 4:1 i.E.

Italien, das einzige Land, das dreimal in Folge bei Weltmeisterschaften durch das Elfmeterschießen ausschied. 1990 unterlagen die *Azzurri* als Gastgeber im Halbfinale gegen Argentinien (4:5 n.E.), 1994 im Finale gegen Brasilien (2:3 i.E.) und 1998 im Viertelfinale gegen Gastgeber Frankreich (3:4 i.E.).
Neben diesen tragischen Niederlagen kann Italien allerdings die (nach Brasilien und Deutschland) drittbeste Bilanz aller Länder bei großen Turnieren aufweisen: Man gewann drei WM-Titel (1934, 1938 und 1982) und einen EM-Titel (1968).

I werd narrisch, der berühmte Ausruf des österreichischen Reporters Edi Finger nach dem entscheidenden Tor von Hans →Krankl zum 3:2-Sieg Österreichs gegen Deutschland bei der WM 1978 (→Schmach von Cordoba). Die Reportage des Rundfunkjournalisten konnte auch im Fernsehen gehört werden, weil die TV-Kommentarleitung gestört war.

J

Jahrhundertspiel, bewundernder Ausdruck, mit dem insgesamt vier Partien der WM-Geschichte belegt wurden: Ungarn gegen Uruguay 1954 (4:2 n.V.), England gegen Deutschland 1966 (4:2 n.V.), Italien gegen Deutschland 1970 (4:3 n.V.) sowie Frankreich gegen Brasilien 1986 (5:4 n.E.).
Die Mehrheit meint mit diesem Ausdruck allerdings das grandiose WM-Halbfinale in Mexiko 1970 zwischen Deutschland und Italien: Karl-Heinz →Schnellinger hatte mit seinem ersten und einzigen Länderspieltor in der 90. Minute Italiens Führung durch Roberto Boninsegna ausgeglichen. In der dramatischen Verlängerung spielten beide Mannschaften vor 110.000 Zuschauern wie im Rausch auf das Tor des Gegners – 1:2 durch Gerd Müller, 2:2 durch Tarcisio Burgnich, 3:2 durch Luigi Riva, 3:3 erneut durch Gerd Müller und schließlich 4:3 für Italien durch Gianni Rivera! Ganz Deutschland haderte mit dem Schicksal, denn einige unglückliche bis falsche Entscheidungen von Schiedsrichter Yamasaki sowie eine Schulterverletzung von Franz Beckenbauer, der mit Armschlinge weiterspielen musste, trugen zu der unglücklichen Niederlage bei. Eine Plakette im Azteken-Stadion in Mexiko City erinnert noch heute an diesen denkwürdigen 17. Juni 1970.

JAIRZINHO, eigentlich Filho Jair Ventura, gewann 1970 in Mexiko die Weltmeisterschaft mit Brasilien. Dem Rechtsaußen gelang dabei das Kunststück, in allen sechs Spielen einen Treffer zu erzielen (gegen die Tschechoslowakei (2), England, Rumänien, Peru, Uruguay und Italien) – das schaffte vor ihm nur der Franzose Just →Fontaine.

Carsten JANCKER, der einzige Spieler bei der Weltmeisterschaft 2002, der keinen Klub hatte. Der Stürmer war mit dem

FC Bayern München zwischen 1996 und 2002 viermal Deutscher Meister sowie zweimal DFB-Pokalsieger geworden und hatte 2001 die Champions League gewonnen. Zum Zeitpunkt des Turniers war er allerdings noch ohne neuen Verein für die folgende Saison. In allen Vorrundenspielen eingesetzt, traf Carsten Jancker gegen Saudi-Arabien. Er wechselte schließlich zu Udinese Calcio.

Lew JASCHIN, der einzige Torwart, der jemals zu Europas Fußballer des Jahres gewählt wurde (1963). Der »schwarze Panther« wurde zwischen 1950 und 1971 mit Dynamo Moskau insgesamt fünfmal Meister der UdSSR und viermal Pokalsieger. Nebenbei gewann er als Eishockey-Torwart für seinen Klub die Vize-Meisterschaft! Mit der sowjetischen Nationalmannschaft gewann er den EM-Titel 1960, Olympia-Gold 1956 und nahm dreimal an Weltmeisterschaften teil (1958, 1962, 1966).

Ernst JEAN-JOSEPH, der erste Spieler der WM-Geschichte, der des Dopings überführt wurde. Der Haitianer wurde nach dem ersten WM-Endrundenspiel seines Landes, dem 1:3 bei der WM 1974 gegen Italien (→1.143 Minuten), der Einnahme von Phenomedrazin überführt, einem Asthmamittel mit aufputschender Wirkung. Für den Spieler von Violette AC Port-au-Prince hatte dies tragische Folgen. Er wurde sofort von der haitianischen Geheimpolizei in seinem Hotelzimmer eingesperrt, dann in die Heimat zurückgebracht und gilt seitdem als verschollen.

Vinnie JONES, berüchtigter englischer Abwehrspieler, der immer noch einen Weltrekord hält: Im Spiel seines FC Wimbledon gegen Manchester City 1991 erhielt Vinnie »die Axt« für ein Foul bereits nach drei Sekunden die Gelbe Karte … Unbeliebt beim englischen Fußballverband FA machte sich der Heißsporn durch den Videofilm »Soccers Hard Men«, der seine brutalsten

Fouls enthielt, sowie durch eine Kopfnuss gegen einen kritischen Journalisten. Seinen größten sportlichen Erfolg feierte der spätere Kinostar (»Mission: Impossible 3«) 1988, als er mit dem FC Wimbledon im Finale des →FA-Cup sensationell gegen den FC Liverpool 1:0 gewann.

JORDI, eigentlich Jordi Cruyff, der Sohn von Johan →Cruyff. Der Niederländer war der einzige Spieler bei der EM 1996, der nur seinen Vornamen auf dem Trikot trug. Dasselbe machte er bei seinen Vereinen wie dem FC Barcelona und Manchester United. Grund: Er wollte sich so von seinem berühmten Vater unterscheiden. Der Name Jordi stammt vom Schutzheiligen der Katalanen, der auch auf dem Vereinsemblem des FC Barcelona – Johan Cruyffs Verein zur Zeit von Jordis Geburt – zu sehen ist.

Jugoslawien, der häufigste Gegner der deutschen Nationalmannschaft bei WM-Endrunden. Insgesamt traf Deutschland sechsmal auf Jugoslawien: 1954 (2:0 im Viertelfinale), 1958 (1:0 im Viertelfinale), 1962 (0:1 im Viertelfinale), 1974 (2:0 in der Zwischenrunde), 1990 (4:1 in der Vorrunde) und 1998 (2:2 in der Vorrunde). Hinzu kommt das 4:2 n.V. im EM-Halbfinale 1976.
Die jugoslawische Mannschaft hält einen traurigen Rekord: Sie verlor dreimal in Folge ein Olympia-Finale (1:3 gegen Schweden 1948, 0:2 gegen Ungarn 1952 sowie 0:1 gegen die UdSSR 1956) – konnte allerdings das vierte (mit 3:1 gegen Dänemark 1960) gewinnen. Seit 2003 besteht als Nachfolgestaat Jugoslawiens der Staatenbund Serbien und Montenegro, der sich auch für die WM 2006 qualifizieren konnte.

Erich JUSKOWIAK, deutscher Abwehrspieler, der bei der 1:3-Niederlage im WM-Halbfinale 1958 gegen Gastgeber Schweden vom Platz gestellt wurde. Der Spieler von Fortuna Düsseldorf hatte beim Stand von 1:1 Schwedens Rechtsaußen Kurt Hamrin gestoppt, woraufhin der nachtrat. Juskowiak ließ sich zu einem Revanchefoul hinreißen – Schiedsrichter Zsolt aus Ungarn hatte nur die zweite Aktion gesehen und verwies ihn zu Recht des Feldes. Als kurz darauf Fritz Walter nach einem Foul verletzt ausschied (es gab damals noch keine Auswechslung), kassierte Deutschland noch zwei Treffer zum 1:3.

Der Moment der Entrüstung: Erich Juskowiak kurz vor seinem Platzverweis gegen Schweden 1958

K

Manfred KALTZ, rechter Offensiv-Verteidiger, der zwischen 1970 und 1991 insgesamt 581 Bundesliga-Spiele für den Hamburger SV absolvierte. Berühmt-berüchtigt waren seine →Bananenflanken, die vor allem Mittelstürmer Horst Hrubesch (→Kopfballungeheuer) verwertete. »Manni« gewann mit dem HSV unter anderem drei Deutsche Meisterschaften (1979, 1982 und 1983), den Europapokal der Pokalsieger 1977 und den Europapokal der Landesmeister 1983. Er hat 53 Elfmeter in der Bundesliga verwandelt – das ist immer noch Rekord (vor Gerd Müller mit 51 und Michael Zorc mit 49 Treffern vom »Punkt«). Manfred Kaltz absolvierte 69 Länderspiele für Deutschland und wurde Europameister 1980 sowie Vizeweltmeister 1982.

Oliver KAHN, der deutsche Spieler mit den meisten Europapokaleinsätzen: 105-mal trat der Keeper für den Karlsruher SC und Bayern München im UEFA-Pokal und in der Champions League an. Dabei gewann er mit dem FC Bayern den UEFA-Pokal 1996 (2:0, 3:1 im Finale gegen Girondins Bordeaux) und einmal die Champions League (6:5 n.E. gegen den FC Valencia). Zweimal wurde Oliver Kahn zum Fußball-Helden – eben im Elfmeterschießen gegen Valencia, als er drei Schüsse abwehrte und den Sieg in der Champions League 2001 sicherte, und während der Weltmeisterschaft 2002, als er den überraschenden Einzug der deutschen Mannschaft ins Endspiel ermöglichte (→Kahnsinn). Der Welttorhüter der Jahre 1999, 2001 und 2002 gewann mit Bayern München sechsmal die Deutsche Meisterschaft und viermal den DFB-Pokal.

Kahnsinn, bewundernder Ausdruck für die Leistung von Oliver →Kahn bei der Weltmeisterschaft 2002 in Japan und Südkorea.

Der hoch motivierte Torwart rettete mit sensationellen Paraden die deutsche Nationalmannschaft in den Gruppenspielen gegen Irland (1:1) und Kamerun (2:0) sowie im Viertelfinale gegen die USA (1:0) und im Halbfinale gegen Gastgeber Südkorea (1:0). Der einzige Fehler im ganzen Turnier unterlief ihm ausgerechnet im Finale gegen Brasilien: In der 67. Minute ließ er einen eher harmlosen Schuss von Rivaldo abprallen, Ronaldo staubte zum 1:0 ab (Endstand 2:0).

Kaiser, der Spitzname von Franz →Beckenbauer. Die Ursache für diesen honorigen Titel ist umstritten. Am wahrscheinlichsten ist diese Variante: In einem Zeitungsbericht aus dem Jahr 1968 war Franz Beckenbauer auf einem Foto neben der Büste von Österreichs Kaiser Franz Joseph zu sehen.

Kamerun, das erste afrikanische Land, das ein WM-Viertelfinale erreichte. Beim Turnier 1990 in Italien siegte die Mannschaft um Fußball-Opa Roger →Milla im Eröffnungsspiel sensationell mit 1:0 gegen den Titelverteidiger Argentinien, wurde Gruppensieger und erreichte mit einem 2:1 n.V. (René →Higuita) die Runde der letzten Acht. Hier unterlagen die *Unbezähmbaren Löwen* tragisch mit 2:3 n.V. gegen England – die letzten beiden Gegentreffer fielen jeweils per Elfmeter.
Kamerun gewann viermal die Afrikameisterschaft (1984, 1988, 2000 und 2002) sowie die olympische Goldmedaille 2000 in Sydney, scheiterte aber bei den Weltmeisterschaften 1994, 1998 und 2002 jeweils in der Vorrunde. Der deutsche Trainer Winfried →Schäfer betreute das Team während des Gewinns der Afrikameisterschaft 2002 und des WM-Turniers 2002. Obwohl sich das Land nicht für die WM 2006 in Deutschland qualifizieren konnte (Pierre →Womé), hält es den Afrika-Rekord: Kamerun war als einziges Land des Kontinents viermal in Folge bei einer WM.

Ali Hussein KANDIL, der Schiedsrichter, der bei der WM 1970 durch eine seltsame Fehlentscheidung auf sich aufmerksam machte. Im Gruppenspiel zwischen Gastgeber Mexiko und El Salvador (→Fußballkrieg) gab der Ägypter einen Freistoß für den Außenseiter. Allerdings störte der mexikanische Spieler Aarón Padilla die Ausführung und spielte den Ball dann zu Javier Valdivia, der ihn in den leeren salvadorianischen Kasten schoss. Herr Kandil gab das Tor – 1:0 für Mexiko! Die Gäste protestierten minutenlang, in der aufkommenden Hektik pfiff der »Unparteiische« schließlich zur Halbzeitpause. Ergebnis: Mexiko siegte schließlich 4:0, und Schiedsrichter Kandil pfiff kein WM-Spiel mehr.

Kasachstan, das bisher letzte und insgesamt 53. Land, das an einer EM-Qualifikation teilnehmen wird. Kasachstan hat für die Qualifikation des Turniers 2008 in Österreich und der Schweiz gemeldet.

Kevin KEEGAN, genannt »Mighty Mouse«, der erste englische Spieler in der Bundesliga. Mit dem FC Liverpool gewann Keegan den UEFA-Pokal 1973 sowie den Europapokal der Landesmeister 1977 (jeweils im Finale gegen Borussia Mönchengladbach). 1977 wechselte er zum Hamburger SV und wurde Deutscher Meister 1979.
In der englischen Nationalmannschaft lief es für Kevin Keegan hingegen nicht so gut: Bei der EM 1980 in Italien schied seine Mannschaft bereits in der Vorrunde aus, bei der WM 1982 in Spanien musste er verletzungsbedingt größtenteils zuschauen. Auch als englischer Nationaltrainer hatte er nur wenig Glück – so schied sein Team bei der EM 2000 in Belgien und den Niederlanden (ebenso wie Deutschland) nach der Vorrunde aus.

Mario KEMPES, Weltmeister 1978 mit Gastgeber Argentinien und Torschützenkönig des Turniers mit sechs Treffern. Vor der

WM hatte es Streit um Kempes gegeben, weil er als einziger argentinischer Spieler im Ausland beim FC Valencia spielte. Trainer Cesar Luis Menotti bestand jedoch auf seinen Einsatz. Im Finale gegen die Niederlande (3:1 n.V.) traf Kempes zum wichtigen 2:1 für Argentinien.

Kette, moderne Abwehrformation, bei der alle (drei oder vier) Abwehrspieler auf einer Linie stehen und bei Bedarf vorrücken. So wird einerseits der →Libero eingespart und ein Mann für das Mittelfeld frei, andererseits kann so eine Abseitsfalle aufgebaut werden.

Mateja KEZMAN erhielt die schnellste Rote Karte der Fußballgeschichte. Der Jugoslawe – damals bei Partizan Belgrad unter Vertrag – wurde bei der EM 2000 im Gruppenspiel gegen Norwegen (1:0) in der 87. Minute für Mijátovic eingewechselt. Nur 37 Sekunden später – es war immer noch die 87. Minute! – säbelte er Erik Mykland um und durfte sofort duschen gehen.

Dynamo KIEW, der einzige Europapokalsieger aus der Sowjetunion. Unter der Führung von Trainer Valeri Lobanowski (1973 bis 1990 im Amt) und mit Flügelstürmer Oleg Blochin gewann der Verein 1975 und 1986 jeweils den Europapokal der Pokalsieger.

Klar, die putzen wir weg, 5:0 oder 6:0, Aussage von Berti Vogts vor dem Spiel gegen Österreich bei der WM 1978. Bekanntlich gewann Österreich mit 3:2 (→Schmach von Cordoba) – Vogts fabrizierte dabei ein lupenreines Eigentor.

Klausur, der Grund, warum der Argentinier Manuel Ferreira das zweite Gruppenspiel bei der WM 1930 verpasste. Weil er daheim wegen seiner Notarsprüfung unabkömmlich war, konnte er nicht gegen Mexiko antreten – obwohl er das Kapitänsamt innehatte! Für ihn spielte übrigens Guillermo Stabile, der beim 6:3 prompt dreimal traf und schließlich Torschützenkönig des Turniers wurde.

Abraham KLEIN, Schiedsrichter bei den WM-Turnieren 1970, 1978 und 1982. Wegen seiner starken Leistung sollte der Israeli 1978 das Endspiel zwischen Argentinien und den Niederlanden pfeifen. Doch es gab Widerstand beim argentinischen Gastgeber wegen Kleins jüdischer Herkunft. Schließlich entschied der FIFA-Schiedsrichterverantwortliche, der Italiener Dr. Artemio Franchi: Er nominierte seinen Landsmann Sergio Gonella.

Kleines dickes Müller, der Kosename für Gerd →Müller, den ihm sein erster Vereinstrainer bei Bayern München, Tschik Cjaikowski, wegen seines (leichten) Übergewichts gab.

Kleinste WM-Gruppe der WM-Geschichte, entstanden bei der Weltmeisterschaft 1950 in Brasilien: Nach der Absage Schottlands und auch des Ersatzteams aus Frankreich waren in Gruppe 4 nur Uruguay und Bolivien übrig. Im einzigen »Gruppenspiel« gewann Uruguay mit 8:0 – und war Tabellenerster …

Jürgen KLINSMANN, spielte während seiner Länderspielkarriere für insgesamt sechs verschiedene Vereine (Rekord): den VfB Stuttgart, Inter Mailand, den AS Monaco, Tottenham Hotspur, Bayern München und Sampdoria Genua.
Der Sunnyboy »Klinsi« gewann mit Inter Mailand (1991) und Bayern München (1996) den UEFA-Pokal sowie mit den Bayern 1997 die Deutsche Meisterschaft. In einer Saison bei Tottenham Hotspur (1994/95) wurde er vom skeptisch aufgenommenen »Diver« (Elfmeterschinder) zum vielfach umjubelten »Cleansman« (Saubermann) und Fußballer des Jahres in England, dessen Trikot mit der Nummer 18 von den Fans begeistert gekauft wurde.

In 108 Länderspielen für die deutsche Nationalmannschaft schoss der unermüdliche Kämpfer 47 Tore. Das Spiel seines Lebens war das WM-Achtelfinale 1990 gegen die Niederlande (2:1), als er nach dem Platzverweis gegen Stürmerkollege Rudi Völler (→Lama) allein auf sich gestellt die gegnerische Abwehr beschäftigte und das wichtige 1:0 erzielte.
Nach dem WM-Titel 1990 gewann der Schwabe auch den EM-Titel 1996. Als Rudi Völler nach der EM 2004 sein Amt als Teamchef der deutschen Nationalmannschaft zur Verfügung stellte, wurde überraschend Klinsmann von der →TFK als neuer Bundestrainer engagiert.

Miroslav KLOSE, der erfolgreichste deutsche Torschütze bei der WM 2002 mit fünf Treffern.
Der gebürtige Pole kam als Neunjähriger mit seinen Eltern in die Pfalz und spielte Fußball bei der SG Blaubach-Diedelkopf. Der schnelle und kopfballstarke Stürmer wechselte über den FC Homburg zum 1. FC Kaiserslautern und erkämpfte sich 2000/01 einen Stammplatz. Im März 2001 erzielte Klose bei seinem ersten Länderspiel das Siegtor im WM-Qualifikationsspiel gegen Albanien (2:1) – beim Turnier in Japan und Südkorea trumpfte er mit fünf Kopfballtreffern in der Vorrunde groß auf – blieb im weiteren Verlauf des Turniers aber torlos.
Seinen Klub rettete der Verkauf der Transferrechte an Klose vor dem Bankrott. 2003 wechselte er zu Werder Bremen und gewann mit den Norddeutschen das Double 2004.

Knickerbocker, das Erkennungszeichen des Schiedsrichters John Langenus – gemeinsam mit Krawatte und Samtweste. Der Belgier zeigte bei der ersten WM 1930 in Uruguay eine starke Leistung und pfiff das Finale zwischen den Gastgebern und Argentinien. Hierbei gelang es ihm, die Frage nach dem Endspiel-Ball wahrhaft salomonisch zu lösen: Die Argentinier hatten ihren eigenen Ball mitgebracht, die Urus bestanden auf dem ihren. John Langenus ließ in der ersten Hälfte mit dem argentinischen Ball spielen (die Gäste führten zur Halbzeit 2:1), danach mit dem uruguayischen (und die Gastgeber siegten 4:2).

Kuno KLÖTZER, der einzige Trainer, der viermal mit einem Verein aus der Bundesliga abgestiegen ist. 1967 erwischte es ihn mit Fortuna Düsseldorf, 1969 mit dem 1. FC Nürnberg, 1971 mit Kickers Offenbach und 1982 mit dem MSV Duisburg. Erfolge hatte Klötzer aber auch vorzuweisen: Mit dem Hamburger SV gewann er 1976 den DFB-Pokal und 1977 den Europapokal der Pokalsieger.

Stanislaus KOBIERSKI, der Schütze des ersten deutschen WM-Tores aller Zeiten. Im ersten deutschen Endrundenspiel überhaupt – es war das Achtelfinale 1934 gegen Belgien (→Modus) – erzielte der Linksaußen von Fortuna Düsseldorf das 1:0. Deutschland gewann 5:2 (Edmund →Conen) und wurde am Ende Dritter.

Andreas KÖPKE, der einzige deutsche Spieler, der in seiner Profi-Karriere sechsmal abgestiegen ist: mit Holstein Kiel (1981), dem SC Charlottenburg (1984) und Hertha BSC (1986) jeweils aus der 2. Liga; mit dem 1. FC Nürnberg (1994 und 1999) und Eintracht Frankfurt (1996) jeweils aus der Bundesliga. Im Jahr 1996 feierte der heutige Torwarttrainer des DFB (→BTT) seinen größten sportlichen Erfolg: Bei der EM in England absolvierte er alle Partien, hielt im entscheidenden Gruppenspiel gegen Italien (0:0) einen Elfmeter von Gianfranco Zola und hatte so einen wichtigen Anteil am Titelgewinn.

Kolumbien, das einzige Land, das jemals die Austragung eines WM-Turniers zurückgegeben hat. 1974 entschied die FIFA, die Weltmeisterschaft 1986 in Kolumbien stattfinden zu las-

sen. Doch nach riesigen Naturkatastrophen, einer wirtschaftlichen Rezession sowie der Erhöhung der WM-Teilnehmerzahl von 16 auf 24 Länder verzichtete Staatspräsident Betancourt 1982 auf die Gastgeber-Rolle, die FIFA gab die WM nach →Mexiko.
Größter Erfolg des Südamerikameisters von 2001 bei Weltmeisterschaften war das Erreichen des Achtelfinales 1990 in Italien (René →Higuita). Während des WM-Turniers 1994 in den USA sorgte Kolumbien mehrfach für negative Schlagzeilen. Nationaltrainer Francisco Maturana verzichtete nach Drohungen aus dem Drogen- und Wettkartell im Spiel gegen die USA auf den Spieler Gabriel Gomez, wegen der 1:2-Niederlage wurde der Spieler Andrés →Escobar nach der Rückkehr der Mannschaft ermordet.

Raymond KOPA, eigentlich Raymond Kopaszewski, französischer Stürmer mit polnischer Abstammung. Nach einer starken Leistung im ersten Europapokalfinale aller Zeiten 1956 mit seinem Verein Stade Reims (3:4 gegen Real Madrid) wurde er sofort von den »Königlichen« verpflichtet und gewann mit ihnen die drei folgenden Europapokale zwischen 1957 und 1959.

Hans KRANKL erzielte das berühmte 3:2 für Österreich gegen Deutschland bei der WM 1978 in Argentinien (→Schmach von Cordoba). Der gebürtige Wiener war dreimal österreichischer Meister (1980 mit Austria Wien, 1982 und 1983 mit seinem Stammklub Rapid Wien) sowie fünfmal Pokalsieger (1976, 1983–85 mit Rapid Wien, 1980 mit Austria Wien). Mit dem FC Barcelona gewann er den Europapokal der Pokalsieger 1979 (4:3 n.V. im Finale gegen Fortuna Düsseldorf). Immer noch Rekord in Österreich: Krankls sechs Tore im WM-Qualifikationsspiel 1977 gegen Malta. 2002 übernahm er als Trainer die österreichische Fußball-Nationalmannschaft, konnte sie allerdings weder zur EM 2004 noch zur WM 2006 führen.

Kuba-Krise, eine weltpolitisch bedrohliche Situation, die eigentlich durch Fußballfelder heraufbeschworen wurde. Die Satellitenfotos, welche die USA von Kuba machten, enthüllten zunächst nicht das Vorhandensein von Raketen – aber von Fußballfeldern. Henry Kissinger, Fußball-Fan und 1962 Außenminister unter US-Präsident Richard Nixon, erkannte sofort den Ernst der Lage: »Kubaner spielen Baseball, Fußball spielen die Russen.«

Ladislao KUBALA, der erste Spieler, der für drei verschiedene Nationalmannschaften antrat. Der gebürtige Ungar und Star des FC Barcelona in den fünfziger Jahren spielte dreimal für Ungarn, sechsmal für die CSSR und 19-mal für Spanien.

Nia KÜNZER, der erste weibliche Schütze vom ARD-»Tor des Jahres«. Im Finale der Weltmeisterschaft der Frauen 2003 gegen Schweden erzielte die Abwehrspielerin des 1. FFC Frankfurt per →Golden Goal das entscheidende 2:1 i.V. für Deutschland. Der Treffer gewann am Ende des Jahres die Zuschauerwahl.

Heinrich KWIATKOWSKI, deutscher Nationaltorwart von Borussia Dortmund, der einen seltenen Negativrekord aufstellte: In nur zwei WM-Spielen kassierte er 14 Gegentore.
»Heinz« wurde von Bundestrainer Sepp Herberger beim →3:8 gegen Ungarn im Gruppenspiel der WM 1954 eingesetzt – eigentlich war Toni Turek die Nummer eins im deutschen Tor – und beim 3:6 im Spiel um Platz drei bei der WM 1958 – da war Fritz Herkenrath deutscher Stammkeeper. Nach dieser Partie bat Kwiatkowski darum, nicht mehr für die DFB-Auswahl berücksichtigt zu werden.

L

La Ola, »die Welle«, Bezeichnung für die Wellenbewegung, die entsteht, wenn die Zuschauer im Stadionrund nacheinander aufstehen und die Arme heben. International bekannt wurde das Phänomen während der Weltmeisterschaft 1986 in Mexiko – und darf heute in kaum einem Stadion der Welt fehlen.

Panayotis LALAS, genannt Alexi, der Mann mit dem wahrscheinlich hässlichsten Bart der WM-Geschichte. Der Abwehrspieler – bekennender Träger von Ziegenbart und Strubbelhaaren – absolvierte während der WM 1994 im eigenen Land alle Partien für die USA und wechselte danach zum AC Padua in die italienische Serie A. Auch nach seiner Rückkehr 1996 blieb Lalas Nationalspieler und fuhr zur WM 1998 nach Frankreich, wurde jedoch nicht mehr eingesetzt. Insgesamt bestritt Lalas 96 Länderspiele und erzielte neun Tore.

Lama, Spitzname des niederländischen Nationalspielers Frank Rijkaard. Grund: Im Viertelfinale 1990 gegen Deutschland (1:2) spuckte Rijkaard seinen Gegenspieler Rudi Völler zweimal ins Haar. Schiedsrichter Loustau stellte Rijkaard schließlich wegen Ohrenziehens vom Platz – ebenso wie sein Opfer Völler wegen eines angeblichen Fouls am niederländischen Torwart Van Breukelen.

Gregorz LATO, der Torschützenkönig bei der Weltmeisterschaft 1974 in Deutschland. Der Stürmer von Stal Mielec traf in sechs Spielen sechsmal und sorgte so für den sensationellen dritten Platz Polens. »Bolek« gewann die Torjägerkanone vor Mannschaftskollege Andrzei Szarmach und dem Niederländer Johan Neeskens mit je fünf Treffern.

Wer sollte hier vom Platz fliegen, Herr Schiedsrichter – der Ruuuudi oder das Lama?

Udo LATTEK, der Vereinstrainer mit den meisten Titeln in der Bundesliga und der einzige deutsche Trainer, der alle drei Europapokale gewann.

Der im polnischen Bosemb geborene Udo Lattek begann seine Trainerkarriere beim DFB, wo er unter anderem Assistent von Bundestrainer Helmut →Schön war. 1970 begann er als Übungsleiter bei Bayern München und sammelte Titel auf Titel. Seine Bilanz: achtmal Deutscher Meister (1972–74 und 1985–87 mit Bayern München sowie 1976 und 1977 mit Borussia Mönchengladbach), dreimal DFB-Pokalsieger (1971, 1984 und 1986 mit Bayern München), spanischer Pokalsieger (1981 mit dem FC Barcelona) sowie Sieger im Europapokal der Landesmeister (1974 und 1975 mit Bayern München), im Europapokal der Pokalsieger (1982 mit dem FC Barcelona) und im UEFA-Pokal (1979 mit Borussia Mönchengladbach).

Lattek betätigte sich danach immer wieder als Kommentator des aktuellen Geschehens in den Medien und nahm von Zeit zu Zeit

Jobs in der Bundesliga an. So arbeitete er beim 1. FC Köln als Sportdirektor und Manager, bei Schalke 04 und bei Borussia Dortmund.

Lauco, ein Fluss, der nahe des nordchilenischen Städtchens Arica fließt. Weil im dortigen Estadio Municipal Carlos Dittborn sieben Spiele der WM 1962 ausgetragen werden sollten, wegen der Hitze und des salpeterhaltigen Bodens jedoch ganze sechs Aussaaten des neuen Rasens nicht anwuchsen, kamen die Verantwortlichen auf eine originelle Idee: Der Boden im Stadion wurde ausgetauscht, und der Lauco wurde in Richtung Stadion umgeleitet. Das gab zwar Ärger mit dem Nachbarland Bolivien, aber alle sieben WM-Spiele konnten wie geplant stattfinden. Die Zuschauer honorierten den Einsatz der Behörden allerdings wenig. Im ersten Spiel zwischen Uruguay und Kolumbien verloren sich im 24.000 Zuschauer fassenden Rund gerade mal 7.908 Besucher. Selbst im Viertelfinale zwischen Gastgeber Chile und der Sowjetunion kamen nur 17.000 Fans.

Lucien LAURENT, der Schütze des ersten Tores bei Weltmeisterschaften überhaupt. Am 13. Juli 1930 traf der Franzose vom FC Sochaux im Spiel gegen Mexiko (Endstand 4:1) in der 19. Minute nach Vorlage von Marcel Langiller mit rechts ins Eck. Es blieb das einzige WM-Tor von Laurent, der sich des historischen Moments gar nicht bewusst war: »Wir freuten uns natürlich alle über den Treffer, aber wir rollten deshalb nicht auf dem Boden herum. Keiner hatte realisiert, dass ich Geschichte gemacht hatte. Ein kurzer Händedruck, dass war's, und schon ging's weiter.« Den Sieg allerdings feierte Frankreich »standesgemäß« – in einem Bordell in Montevideo …

Jens LEHMANN, der erste Torwart der Bundesliga, der ein Feldtor erzielte. In der Saison 1997/98 – damals noch bei Schalke 04 –

traf Lehmann per Kopfball in der 90. Minute zum 2:2-Ausgleich im Dortmunder Westfalenstadion, ausgerechnet gegen seinen späteren Klub! 2003 wechselte er in die englische Premier League zu Arsenal London und stellte einen weiteren Rekord auf: Er ist der erste deutsche Fußballer, der englischer Meister wurde (2004 mit dem FC Arsenal). In der Nationalmannschaft kam es wiederholt zu Auseinandersetzungen zwischen Lehmann und Konkurrent Oliver →Kahn um den Platz des Stammtorhüters.

Sören LERBY, der erste Spieler, der am selben Tag für zwei verschiedene Teams in verschiedenen Ländern antrat. Am 13. November 1985 spielte er zunächst mit der dänischen Nationalmannschaft im WM-Qualifikationsspiel in Dublin (Endstand 1:1). In der 58. Minute wurde Lerby ausgewechselt und stieg in einen Privatjet seines Vereins Bayern München. Zur zweiten Halbzeit des DFB-Pokalspiels der Bayern beim VfL Bochum (Endstand 1:1 n.V., Wiederholungsspiel 2:0 für Bayern München) kam er erneut aufs Feld. Übrigens: Sören Lerby qualifizierte sich am Ende für die WM und gewann den DFB-Pokal.

Yordan LETCHKOV, bulgarischer Nationalspieler vom Hamburger SV, der das entscheidende Tor im Viertelfinale der WM 1994 gegen Deutschland erzielte. Der technisch versierte Mittelfeldspieler – 1992 bis 1996 in der Bundesliga aktiv – traf in der 78. Minute zum 2:1 per Hechtkopfball im Duell mit Thomas →Häßler und sorgte so für das Ausscheiden des Titelverteidigers. Nach Beendigung seiner Karriere wurde Letchkov Bürgermeister seiner Geburtsstadt Sliven.

Libero, »freier Mann", ein Abwehrspieler, der ohne direkten Gegenspieler als letzter Mann gefährliche Situationen klären soll. Weiterhin gestaltet der Libero – anders als der Ausputzer (»Sweeper«) – auch das Angriffsspiel seiner Mannschaft. Als

Libero modernster Prägung galt Franz →Beckenbauer, heutzutage wird jedoch auf diese Position zumeist verzichtet. Stattdessen spielen alle Abwehrspieler auf einer Linie (→Kette).

Lillywhite, die Firma mit der ersten Werbung der Fußballgeschichte. Der Sportartikelhersteller druckte 1863 die ersten Fußballregeln der englischen Football Association – und erwarb zugleich die Rechte, auf dem Cover den eigenen Namenszug zu nennen.

Gary LINEKER, der Torschützenkönig der WM 1986 in Mexiko. Lineker erzielte in fünf Spielen für England sechs Tore, konnte das Ausscheiden im Viertelfinale gegen Argentinien jedoch nicht verhindern (→Hand Gottes). Der zweifache Fußballer des Jahres in England erhielt während seiner Karriere niemals eine Rote oder Gelbe Karte und wurde 1992 zum OBE (Offizier des British Empire) ernannt. Bekannt ist Gary Lineker auch für seine Aussage zum Wesen des Fußballs (»Lineker's Law«): Fußball ist ein einfaches Spiel mit 22 Leuten, und am Ende gewinnt immer Deutschland.

FC LIVERPOOL, englischer Rekordmeister mit 18 Titeln. Der Verein gewann insgesamt viermal den Europapokal der Landesmeister (1977, 1978, 1981 und 1984) und schaffte im Finale der Champions League 2005 gegen den AC Mailand ein sensationelles Kunststück: Zum ersten Mal in der Geschichte des europäischen Fußballs konnte eine Mannschaft ein Endspiel nach einem 0:3-Rückstand gewinnen. Die Italiener hatten durch Treffer von Maldini und Hernan Crespo (2) geführt, doch Gerrard, Smicer und Xabi Alonso glichen innerhalb von sechs Minuten zum 3:3 aus. Im Elfmeterschießen siegte der FC Liverpool schließlich mit 3:2.

Lizenzentzug, der Widerruf der Erlaubnis für einen Verein, in einer Profiliga zu spielen. In der Geschichte der Bundesliga wurde bisher drei Vereinen die Lizenz entzogen: Hertha BSC 1965 (Zahlung unerlaubter Handgelder), Arminia Bielefeld 1972 (Bestechungsskandal) und Dynamo Dresden 1995 (fehlende Liquidität).

Loch in der Mauer, die Ursache für die WM-Niederlage der DDR in der Zwischenrunde 1974 gegen Titelverteidiger Brasilien (0:1). Roberto Rivelino erzielte das entscheidende Tor der Partie per Freistoß mitten durch die DDR-Spieler hindurch, weil Brasiliens Jairzinho sich mit in die Abwehrmauer gestellt hatte und sich im Moment des Schusses fallen ließ … Das Tor besiegelte die erste Niederlage der DDR in einem WM-Turnier überhaupt. Nach einem 0:2 gegen die Niederlande und einem 1:1 gegen Argentinien schieden Jürgen →Sparwasser & Co. als Gruppendritter aus.

Arsenal LONDON, der Verein, dessen Fan der weltweit gesuchte Terrorist Osama Bin Laden ist… Tatsächlich besuchte der Terrorist mit seinem Sohn drei Spiele der »Gunners« (so genannt, weil der Verein von Arbeitern einer Waffenfabrik gegründet wurde) und kaufte ihm ein Trikot. Aber auch Schriftsteller Nick Hornby (»Fever Pitch«) ist Anhänger des dreizehnfachen englischen Meisters und neunfachen Pokalsiegers.

Chelsea LONDON, der Verein, der alle 50 Jahre einen Meistertitel gewinnt. Im Jahr 1905 gegründet, gewann Chelsea 1955 und 2005 die englische Meisterschaft. Seitdem der russische Öl-Oligarch Roman Abramowitsch den Klub gekauft hat (allein seit 2003 hat er 380 Millionen Euro in die Mannschaft gesteckt), sind weitere Titel zu erwarten. Noch eine Besonderheit beim Londoner Edelklub von der Stamford Bridge: Chelsea gewann zweimal in der Vereinsgeschichte den →FA-Cup (1970 und 1997) – beide Male holte man im Jahr darauf auch den Europapokal der Pokalsieger.

Gyula LORANT, das einzige Mitglied der ungarischen Vizeweltmeister-Mannschaft von 1954, das später Bundesliga-Trainer wurde.
Der ehemalige Stopper von Honved Budapest trainierte zwischen 1965 und 1979 unter anderem den 1. FC Kaiserlautern, den 1. FC Köln und Bayern München. 1981 starb Lorant an einem Herzinfarkt während eines Spiels auf der Trainerbank des griechischen Klubs PAOK Saloniki, als er ein Tor seiner Mannschaft bejubelte.

Los, die ungerechteste, weil unsportliche Entscheidung über Sieg und Niederlage.
Bei einem Weltmeisterschafts-Turnier gab es nie einen Losentscheid über das Ergebnis eines Spiels – einmal allerdings wurde über einen Gruppensieg entschieden: Die Sowjetunion wurde 1970 – punktgleich mit Gastgeber Mexiko – auf Platz eins gesetzt. Anders bei Europameisterschaften: Das Halbfinale 1968 zwischen Gastgeber Italien und der Sowjetunion endete 0:0 n.V., und ein französisches 10-Franc-Stück musste entscheiden. Der italienische Kapitän Angelo Domenghini wählte Kopf statt Zahl und gewann. Auch das anschließende Finale zwischen Italien und Jugoslawien stand nach 120 Minuten Unentschieden – diesmal ordnete die UEFA ein Wiederholungsspiel an. Italien gewann 2:0.

Lostrommeln, die bei der Gruppenauslosung zur WM 1982 in Spanien nicht funktionierten. Live vor 500 Millionen TV-Zuschauern konnten die Trommeln nicht gedreht werden, und die Kügelchen mit den Losen fielen auseinander – vor allem die von vermeintlich leichten Gegnern für Gastgeber Spanien und Europameister Deutschland ... Höhepunkt der Peinlichkeit: Der Waisenjunge, der die Lose zog, griff wegen des komplizierten Verfahrens in die falsche Trommel, so dass das ausgeloste Eröffnungsspiel zwischen Titelverteidiger Argentinien und Schottland vom deutschen Chef des Organisationskomitees, Hermann Neuberger, geändert wurde in Argentinien gegen Belgien. Darüber hinaus war ein Aufeinandertreffen der deutschen und der spanischen Mannschaft mit Argentinien oder Brasilien erst ab dem Halbfinale möglich.

Luxemburg, das Land mit den meisten Niederlagen in WM-Qualifikationsspielen. Seit 1934 versucht das Herzogtum, eine Weltmeisterschafts-Endrunde zu erreichen und kassierte dabei bisher 92 Niederlagen bei zwei Siegen und zwei Unentschieden.

M

Arthur MACHADO, brasilianischer Abwehrspieler bei der WM 1934, der im Viertelfinale gegen die Tschechoslowakei (1:1 n.V., →Schlacht von Bordeaux) gemeinsam mit dem Tschechoslowaken Riha vom Platz gestellt wurde. Anders als sein Gegner konnte der Spieler von Fluminense Rio de Janeiro seine Hinausstellung nicht verstehen: Er weigerte sich zu gehen und musste von seinen Mannschaftskollegen herunterbegleitet werden. Zu Beginn der zweiten Halbzeit lief Machado erneut auf – diesmal holten ihn die brasilianischen Betreuer vom Spielfeld.

Rabah MADJER, Torschütze beim sensationellen 2:1-Sieg der algerischen Nationalmannschaft bei der WM 1982 gegen Deutschland (Lakhder →Belloumi). Berühmter wurde der Spieler des FC Porto im Finale des Europapokals der Landesmeister gegen Bayern München 1987: Beim Zwischenstand von 1:0 für die Münchner (»Wiggerl« Kögl hatte ein Kopfballtor erzielt) traf Madjer per Hackentor zum 1:1. Bayern war geschockt – und dem FC Porto gelang kurz darauf das entscheidende 2:1. Madjer wurde daraufhin zum afrikanischen Fußballer des Jahres 1987 gewählt.

Real MADRID wurde zum 100-jährigen Bestehen im Jahr 2002 von der FIFA zum besten Klub der Welt ernannt. Real hält einige beeindruckende Rekorde: Der Verein ist (natürlich) spanischer Rekordmeister mit insgesamt 29 Titeln und unter anderem der einzige Klub, der den Europapokal der Landesmeister fünfmal in Folge gewann (1956–60) sowie der einzige, der bisher dreimal in der Champions League siegte (1998, 2000 und 2002). Präsident Santiago →Bernabéu baute 1943 das heute nach ihm benannte Stadion und legte so den Grundstein für den riesigen Erfolg. Seit dem Beginn der Amtszeit von Florentino

Perez im Jahr 2000 wird das Team nur noch »Die Galaktischen« (→Galacticos) genannt.

Felix MAGATH, der einzige Spieler, der in beiden siegreichen Europapokal-Endspielen seines Vereins ein Tor erzielte. Der Mittelfeldspieler schoss beim 2:0 des Hamburger SV im Europapokal der Pokalsieger 1977 gegen den RSC Anderlecht den ersten Treffer, und beim 1:0 im Europapokal der Landesmeister 1983 den Siegtreffer. In allen anderen Endspielen hatte der HSV kein Tor geschossen und jeweils verloren!
In die Nationalmannschaft wurde Magath insgesamt 43-mal berufen und während dieser Zeit Europameister 1980 und Vizeweltmeister 1982 und 1986.

Sepp MAIER, der einzige Torwart, der dreimal bei Weltmeisterschaften die Nummer eins im deutschen Tor war (1970, 1974 und 1978).
Der berühmt-berüchtigte Spaßmacher jagte auf dem Platz schon mal einer Ente hinterher oder legte seine Socken auf das Gepäckband im Flughafen – zwischen den Pfosten aber war Sepp Maier absolut konzentriert. Mit Bayern München gewann er vier Deutsche Meisterschaften, dreimal den DFB-Pokal, den Europapokal der Pokalsieger (1969) sowie dreimal in Folge den Europapokal der Landesmeister (1974–76). Mit Deutschland wurde er Europameister (1972) und Weltmeister (1974). Nach einem Unfall musste die »Katze von Anzing« 1979 ihre Karriere beenden – zuvor hatte Maier von seinen 473 Bundesliga-Spielen ganze 424 in Folge bestritten! Nach seinem Ausscheiden aus dem Trainerstab der Nationalmannschaft (→BTT) arbeitet Maier heute ausschließlich als Torwarttrainer bei Bayern München.

AC MAILAND, eigentlich Milan AC Milano. Der 17-fache italienische Meister wurde 1899 überwiegend von Engländern gegründet und hat daher einen englischen Namen. Milan gewann viermal den Europapokal der Landesmeister (1963, 1969, 1989 und 1990) sowie zweimal die Champions League (1994 und 2003).

Inter MAILAND, eigentlich Internationale FC, gegründet im Jahr 1908 von unzufriedenen Mitgliedern des AC →Mailand. Der elffache italienische Meister gewann 1964 und 1965 (Helenio →Herrera) den Europapokal der Landesmeister sowie 1991, 1994 und 1998 den UEFA-Pokal.

Malente, beschaulicher Ort in Schleswig-Holstein mit einer idyllisch gelegenen Sportschule. Hier bezog die deutsche Nationalmannschaft vor der WM 1974 für insgesamt 27 Tage Quartier, um in aller Ruhe trainieren zu können. Fünf Tage vor dem ersten Spiel ging es rund – allerdings kämpften die Spieler dabei nicht um die Stammplätze, sondern um das liebe Geld: Sie verlangten – unter der Führung von Franz Beckenbauer – als Prämie für den WM-Sieg 100.000 DM pro Nase. Da der DFB nicht mehr als 30.000 zahlen wollte, setzte ein nächtliches Pokerspiel ein, an dessen Ende sowohl Spieler wie Paul Breitner als auch der von seiner Mannschaft enttäuschte Bundestrainer Helmut Schön beinahe abgereist wären. An Ende trafen sich die Parteien fast in der Mitte, bei 70.000 DM.

MALMÖ FF, schwedischer Verein, der 1958 zu der Ehre kam, seine Trikots für ein WM-Spiel zur Verfügung zu stellen. Im Gruppenspiel zwischen Argentinien und Deutschland mussten die *Gauchos* in den gelben Trikots des gastgebenden Vereins antreten, weil Schiedsrichter Reg Leafe aus England die weißen Trikots der deutschen Mannschaft und die hellblau-weiß gestreiften Trikots Argentiniens nicht auseinander halten konnte. Argentinien brachte die gelbe Farbe des großen Rivalen

Brasilien kein Glück: Nach schneller Führung verlor man 1:3 und schied als Gruppenletzter in der Vorrunde aus.

MANCHESTER United, der erste englische Verein, der den Europapokal der Landesmeister gewann (1968, →Busby Babes) und der erste englische Verein, der die Champions League gewann (1999, →Auswechslung). 1878 als Newton Heath Lancashire & Yorkshire Railway gegründet, erlebte der Klub unter Trainer Sir Alex →Ferguson seine größten Erfolge. Im Stadion Old Trafford blieb Manchester United 40 Jahre lang im Europapokal ungeschlagen: Erst Fenerbahce Istanbul gewann in der Saison 1996/97 im »Theatre of Dreams« mit 1:0.
Nach der Übernahme der Aktienmehrheit des Klubs durch den amerikanischen Sport-Magnaten Malcolm Glazer im Mai 2005 traten zahlreiche erboste Fans aus dem Verein aus und gründeten den FC United of Manchester.

Kimberly MAR DEL PLATA, ein argentinischer Zweitligist, der während der WM 1978 seine Trikots für ein Gruppenspiel zur Verfügung stellte. In der bedeutungslosen Partie zwischen Frankreich und Ungarn trat die *Grande Nation* zur Abwechslung mal in Giftgrün an und konnte trotz des modischen Fundamentalverstoßes mit 3:1 gewinnen.

Marmara Szigett, das Gefangenenlager in der Ukraine, in dem Fritz →Walter 1945 untergebracht war. Die ungarischen Wachleute erkannten den deutschen Fußballer, der russische Kommandant machte Walter daraufhin zum Spielertrainer der Fußballmannschaft des Lagers und ordnete Offiziersverpflegung für ihn an. Im Oktober 1945 wurde Fritz Walter entlassen. Hätten ihn die Ungarn nicht erkannt, wäre es vielleicht nie zum →Wunder von Bern und der ungarischen Niederlage im WM-Finale 1954 gekommen.

Diego MARADONA, eigentlich Armando Maradona, der einzige Weltstar, der dreimal wegen Dopings gesperrt wurde.
Das argentinische Ausnahmetalent wurde von »Las Cebollitas« (die kleinen Zwiebeln), der Kindermannschaft des Erstligisten Argentinos Juniors ausgebildet und debütierte mit 15 Jahren in der Ligamannschaft sowie mit 16 Jahren in der argentinischen Nationalmannschaft. Nach dem argentinischen Meistertitel 1982 wechselte Maradona zum FC Barcelona und zwei Jahre darauf zum SSC Neapel, mit dem er zweimal die italienische Meisterschaft (1987 und 1990), den italienischen Pokal (1987) sowie den UEFA-Pokal (1989) gewann. Bei der Weltmeisterschaft 1986 in Mexiko sorgte Maradona fast im Alleingang dafür, dass Argentinien den Titel gewann (→Hand Gottes, →WM-Tor des Jahrhunderts). Sein Trainer Dr. Carlos Bilardo sagte nach dem Turnier: »Ich danke Gott, dass Maradona ein Argentinier ist.«
Doch die Karriere des sechsfachen Fußballers des Jahres in Südamerika wurde immer wieder von Skandalen überschattet: Vaterschaftsklagen, Gewehrschüsse auf Journalisten, Fernbleiben von Spielen, Drogen und Doping. Maradona wurde 1991 beim SSC Neapel (Kokain), 1994 bei der Weltmeisterschaft in den USA im Gruppenspiel gegen Nigeria (Ephedrin) und 1997 bei den Boca Juniors Buenos Aires (Kokain) mit unerlaubten Substanzen erwischt und jeweils gesperrt.

Marokko, das erste afrikanische Land, das eine WM-Vorrunde überstand. Beim Turnier 1986 in Mexiko überraschten die Marokkaner in den Spielen gegen Polen (0:0), England (0:0) und Portugal (3:1) – und wurden Gruppensieger. Im Achtelfinale unterlag der Afrikameister von 1976, der sich insgesamt viermal für eine WM-Endrunde qualifizieren konnte, gegen Deutschland mit 0:1 n.V.

Lothar MATTHÄUS, der einzige Fußballer, dessen Tagebuch im Theater aufgeführt wurde.
Der deutsche Rekordnationalspieler (150 Einsätze zwischen 1980 und 2000) ist gemeinsam mit dem Mexikaner Antonio →Carbajal der einzige Spieler, der an insgesamt fünf Weltmeisterschaften teilnahm (1982, 1986, 1990, 1994 und 1998).
1984 wechselte Matthäus unter dramatischen Umständen von Borussia Mönchengladbach zu Bayern München: Im letzten Spiel für die Gladbacher traf er im DFB-Pokal-Finale ausgerechnet auf den FC Bayern und verschoss den entscheidenden Elfmeter zum 8:7 n.E. für die Münchner. Mit Bayern gewann Lothar Matthäus siebenmal die Deutsche Meisterschaft (1985–87, 1994, 1997, 1999 und 2000), zweimal den DFB-Pokal (1986 und 1998), mit Inter Mailand wurde er italienischer Meister (1989) sowie UEFA-Pokalsieger (1991). »Loddar« oder »Laber-Lothar«, wie der gegenüber den Medien sehr auskunftsfreudige Mittelfeldregisseur gern genannt wurde, war mit vier Treffern die treibende Kraft hinter dem Gewinn der Weltmeisterschaft 1990 in Italien – auch wenn sein Freund Andreas Brehme den entscheidenden Elfmeter im Finale gegen Argentinien (1:0) schoss (→Schuh).
Die Veröffentlichung seiner Tagebücher im Jahr 1996 kostete Matthäus das Kapitänsamt bei Bayern München und die Teilnahme an der Europameisterschaft. Nach einer Saison bei den New York Metro Stars wechselte Matthäus ins Trainer-Geschäft und gewann mit Partizan Belgrad die jugoslawische Meisterschaft 2003. Die ungarische Nationalmannschaft konnte er nicht zur WM-Endrunde 2006 in Deutschland führen.

Sir Stanley MATTHEWS, genannt Stan, der erste Spieler, der zu Europas Fußballer des Jahres gewählt wurde (1956). Der trickreiche Rechtsaußen war insgesamt 33 Jahre lang (!) Fußball-Profi bei Stoke City und dem FC Blackpool und wurde in dieser Zeit niemals vom Platz gestellt oder auch nur verwarnt. Er wurde unter anderem mit dem Titel »Commander of the British Empire« und dem FIFA-Orden in Gold geehrt, gewann als Spieler aber nur einen einzigen Titel: den FA-Cup 1953 mit dem FC Blackpool.

Gerhard MAYER-VORFELDER, der erste DFB-Präsident, dem ein zweiter Präsident zur Bildung einer »Doppelspitze« an die Seite gestellt wurde. Der frühere baden-württembergische Kultusminister – kurz MV genannt – war von 1975 bis 1993 Präsident des VfB Stuttgart. Seit 2001 an der Spitze des DFB, wurde er auch ins Exekutivkomitee von UEFA und FIFA gewählt. Nach einigen ungalanten Auftritten in den Medien entging er seiner Entmachtung nur dadurch, dass ihm 2004 Theo Zwanziger als weiterer DFB-Präsident an die Seite gestellt wurde.

MAZZOLA, eigentlich José Joao Altafini, der einzige Weltmeister, der nach dem Titelgewinn noch für ein anders Land spielte. Altafini gewann mit der brasilianischen Nationalmannschaft die WM 1958. Nach dem Turnier wechselte der Stürmer von Palmeiras São Paulo zum AC Mailand, nannte sich »Mazzola« (nach Valentino Mazzola, den beim →Superga-Unglück gestorbenen Vater von Sandro Mazzola) und nahm die italienische Staatsbürgerschaft an. Nach 19 Spielen und sechs Toren für Brasilien traf er in sechs Spielen für Italien noch fünfmal.

Giuseppe MEAZZA, der Weltmeister 1934 und 1938 mit Italien, nach dem das Stadion San Siro in Mailand nach dem Umbau zur EM 1980 umbenannt wurde. Die Fans der verfeindeten Klubs Inter →Mailand und AC →Mailand, die seit 1947 beide dort spielen, können gut mit dem neuen Namen leben: »Peppino«, einer der größten Fußballhelden des Landes, spielte für beide Vereine.

Cesar Luis MENOTTI, genant »El Flaco« (der Dünne), Trainer der argentinischen Nationalmannschaft beim WM-Sieg 1978 im eigenen Land. Nach dem Endspiel (3:1 n.V. gegen die Niederlande) verweigerte er dem argentinischen Junta-Chef General Videla demonstrativ den Handschlag.

Dr. Markus MERK, der einzige deutsche Schiedsrichter, der bisher bei einem EM-Finale zum Einsatz kam. Der Unparteiische, der unter anderem das Champions-League-Finale 2003 zwischen Juventus Turin und dem AC Mailand pfiff, leitete das Endspiel der Europameisterschaft 2004 in Portugal (Portugal – Griechenland 0:1).

Max MERKEL, genannt »Zampano«, ehemaliger Spieler bei Rapid Wien, der als Trainer die Landesmeisterschaften von Österreich (1957 mit Rapid Wien), Deutschland (1966 mit dem TSV 1860 München, 1968 mit dem 1. FC Nürnberg) und Spanien (1973 mit Atletico Madrid) gewann. Nach Beendigung seiner aktiven Zeit betätigt er sich gelegentlich als Sprücheklopfer in Boulevardzeitungen.

Messepokal, der 1955 eingeführte Europapokal-Wettbewerb für Messestädte. Bereits bei der ersten Austragung von 1955 bis 1958 nahmen allerdings auch Klubmannschaften teil (z.B. der Sieger FC Barcelona) und nie gewann eine Stadtauswahl den Messepokal. Mit Beginn der Saison 1971/72 übernahm die UEFA die Organisation, seitdem heißt der Wettbewerb →UEFA-Pokal. Das Original der Messepokal-Trophäe steht seit 1971 beim damaligen Rekordsieger FC Barcelona, der in einem Entscheidungsspiel um den Pokal mit 2:1 gegen den letzten Titelverteidiger Leeds United gewann.

Mexiko, das erste Land, das zum zweiten Mal Gastgeber einer Weltmeisterschaft wurde. Nach der Austragung der WM 1970 fand das Turnier auch 1986 in Mexiko statt, da →Kolumbien verzichtete.
Mexiko, Nordamerikameister 1977, 1993, 1996, 1998 und 2003, nimmt 2006 zum 13. Mal an einer WM-Endrunde teil. Nur 1990 wurde das Land durch die FIFA vom Wettbewerb ausgeschlossen, weil Mexiko bei einer Junioren-WM das Alter einiger Spieler manipuliert hatte.
Auch Italien (1934 und 1990), Frankreich (1938 und 1998) sowie Deutschland (1974 und 2006) sind zweifacher Gastgeber eines WM-Turniers.

Rudi MICHEL, der deutsche Fernsehreporter, der am häufigsten über die WM-Endspiele berichtete. Sechsmal war er mittendrin statt nur dabei – und zwar jeweils für die ARD: 1958, 1962 (das Finale wurde nicht live gezeigt, aber in voller Länge zwei Tage später), 1966, 1974 und 1982. Rolf Kramer kam auf zwei Endspiel-Reportagen (1978 und 1986), Werner Schneider (1970), Gerd Rubenbauer (1990), Marcel Reif (1994), Heribert Faßbender (1998) und Bela Réthy (2002) auf jeweils eine.

Rinus MICHELS, eigentlich Marinus Jacobus Michels, der Erfinder des →Total Voetbal. Der dreimalige niederländische Nationaltrainer gewann unter anderem als Trainer von Ajax Amsterdam viermal die niederländische Meisterschaft (1966–68 und 1970), zweimal den Pokal (1967 und 1970) sowie den Europapokal der Landesmeister 1971. Mit dem FC Barcelona siegte er in der spanischen Meisterschaft 1974 und im Pokal 1978. Als Trainer der niederländischen Nationalmannschaft wurde Rinus Michels Vizeweltmeister 1974 und Europameister 1988.

Roger MILLA, der älteste WM-Torschütze aller Zeiten. Milla, der bereits bei der ersten WM-Teilnahme Kameruns 1982 in Spanien dabei war, wurde 1990 in Italien mit 38 Jahren – er spielte zu der Zeit bei St. Pierroise auf der Insel Réunion – zum weltberühmten Star. Wegen seines Alters wurde er in allen fünf Partien jeweils nur eingewechselt und erzielte dennoch vier Treffer. Berühmt wurden seine Tore zum 1:0 gegen Rumänien (Endstand 2:1), nach dem er erstmals seinen Tanz an der Eckfahne zeigte, und das 2:0 im Achtelfinale gegen Kolumbien (Endstand 2:1 n.V.), bei dem er dem kolumbianischen Keeper Réne →Higuita den Ball am Mittelkreis abluchste.
Auf Wunsch von Kameruns Staatspräsident Paul Biya nahm Milla auch an der WM 1994 in den USA teil. Im letzten Gruppenspiel gegen Russland (1:6, Oleg →Salenko) wurde Roger Milla eingewechselt – und traf sofort zum Zwischenstand von 1:3. Er war an diesem Tag 42 Jahre und 40 Tage alt.

Sex auf dem Platz? Nein, Roger Milla bei seinem berühmten Tänzchen an der Eckfahne

Bora MILUTINOVIC, eigentlich Velibor Milutinovic, der einzige Trainer, der fünfmal in Folge bei einer WM dabei war – jeweils mit einem anderen Land. Der frühere Abwehrspieler von Partizan Belgrad und AS Monaco betreute Mexiko (1986), Costa Rica (1990), die USA (1994), Nigeria (1998) und China (2002). Sein größter Erfolg war dabei das Erreichen des Viertelfinales 1986 mit Gastgeber Mexiko. Mit 276 Spielen als Nationaltrainer hält Bora Milutinovic den Rekord an Einsätzen vor dem Kolumbianer Francisco Maturana (172 Partien) und Sepp →Herberger (167 Partien). Mit Honduras konnte sich Milutinovic allerdings nicht für die WM 2006 qualifizieren.

Mini-WM, oder Copa de Oro (Goldpokal), das im Winter 1980/81 in Uruguay ausgespielte Turnier zur Feier des 50-jährigen Jubiläums der ersten Weltmeisterschaft 1930. Ursprünglich sollten alle damaligen Weltmeister antreten. Da England absagte, sprang der zweifache Vizeweltmeister Niederlande ein. In zwei Dreiergruppen wurde um die Finalteilnahme gespielt, Deutschland blamierte sich mit 1:2 gegen Argentinien und mit 1:4 gegen Brasilien. Gastgeber Uruguay gewann das Endspiel mit 2:1 gegen Brasilien.

Mit Anzug und Krawatte, Aussage, mit der Teamchef Franz Beckenbauer vor der Weltmeisterschaft 1990 Klaus Augenthaler in die Nationalmannschaft zurückholte. Beckenbauer benötigte dringend einen Ausputzer für die Abwehr und überzeugte den damals 33-jährigen Bayern-Libero mit den Worten: »Du bekommst mit Buchwald und Kohler zwei Vorstopper, die räumen dir alles weg. Den Rest spielst du mit Anzug und Krawatte, gehst mit nach vorn, bietest dich an, sorgst für Ruhe.« Die Taktik funktionierte, »Auge« spielte fehlerlos und Deutschland wurde Weltmeister (1:0 im Finale gegen Argentinien).

Mittelfinger, der Finger, den Nationalspieler Stefan →Effenberg den deutschen Fans beim WM-Spiel 1994 gegen Südkorea präsentierte. Bei seiner Auswechslung in der 75. Minute wurde der arrogant wirkende Spieler vom AC Florenz von den Zuschauern ausgepfiffen. Effenberg antwortete mit der obszönen Geste, und Bundestrainer Berti Vogts schickte ihn daraufhin nach Hause. Nach Siggi Haringer (→Orange) und Uli Stein (→Suppenkaspar) war Effenberg der dritte deutsche Nationalspieler, der während eines WM-Turniers aus dem Kader flog. Jörg Böhme, der 2002 nach Hause musste, war offiziell »verletzt«.

Mittendrin, statt nicht dabei, eine Abwandlung des DSF-Werbeslogans »Mittendrin, statt nur dabei«, die der private TV-Sender kurz vor der WM 2002 kreierte. Grund: Die niederländische Nationalmannschaft hatte die Qualifikation zum Turnier in Japan und Südkorea verpasst, und nun ließ das DSF Poster des *Oranje*-Teams mit dem gemeinen Spruch drucken. Die fanden in Deutschland – dem Land des großen Rivalen – natürlich einen reißenden Absatz …

Rajko MITIC, der einzige Spieler der WM-Geschichte, der nicht rechtzeitig zu Beginn einer Begegnung auf dem Platz war. Vor dem entscheidenden Gruppenspiel 1950 zwischen Tabellenführer Jugoslawien und Gastgeber Brasilien (Endstand 0:2) verletzte der Mittelfeldspieler von Roter Stern Belgrad seinen Kopf an der Kabinentür im neuen Estadio Maracaná! Weil eine Einwechslung von Mitic nach wenigen Minuten Spielzeit damals noch nicht erlaubt war, pfiff Schiedsrichter Griffiths die Partie mit nur 21 Spielern an. Mitic kam nach zehn Spielminuten mit einem dicken Kopfverband hinzu. Da hatte Ademir bereits für Brasilien getroffen – »ebenfalls« per Kopf … Durch diesen Sieg wurde Brasilien Gruppensieger (und schließlich Vizeweltmeister), Jugoslawien schied als Gruppenzweiter aus. Auch Mitic wurde in seiner Länderspielkarriere zweimal »Vize«: Er verlor mit Jugoslawien die Endspiele der →Olympischen Spiele 1948 (1:3 gegen Schweden) und 1952 (0:2 gegen Ungarn).

Modus, die Art und Weise, wie beim WM-Turnier der Sieger ausgespielt wird. Von 1930 bis heute wurde die Weltmeisterschaft einem steten Wandel unterzogen. Ein Überblick:
Bei der ersten Austragung 1930 gab es vier Gruppen mit insgesamt 13 Ländern, die Gruppensieger qualifizierten sich für das Halbfinale.
1934 und 1938 wurde mit 16 Ländern gespielt, wobei aber sofort K.o.-Spiele angesetzt wurden, das Turnier also mit dem Achtelfinale begann.
Bei der ersten WM nach dem Zweiten Weltkrieg 1950 nahmen erneut nur 13 Länder teil, die in vier Gruppen aufgeteilt wurden. Wie 1930 qualifizierten sich die Gruppensieger für die Finalrunde, die aber nicht mit einem Halbfinale und Finale ausgetragen wurde, sondern im Gruppensystem. 1950 gab es zum einzigen Mal in der WM-Geschichte kein Endspiel!
Von 1954 bis 1970 gab es jeweils vier Gruppen à vier Mannschaften, von denen die ersten beiden das Viertelfinale erreichten.
Ein Sonderfall war die Weltmeisterschaft 1954 in der Schweiz. In der Gruppenphase gab es pro Team nur zwei statt drei Begegnungen, da nur gesetzte gegen ungesetzte Mannschaften spielten. Zugleich gab es zwei Sonderregeln: Unentschieden ausgegangene Gruppenspiele gingen in die Verlängerung (allerdings nicht ins Elfmeterschießen), im Falle von Punktgleichheit gab es ein Entscheidungsspiel.
1974 und 1978 gab es statt des Viertelfinales eine zweite Finalrunde, die in zwei Gruppen à vier Mannschaften ausgespielt wurde, deren Sieger ins Finale kamen.

1982, 1986 und 1990 nahmen 24 Mannschaften in sechs Gruppen an der WM teil. 1982 qualifizierten sich die beiden Gruppenersten der Vorrunde für eine Zwischenrunde, die in vier Gruppen á drei Mannschaften ausgetragen wurde und deren Sieger das Halbfinale erreichten, 1986 und 1990 qualifizierten sich die beiden Gruppenersten sowie die vier besten Gruppendritten direkt für das Achtelfinale.
Seit 1994 wird die WM mit 32 Ländern in acht Gruppen ausgetragen, deren Erster und Zweiter sich für das Achtelfinale qualifizieren.

Montezumas Rache, die Krankheit, die verhinderte, dass Gordon Banks (→Banks of England) im WM-Viertelfinale 1970 zwischen England und Deutschland im englischen Tor stand. Stattdessen spielte Ersatzkeeper Peter Bonetti – verhindern konnte er das 3:2 n.V. für Deutschland (→Hinterkopf) nicht.

Montevideo, die einzige Stadt, in der alle Spiele eines WM-Turniers stattfanden. Bei der ersten Austragung 1930 wurde zehnmal im extra gebauten →Estadio Centenario gespielt sowie sechsmal im Parque Central und zweimal im Estadio Pocitos.

Luis Fernando MONTI, der einzige Spieler der Fußball-Geschichte, der für zwei Länder ein WM-Finale bestritt. Der als Treter berüchtigte Abwehrrecke unterlag 1930 mit Argentinien gegen Gastgeber Uruguay 2:4. Ein Jahr später wechselte »Luisito« von den Boca Juniors Buenos Aires zu Juventus Turin und spielte nun als »Oriundi« (= gebürtig, d.h. als Argentinier italienischer Abstammung) für Italien. Bei der WM 1934 in Frankreich stand er – inzwischen »Luigi« gerufen – erneut im WM-Finale und gewann mit 2:1 n.V. gegen die Tschechoslowakei. Nach den damals und heute gültigen Regeln hätte Monti eigentlich nicht für Italien spielen dürfen.

Pedro Damian MONZON, der erste Spieler, der in einem WM-Finale die Rote Karte erhielt. Der Abwehrspieler von Indepediente Buenos Aires wurde zur zweiten Halbzeit des Endspieles 1990 zwischen Deutschland und Argentinien (1:0) eingewechselt – und war 19 Minuten später nach einem rüden Foul an Jürgen Klinsmann schon wieder draußen. Weitere Rotsünder in WM-Endspielen: der Argentinier Gustavo Abel Dezotti (ebenfalls 1990) und der Franzose Marcel Desailly (1998).

Joáo Pedro MORAIS, der Spieler der portugiesischen Nationalmannschaft, der bei der WM 1966 Pelé brutal foulte. Im entscheidenden Gruppenspiel hätte der Titelverteidiger Brasilien gegen Portugal siegen müssen, um die Vorrunde zu überstehen. Nach der Attacke des Abwehrspielers von Sporting Lissabon wurde der verletzte Pelé auf dem Flügel »geparkt« – Auswechslungen gab es erst ab 1970. Brasilien verlor 1:3 und schied zum einzigen Mal in der Geschichte des Landes in der Vorrunde aus.

Mord auf dem Fußballplatz, die Geschehnisse während des WM-Qualifikationsspiels zwischen Kamerun und Kongo 1976. Im Rückspiel der ersten Runde führten die Gäste in einer hart geführten Partie mit 2:1 und wären nach dem 2:2 im Hinspiel eine Runde weiter gewesen. Nach 82 Minuten foulte der Kameruner Roger →Milla seinen Gegenspieler brutal – und erhielt statt der Roten Karte einen Elfmeter zugesprochen! Wegen einer Rangelei zwischen dem kongolesischen Torwart und dem Schiedsrichter griff die Polizei ein und prügelte Spieler und Betreuer aus dem Kongo rücksichtslos nieder. Neun Spieler und mehrere Betreuer mussten ins Krankenhaus eingeliefert werden, ein Betreuer starb. Nach 30 Minuten Unterbrechung wollte der Schiedsrichter die Partie tatsächlich mit dem Elfmeter fortführen, doch die kongolesischen Spieler weigerten sich. Die FIFA wertete das Spiel nachträglich mit 2:0 für die Gäste.

Byron MORENO, der ekuadorianische Schiedsrichter, der während der WM 2002 das Viertelfinale zwischen Gastgeber Südkorea und Italien (2:1 i.V.) pfiff. Die Italiener beschwerten sich nach der Niederlage, dass Moreno mit einer Gelb-Roten Karte für Francesco Totti und dem Abpfeifen eines Angriffs von Damiano Tommasi das Spiel entschieden habe. Beweise konnten nie vorgelegt werden – allerdings legte sich Moreno nach seiner Rückkehr nach Ekuador ein neues Haus und ein neues Auto zu und wurde noch im selben Jahr vom eigenen Verband wegen Bestechlichkeit aus dem Verkehr gezogen.

Dynamo MOSKAU, der erste russische Verein, der einen Europapokal gewann. Im UEFA-Pokal-Finale 2005 gewann Dynamo sensationell mit 3:1 gegen Sporting Lissabon – und zwar in dessen eigenem Stadion, dem Estadio José Alvalade.

José MOURINHO, der erste Trainer, der hintereinander den UEFA-Pokal und die Champions League gewann. Der Portugiese, der als Spieler keinen Erfolg hatte und zunächst als Übersetzer (!) für den englischen Trainer Bryan Robson beim FC Barcelona anfing, legte mit dem FC Porto eine sensationelle Erfolgsserie hin. Mourinho gewann zweimal die portugiesische Meisterschaft, einmal den Pokal, und siegte 2003 im UEFA-Pokal (3:2 n.V. gegen Celtic Glasgow) sowie 2004 in der Champions League (3:0 im Finale gegen den AS Monaco). Danach ging er zu Chelsea →London und wurde 2005 auf Anhieb englischer Meister. Dort überraschte der von der englischen Presse als überheblich gegeißelte Mourinho (»The Ego Has Landed«), indem er seinen legendären Armani-Mantel für eine Benefiz-Versteigerung hergab und ihn am Ende für 30.000 Pfund zurückersteigerte.

Muhammed Ally, Spitzname des schottischen Nationaltrainers Ally McLeod bei der WM 1978. Er betätigte sich vor dem Turnier – ähnlich wie Muhammad Ali – als Großmaul und kündigte an, den Weltmeistertitel holen zu wollen. Nach zwei peinlichen Auftritten (1:3 gegen Peru und 1:1 gegen den Iran) sowie täglichen Trinkgelagen im Hotel, nach denen die Spieler nicht mehr allein aufs Zimmer kamen, mussten die Schotten das letzte Gruppenspiel gegen die Niederlande mit drei Toren Unterschied gewinnen, um die Vorrunde zu überstehen. Es langte jedoch nur zu einem 3:2-Sieg gegen den späteren Vizeweltmeister – wie immer schied Schottland in der Vorrunde aus (→Tartan Army)…

Dieter MÜLLER, einziger deutscher Nationalspieler, der bereits zwei Minuten nach seiner Einwechslung im ersten Länderspiel einen Treffer erzielte. Im EM-Halbfinale 1976 lag Deutschland gegen Gastgeber Jugoslawien bereits 0:2 zurück. Nach dem Anschlusstor durch Heinz Flohe brachte Bundestrainer Helmut →Schön in der 80. Minute den Debütanten Dieter Müller – prompt traf der per Kopf zum 2:2 und in der Verlängerung sogar noch zweimal zum 4:2 n.V.!
Der Kölner Stürmer hat außerdem noch einen Bundesliga-Rekord aufzuweisen: Er ist der einzige Spieler, der jemals sechs Treffer in einem Spiel erzielte (1977/78 beim 7:2 des 1. FC Köln gegen Werder Bremen).

Gerd MÜLLER, der Spieler, der bisher die meisten Tore bei Weltmeisterschaften erzielte (14).
Gerd Müller spielte von 1964 bis 1979 bei Bayern München. In dieser Zeit gewann er vier Deutsche Meisterschaften (1969, 1972–74), zweimal den DFB-Pokal (1969 und 1971) sowie dreimal den Europapokal der Landesmeister (1974–76). Seine Trefferzahl und -quote sind praktisch uneinholbar: Er war siebenmal Torschützenkönig der Bundesliga und steht noch immer unangefochten an erster Stelle der Bundesliga-Torjäger mit 365 Treffern. 55-mal traf Müller in einem Bundesligaspiel doppelt,

18-mal dreifach, zehnmal vierfach und viermal sogar fünffach! Er schoss die meisten Tore im DFB-Pokal (78) und die meisten Tore aller deutschen Spieler im Europapokal (65).
Es »müllerte« aber auch in der deutschen Nationalmannschaft. Mit seinem sprichwörtlichen Torriecher gelangen ihm 68 Tore in 62 Länderspielen – eine sensationelle Quote. Gerd Müller ist der einzige Spieler, der sowohl EM- als auch WM-Torschützenkönig wurde (1972 beziehungsweise 1970). Zum Gewinn der Europameisterschaft 1972 steuerte er vier Treffer bei, zum Gewinn der Weltmeisterschaft 1974 weitere vier Treffer. Das wichtigste Tor gelang Gerd Müller im WM-Endspiel 1974, als er – unnachahmlich aus der Drehung und bereits halb im Fallen – das entscheidende 2:1 gegen die Niederlande schoss.
Die ewige WM-Torjägerliste führt Gerd Müller mit 14 Treffern an, knapp vor Just Fontaine (13) sowie Pelé und Ronaldo mit jeweils zwölf Treffern.

Müller oder Seeler?, die Gewissensfrage für die deutsche Nationalmannschaft bei der WM 1970. Bundestrainer Helmut Schön hatte zwischen dem 33-jährigen HSV-Mittelstürmer Uwe Seeler und dem 24-jährigen Torschützenkönig Gerd Müller von Bayern München zu entscheiden. Er setzte beide ein: Seeler (der die Nummer 9 des Mittelstürmers behielt) im Mittelfeld, Müller (der daraufhin die legendäre Nummer 13 bekam und auch bei der WM 1974 behielt) im Sturmzentrum. Die Idee war prächtig: In drei der fünf Partien bei der WM 1970 (gegen Marokko, Bulgarien und England) trafen beide Spieler.

Mundiespaña, extra für die WM 1982 in Spanien gegründete Firma, die den Verkauf der Tickets organisierte. Mundiespaña kam als erstes auf die Idee, Eintrittskarten kombiniert mit Übernachtungen in Hotels anzubieten und sorgte damit für eine radikale Erhöhung der Kosten für die Fußball-Fans.

Miguel MUNOZ, der erste Mann, der als Spieler und als Trainer den Europapokal der Landesmeister gewann. Der Halbstürmer siegte mit Real →Madrid im Europapokal der Landesmeister zwischen 1956 und 1958. Danach wurde er Trainer und gewann denselben Titel 1960 und 1966 – ebenfalls mit Real Madrid. Nur Giovanni →Trapattoni (mit dem AC Mailand bzw. Juventus Turin), Johan →Cruyff (mit Ajax Amsterdam bzw. dem FC Barcelona) und Carlo Ancelotti (mit dem AC Mailand) gelang dieses Kunststück ebenfalls.

Musikinstrumente waren aufgrund von Sicherheitsbestimmungen bei der WM 1994 in den USA verboten. Durch diese Regelung wären die weltberühmten brasilianischen Fans mit ihren Sambatrommeln nicht in die Stadien gelangt! Erst WM-Organisationschef Alan Rothenberg erteilte eine »Ausnahmegenehmigung« für die Fans …

Mutter aller Spiele, martialische Bezeichnung von US-Verbandssekretär Hank Steinbrecher für die WM-Partie zwischen den USA und Iran bei der WM 1998 – in Andeutung an den ersten Irakkrieg der Amerikaner 1991, den Saddam Hussein als »Mutter aller Schlachten« tituliert hatte. Während die USA gegen den Irak inzwischen nach Kriegen 2:0 »führen«, gab es gegen den Iran eine 1:2-Niederlage … Der heutige HSV-Stürmer Mehdi Mahdavikia erzielte das zweite und entscheidende Tor der Iraner in einem erfreulich fair und friedlich verlaufenen Spiel. Zur Belohnung musste Mahdavikia keinen Militärdienst im Iran ableisten.

N

Nachspielzeit, die vom Schiedsrichterassistenten angezeigte Zeit, die wegen Verzögerungen zusätzlich zu den regulären 90 Minuten gespielt wird. Im Champions-League-Finale 1999 erlebte Bayern München, dass in der Nachspielzeit ganze Spiele gedreht werden können (→Auswechslung). Bayern führte gegen Manchester United 1:0 durch einen Treffer von Mario Basler und sah wie der sichere Sieger aus. Doch Teddy Sheringham (nach 90 Minuten und 34 Sekunden) sowie Gunnar Solskjaer (nach 92 Minuten und 52 Sekunden) sorgten noch für das 2:1 von Manchester United.

Nachthimmel von Belgrad, dorthin flog der von Uli Hoeneß getretene Elfmeter im EM-Finale 1976 zwischen Deutschland und der Tschechoslowakei. Nach 120 Minuten hatte es 2:2 gestanden, und zum ersten Mal in der EM-Geschichte musste ein Elfmeterschießen entscheiden. Beide Verbände hatten sich dies sogar selbst eingebrockt, denn sowohl Deutschland als auch die Tschechoslowakei lehnten ein mögliches Wiederholungsspiel ausdrücklich ab. Der sichtlich nervöse Bayernstürmer musste als vierter deutscher Schütze ran – und jagte den Ball rechts oben weit über das Tor. Danach foppte der Tschechoslowake Antonin Panenka den deutschen Keeper Sepp →Maier mit einem lässigen Schlenzer in die Tormitte: 7:5 i. E. für die Tschechoslowakei.

Johan NEESKENS, niederländischer Nationalspieler, der den ersten Elfmeter in einem WM-Finale schoss – und verwandelte. Im Endspiel 1974 gegen Gastgeber Deutschland hatte Uli Hoeneß bereits in der 2. Minute Johan Cruyff im Strafraum zu Fall gebracht. Neeskens trat bei der Ausführung des Strafstoßes zwar in den Rasen, so dass der Ball unkontrolliert in Richtung Mitte des Tores flog – aber der deutsche Keeper Sepp Maier war bereits in die (gewohnte) rechte Neeskens-Ecke unterwegs: 1:0 für die Niederlande … Deutschland gewann das Finale dennoch mit 2:1 (Bernd →Hölzenbein).

Günter NETZER, der einzige Weltmeister von 1974, der nicht auf dem Siegerfoto zu sehen ist.
Der geniale Mittelfeldspieler – mit Borussia Mönchengladbach Deutscher Meister 1970 und 1971 sowie DFB-Pokalsieger 1973 (→Über den Schlappen gerutscht), mit Real Madrid spanischer Meister 1976 sowie Pokalsieger 1974 und 1975 – zeigte beim Gewinn der Europameisterschaft 1972 (→Aus der Tiefe des Raumes) großartige Leistungen. Während des WM-Turniers 1974 jedoch spielte er schwach und hatte nur einen Einsatz – als Einwechselspieler beim 0:1 gegen die DDR (Jürgen →Sparwasser). Daher verzichtete Günter Netzer nach dem 2:1-Sieg Deutschlands im Endspiel gegen die Niederlande darauf, sich als Weltmeister fotografieren zu lassen.
Nach seiner Karriere als Spieler war Günter Netzer von 1978 bis 1986 Manager des Hamburger SV, arbeitet seit 1991 als Vermarkter von TV-Rechten und nebenbei als Moderator bei Länderspielen der deutschen Nationalmannschaft (→Grimme-Preis).
Im Jahr 2004 wurde Günter Netzer im Kinofilm »Aus der Tiefe des Raumes« (vermeintlich) ein Denkmal gesetzt: Die Geschichte drehte sich um eine plötzlich in Mönchengladbach aufgetauchte Tipp-Kick-Figur, die – obwohl zum Standfußballer verdammt – Karriere auf dem Platz machte … Im selben Jahr erschien außerdem Netzers gleichnamige Autobiografie.

19 Tore erzielte der spätere Weltmeister Brasilien während des Turniers 1970 – Rekord: Die Ergebnisse der *Seleção*: 4:1 gegen die Tschechoslowakei, 1:0 gegen England, 3:2 gegen Rumänien, 4:2 gegen Peru, 3:1 gegen Uruguay und 4:1 gegen Italien.

1905, das Jahr, in dem erstmals eine Weltmeisterschaft durchgeführt werden sollte. Der Niederländer Carl Anton Willem Hirschmann plante mit den damaligen zwölf FIFA-Mitgliedern ein Turnier mit drei Gruppen à vier Ländern: eine Gruppe mit England, Schottland, Wales und Irland, eine Gruppe mit Spanien, Frankreich, Belgien und den Niederlanden, eine weitere mit der Schweiz, Italien, Österreich und Ungarn. Der Schweizer Victor E. Schneider spendete eine Trophäe, ein Spielplan wurde aufgestellt – aber leider gab keine der zwölf Nationen eine Meldung für das Turnier ab …

1920, das Jahr, in dem der Verein Madrid FC von Spaniens König Alfonso XIII. unter königliche Patronage genommen wurde. Madrid FC darf sich seither Real →Madrid nennen.

1923 fand das erste Finale des →FA-Cup im legendären →Wembley-Stadion statt. Offiziell sahen 126.047 Zuschauer den 2:0-Sieg der Bolton Wanderers gegen West Ham United. Es sollen jedoch mehr als 200.000 Fans im Stadion gewesen sein, außerdem standen gut 150.000 davor. Wegen der großen Massen standen viele Menschen auf dem Spielfeld, doch Polizist George Scorey sorgte mit seinem Schimmel Billie vorsichtig dafür, dass der Platz geräumt wurde. Das Endspiel von 1923 wird deshalb auch »White Horse Final« genannt (Dietmar →Hamann).

Niederländisch-Indien, heute Indonesien, das erste asiatische Land bei einer Weltmeisterschaft und zugleich das einzige Land mit nur einem einzigen WM-Endrundenspiel. 1938 qualifizierte sich die Nationalmannschaft für das Turnier in Frankreich, da Japan und die USA verzichteten. Im Achtelfinale der WM

(→Modus) unterlag Niederländisch-Indien gegen den späteren Finalisten Ungarn mit 0:6 und schied aus.

Niederlande, das einzige Land, das dreimal in Folge bei einer Europameisterschaft durch Elfmeterschießen ausschied und zugleich das einzige Land, das zwei WM-Endspiele in Folge verlor. Der Aufstieg des niederländischen Fußballs begann erst Ende der sechziger Jahre (in der EM-Qualifikation 1964 unterlag man noch gegen Luxemburg mit 1:1, 1:2!). Der von Trainer Rinus Michels entwickelte →Total Voetbal führte allerdings nur einmal zum totalen Erfolg: 1974 und 1978 verloren die Niederlande das WM-Finale – jeweils gegen den Gastgeber (1:2 gegen Deutschland bzw. 1:3 n.V. gegen Argentinien). Erst 1988 gab es den bis heute einzigen großen Titel: Bei der Europameisterschaft in Deutschland gewannen die *Oranjes* mit einem überragenden Torjäger Marco van Basten 2:1 im Halbfinale gegen Deutschland und 2:0 im Finale gegen die Sowjetunion.
Danach schoss unser Nachbarland bei EM-Turnieren nur noch den Pechvogel ab: 1992 (gegen Dänemark im Halbfinale), 1996 (gegen Frankreich im Viertelfinale) und sogar daheim 2000 (gegen Italien im Halbfinale) schieden sie jeweils im Elfmeterschießen aus. Dasselbe passierte im Halbfinale der WM 1998: Gegen den Titelverteidiger aus Brasilien unterlagen die Niederlande mit 3:5 n.E.

António LOPEZ NIETO, der Schiedsrichter, der 16 Karten in nur einem WM-Spiel zückte. In der letzten Gruppenpartie 2002 zwischen Deutschland und Kamerun (2:0) – die trotz der Spannung im Rahmen üblicher Fairness verlief – zeigte der spanische Unparteiische 14-mal Gelb: für die sieben Deutschen Kahn, Ramelow, Frings, Ballack, Hamann, Ziege und Jancker sowie die sieben Kameruner N'Djitap, Song, Tchato, Suffo, Lauren, Foé und Olembé. Da ihm das offenbar noch nicht genug schien, zeigte er Ramelow und Suffo zusätzlich die Gelb-Rote Karte – absoluter WM-Rekord.

Nigeria, das erste afrikanische Land, das die olympische Goldmedaille gewann. Die *Super Eagles* um Sunday Oliseh, Jay Jay Okocha und Nwanko Kanu schlugen 1996 in Atlanta zunächst Brasilien im Halbfinale (4:3 i.V.) und schließlich Argentinien im Endspiel (3:2). Der Clou: Kein Spieler aus der nigerianischen Endspiel-Aufstellung spielte im eigenen Land!
Die Hoffnungen des zweifachen Afrikameisters (1980 und 1994), auch bei einer Weltmeisterschaft vorne zu landen, haben sich bei bisher drei Teilnahmen nicht erfüllen können. 1994 scheiterte Nigeria etwas unglücklich im Achtelfinale an Italien (1:2 n.V.) – doch 1998 (1:4 im Achtelfinale gegen Dänemark) und 2002 (Aus in der Vorrunde) enttäuschte das Team ebenso wie in der Qualifikation für das Turnier 2006 in Deutschland, als man an →Angola scheiterte.

Nike, der Name der griechischen Siegesgöttin, die das Motiv für den ersten WM-Pokal abgab. Auch ein großer amerikanischer Sportartikelhersteller gab sich diesen Namen (→Ronaldo).

Nimm den Oliver Bierhoff mit, der Ratschlag von Monika Vogts, Ehefrau von Bundestrainer Berti →Vogts, vor dem EM-Turnier 1996. Zum Glück hörte Vogts auf seine Gattin: Per →Golden Goal sorgte Bierhoff für den Siegtreffer im Endspiel gegen Tschechien.

Daniel NIVEL, ein französischer Polizist, der während der Weltmeisterschaft 1998 nach der Partie Deutschland gegen Jugoslawien in Lens von deutschen Fans zusammengeschlagen und so stark verletzt wurde, dass er immer schwer behindert und arbeitsunfähig bleiben wird. Der damalige DFB-Präsident Egidius

Braun wollte sofort mit der Nationalmannschaft abreisen, doch Bundestrainer Berti Vogts überzeugte ihn zu bleiben. Der offensichtliche Haupttäter wurde zu fünf Jahren Haft verurteilt.

Nordamerikameisterschaft, der seit 1973 ausgetragene Kontinentalwettbewerb des nord- und mittelamerikanischen Fußballverbandes →CONCACAF. Rekordsieger mit fünf Titeln ist Mexiko (1977, 1993, 1996, 1998 und 2003) vor den USA mit drei Siegen (1991, 2002 und 2005) und Kanada mit zwei Siegen (1984 und 2000).

Nordkorea gelang der erste Sieg eines asiatischen Landes bei Weltmeisterschaften. Im letzten Gruppenspiel 1966 schlugen die Männer mit den seltsamen Namen (Im, Lin, Oh, Shin …) sensationell Italien mit 1:0 (→Pak Doo-ik, →Ginseng). Dies blieb – bis auf das Erreichen des Viertelfinales bei den Olympischen Spielen 1976 – der einzige Erfolg Nordkoreas, da der Fußballverband wegen der Rivalität zu Südkorea oftmals seine Nationalmannschaft nicht meldete oder die Meldung zurückzog.

Null Punkte, null Tore, die Ausbeute, die sechs der bisher 69 WM-Teilnehmer seit 1930 verbuchen konnten. Ohne Punkt und Tor bei einer Endrunde blieben Niederländisch-Indien (1938), El Salvador (1970), Zaire (1974), Kanada (1986), Griechenland (1994) und China (2002). El Salvador konnte sich 1982 erneut qualifizieren – die Mannschaft blieb erneut ohne Punkt, schoss aber immerhin erstmals ein Tor (→10:1).

Null Streifen trugen die französischen Spieler bei der WM 1978 auf ihren Schuhen. Zwar hatte der Verband einen Werbevertrag mit dem Sportartikelhersteller Adidas (→Herzogenaurach), der die Schuhe mit den drei Streifen lieferte. Doch die

Spieler wollten mehr Geld für ihre Werbetätigkeit und übermalten vor dem ersten Gruppenspiel die Streifen auf ihren Schuhen.

Null-Minuten-Weltmeister, Spieler, die im Aufgebot einer Weltmeister-Mannschaft standen, ohne eine einzige Partie im Lauf des Turniers bestritten zu haben. Zu diesen Unglücksraben zählen unter anderem Franco Baresi (1982), Daniel Passarella (1986) oder →Ronaldo (1994). Folgende 13 deutsche Nationalspieler hatten ebenfalls dieses Pech: Ulrich Biesinger, Herbert Erhardt, Heinz Kubsch, Karl-Heinz Metzner (jeweils 1954), Wolfgang Kleff, Norbert Nigbur, Helmut Kremers, Jupp Kapellmann (1974), Raimond Aumann, Andreas Köpke, Günther Hermann, Frank Mill und Paul Steiner (1990).

0:0, ein zum Glück bei Weltmeisterschaften eher selten auftretendes Ergebnis. Das erste torlose Unentschieden der WM-Geschichte gab es erst bei der WM 1958: Im Gruppenspiel trennten sich der spätere Sieger Brasilien und England mit dem trostlosen Ergebnis. Nur einmal endete ein WM-Finale 0:0, 1994 zwischen Brasilien und Italien. Die »Strafe«: Das Elfmeterschießen musste entscheiden (3:2 für Brasilien).

0:1, das Ergebnis der ersten Niederlage Deutschlands in einem WM-Qualifikationsspiel überhaupt. Die Pleite daheim gegen Portugal im Jahr 1985 bedeutete die erste Niederlage in der WM-Qualifikation in über 51 Jahren – eine sensationelle Bilanz. Danach gab es nur noch ein weiteres verlorenes Spiel: das 1:5 im Jahr 2000 gegen England.

0:9, die höchste Niederlage in der Geschichte der deutschen Nationalmannschaft. Am 16. März 1909 – es war das vierte Länderspiel Deutschlands überhaupt – setzte es in Oxford gegen das

Fußball-Mutterland England diese Klatsche. Erst 1972 gab es den ersten deutschen Sieg in England (→Aus der Tiefe des Raumes). Die höchste Heimniederlage Deutschlands war das 0:6 in Berlin 1931 gegen Österreich. Einziger Trost: Es dauerte 47 Jahre bis zum nächsten Sieg des kleinen Nachbarn gegen Deutschland (→Schmach von Cordoba).

Nummer 10, die traditionelle Rückennummer der Mittelfeldregisseure wie Diego →Maradona oder Günter →Netzer. Beim SSC Neapel wurde die Nummer 10 nach dem Weggang Maradonas 1991 nicht mehr vergeben.

O

Österreich, das einzige für eine Weltmeisterschaft qualifizierte Land, das bei Turnierbeginn nicht mehr existierte. Österreich hatte sich im Qualifikationsspiel zur WM 1938 gegen Lettland mit 2:1 durchgesetzt, doch nach dem »Anschluss« an das Deutsche Reich löste sich der Verband auf und trat aus der FIFA aus (→Anschlussspiel). Stattdessen fuhr Schweden zur WM, das zuvor an Deutschland gescheitert war.
Bei insgesamt sieben WM-Teilnahmen war die Donau-Republik dennoch erfolgreich. Die größten Erfolge feierte die Mannschaft 1954 (Platz drei) und 1930 (Platz vier) sowie 1978 (→I werd narrisch) und 1982, als Österreich jeweils die Zwischenrunde (→Modus) erreichte.

OFC, die Abkürzung für Oceania Football Confederation, den 1966 gegründeten ozeanischen Kontinentalverband. Der jüngste aller Kontinentalverbände hat heute zwölf Mitglieder, die einen halben Platz für eine WM-Endrunde erhalten (der Sieger der OFC-Ausscheidung bestreitet ein Relegationsspiel gegen einen südamerikanischen Qualifikanten). Bei bisher zwei Endrunden-Teilnahmen ozeanischer Länder schieden Australien (1974) und Neuseeland (1982) jeweils in der Vorrunde aus. Für die WM 2006 hat erneut Australien ein Ticket lösen können.

Ohrfeige, das »Abschiedsgeschenk« von Horacio Federico Troche an Uwe Seeler bei der WM 1966. Im brutalen Viertelfinale zwischen Deutschland und Uruguay hatte der Abwehrspieler von Peñarol Montevideo seinem Gegenspieler Lothar Emmerich in den Unterleib getreten und war nach 49 Minuten vom Platz geflogen. Doch für »Uns Uwe« hatte er noch einen Schlag ins Gesicht übrig. Wolfgang Overath nahm Troche dennoch in den Arm und begleitete ihn ruhig vom Spielfeld.

Old Firm, der Name für das Derby in →Glasgow zwischen Celtic und den Rangers in Anspielung darauf, dass beide Klubs die große Rivalität untereinander durchaus wirtschaftlich nutzen. Beispiel: Zur Zeit haben sie denselben Hauptsponsor, da bisher die Fans des einen Vereins die Produkte, für die der andere warb, boykottierten.

Olympiastadion Berlin, mit dem olympischen Finale 1936 und dem WM-Finale 2006 erst das siebte Stadion der Welt, in dem Weltmeisterschaft und Olympische Spiele entschieden wurden (nach dem Stade Olympique de Colombes in Paris, dem Wembley-Stadion, dem Aztekenstadion in Mexiko, dem Olympiastadion in München, dem Stadio Olimpico in Rom und der Rose Bowl in Los Angeles).

Cesar ONZARI, argentinischer Nationalspieler, der das erste Eckballtor der Fußballgeschichte erzielte.
Bei den Olympischen Spielen 1924 begeisterte der uruguayische Stürmer Hector Scarone die Zuschauer dadurch, dass er zweimal die Kugel per Eckball direkt im Tor versenkte. Doch der damaligen Regel entsprechend waren beide Treffer nicht regelgerecht und wurden aberkannt. Olympiasieger Uruguay stellte daraufhin den Antrag, Eckballtore zuzulassen. Am 1. Oktober 1924 gab die FIFA dem Antrag statt, am 2. Oktober traf Uruguay in einem Länderspiel ausgerechnet auf Erzrivale Argentinien. Und tatsächlich fiel in dieser Partie das erste direkt (und regelkonform) aus einer Ecke erzielte Tor der Fußballhistorie – Schütze war allerdings nicht Uruguays Hector Scarone, sondern der Argentinier Cesar Onzari. Dafür wurde Scarone knapp zwei Jahre später Weltmeister – im Finale gegen Argentinien.

Orange, die Frucht, die Nationalspieler Sigmund Haringer zur Erfrischung während der WM 1934 essen wollte. Da Reichstrainer Dr. Otto Nerz dies – ebenso wie das übermäßige Trinken von Wasser – jedoch streng verboten (!) hatte, schickte er den Spieler von Bayern München nach Hause.

Raimundo ORSI erzielte 1934 das entscheidende Tor für Italien zum 2:1 n.V. im WM-Finale gegen die Tschechoslowakei. Mit einem Flatterball hatte Orsi den legendären Frantisek Planicka bezwungen – und behauptete nun, er könne diesen Kunstschuss jederzeit wieder zeigen. Am Tag nach dem Endspiel versuchte er es für die Presse noch einmal, gab aber nach 20 Versuchen entnervt auf. Dabei hatte diesmal noch nicht einmal ein Torwart zwischen den Pfosten gestanden …

Otto II., zeitweiliger Spitzname für den Trainer Otto →Rehhagel, der mit Werder Bremen 1983, 1985 und 1986 jeweils deutscher Vizemeister wurde.

Wolfgang OVERATH, der einzige deutscher Spieler, der seine Karriere zwischen zwei Endspielen beendete. Mit dem 1. FC Köln stand der Weltmeister von 1974 im DFB-Pokal-Finale 1977. Nach dem 1:1 n.V. im ersten Spiel siegten die Kölner im →Wiederholungsspiel mit 1:0. Doch Trainer Hennes →Weisweiler wollte Overath zunächst zugunsten von Heinz Flohe auf die Bank setzen. Da der Mittelfeld-Regisseur dies nicht wollte, verzichtete er auf das Finale.

Ozeanienmeisterschaft, der seit 1973 ausgetragene Kontinentalwettbewerb des ozeanischen Fußballverbandes →OFC. Rekordsieger mit vier Siegen ist Australien (1980, 1996, 2000 und 2004), Neuseeland gewann bisher dreimal (1973, 1998 und 2002).

P

PAK Doo-ik, der Torschütze zum sensationellen 1:0 von →Nordkorea gegen Italien bei der WM 1966. Im letzten Gruppenspiel hätte den *Azzurri* ein Unentschieden zum Weiterkommen genügt – doch die bravourös kämpfenden und am Spielort in Middlesbrough sehr beliebten Nordkoreaner gewannen und zogen ins Viertelfinale (→5:3) ein.

Cacho PALADINO, der Arzt, der dem erst achtjährigen Diego →Maradona rätselhafte Substanzen verabreichte, die den Muskelaufbau bei dem Supertalent beschleunigen sollten. Ein direkter Zusammenhang mit der Drogenabhängigkeit Maradonas als Erwachsener ist natürlich rein zufällig …

Paraguay, das Land, dessen Nationaltrainer als erster während einer Weltmeisterschaft die Rote Karte sah. Im letzten Gruppenspiel 1986 gegen Belgien (Endstand 2:2) wurde Cayetano Re Ramirez fünf Minuten vor Abpfiff wegen Meckerns von der Bank verwiesen – beide Mannschaften qualifizierten sich für das Achtelfinale.
Der zweifache Südamerikameister (1953 und 1979) nahm bisher sechsmal an einer WM-Endrunde teil, dreimal erreichte Paraguay das Achtelfinale – zuletzt 2002, als es mit dem exzentrischen Torwart José Luis Chilavert (→62 Tore) gegen Deutschland eine 0:1-Niederlage gab.

Parlamentsausschuss, eine Einrichtung, vor der in Brasilien die Umstände des verlorenen WM-Finales von 1998 (0:3 gegen Frankreich, →Schuhkrieg) geklärt werden sollten. Unter anderem musste Superstar Ronaldo vor dem Ausschuss aussagen – vor Gericht verwertbare Ergebnisse kamen allerdings nicht dabei heraus.

Carlos Alberto PARREIRA, der erste Trainer, der während eines WM-Turniers gefeuert wurde. Der Brasilianer betreute 1998 die Auswahl von Saudi-Arabien, obwohl eigentlich der Deutsche Otto Pfister das Team durch die Qualifikation gebracht hatte. Nach einem 0:1 gegen Dänemark und einem 0:4 gegen Gastgeber Frankreich schmissen die saudischen Verantwortlichen Parreira raus – das letzte Gruppenspiel gegen Südafrika endete 2:2.

Carlos Alberto Parreira hatte seit 1970 immer wieder die brasilianische Nationalmannschaft trainiert (zunächst als Mitglied des Trainerstabes, schließlich als Hauptverantwortlicher) und den Weltmeistertitel 1994 nach Brasilien geholt. Bei der WM 1982 trainierte er Kuwait, 1990 die Vereinigten Arabischen Emirate, 1998 Saudi-Arabien. Seit 2003 ist er wieder – zum insgesamt vierten Mal – brasilianischer Nationaltrainer.

PELÉ, eigentlich Edson Arantes do Nascimento, der einzige Spieler, der dreimal Weltmeister wurde (1958, 1962 und 1970). Das lebende Denkmal des Fußballs erhielt seinen Spitznamen bereits als kleines Kind von einem Mitspieler beim Straßenfußball – heute weiß niemand mehr, was Pelé eigentlich bedeuten sollte.

Er wurde als 13-Jähriger bei einem Jugendturnier entdeckt und spielte mit 15 Jahren zum ersten Mal in der Ligamannschaft des FC Santos und mit 16 Jahren für die brasilianische Nationalmannschaft. Mit 17 Jahren und 139 Tagen ist Pelé der jüngste Torschütze bei einer WM (er schoss das Siegtor beim 1:0 im Viertelfinale gegen Wales 1958) und mit 17 Jahren und 149 Tagen auch der jüngste Weltmeister aller Zeiten (5:2 im Endspiel 1958 gegen Schweden, darunter zwei Treffer von Pelé).

Während der WM 1962 wurde Pelé verletzt und fehlte daher im Finale gegen die Tschechoslowakei (3:1), 1970 konnte er im Endspiel gegen Italien (4:1) nicht nur einen Treffer erzielen,

sondern war als Lenker und Denker in Mittelfeld und Angriff der entscheidende Spieler des Turniers.
Auch mit dem FC Santos hatte der zum Weltfußballer des 20. Jahrhunderts und zur Sportpersönlichkeit des 20. Jahrhunderts gewählte Pelé großen Erfolg: Er gewann zehnmal die Meisterschaft des Estado Sao Paulo (eine Landesmeisterschaft gab es in Brasilien noch nicht; den Vorläufer, das Championat Roberto Gomez Pedroza, gewann er einmal), wurde fünfmal brasilianischer Pokalsieger und gewann 1962 und 1963 die Copa Libertadores, das südamerikanische Gegenstück zum Europapokal der Landesmeister. Zudem wurde Pelé elfmal brasilianischer Torschützenkönig.
1975 ging Pelé – dessen Wechsel ins Ausland die Regierung jahrelang verboten hatte – zu Cosmos New York und wurde gemeinsam mit Franz Beckenbauer amerikanischer Meister 1977. Nach seiner Spielerkarriere betätigte er sich vornehmlich als Geschäftsmann und als brasilianischer Sportminister.

Edson Arantes do … Nein: Pelé bei einem seiner wichtigen Tore – hier im WM-Finale 1970 gegen Italien

Roberto PERFUMO, argentinischer Nationalspieler vom brasilianischen Klub Cruziero Belo Horizonte, der sich während der WM 1974 weigerte, gegen Brasilien zu spielen. In der Partie der zweiten Finalrunde – dem ersten von bisher vier Aufeinandertreffen der südamerikanischen Rivalen bei einer Weltmeisterschaft – siegte Brasilien 2:1.

AC PERUGIA, der einzige Verein, der jemals einen ausländischen Spieler feuerte, weil der gegen die Nationalmannschaft ein entscheidendes Tor geschossen hatte. Präsident Gauchi war so entgeistert vom südkoreanischen 2:1 i.V. gegen Italien bei der WM 2002 (Byron →Moreno) und besonders vom →Golden Goal des Perugia-Spielers Ahn Jung Hwan, dass er diesen noch in der Sommerpause nach Japan verkaufte.

Johann PESSER, der erste Spieler der deutschen Nationalmannschaft, der bei einer WM vom Platz gestellt wurde. Im Achtelfinale 1938 gegen die Schweiz (1:1 n.V., Wiederholungsspiel 2:4) beging der Stürmer in der Verlängerung ein Revanchefoul. Der Clou an der Sache: »Hans« spielte bei Rapid Wien und war eigentlich ein Österreicher (→Anschlussspiel).
Folgende deutsche Spieler wurden bei Weltmeisterschaften ebenfalls des Feldes verwiesen: Erich →Juskowiak (1958 gegen Schweden), Thomas Berthold (1986 gegen Mexiko), Rudi Völler (1990 gegen die Niederlande, →Lama), Christian Wörns (1998 gegen Kroatien) und Carsten Ramelow (2002 gegen Kamerun).

Pickles, der kleine Hund, der den vor der WM 1966 gestohlenen WM-Pokal fand. Unbekannte hatten das gute Stück aus der Ausstellung in Westminster Abbey entwendet. Die Promenadenmischung Pickles stöberte den unter einem Busch in »seinem« Londoner Vorgarten vergrabenen Pokal zufällig auf. Zur Belohnung durfte er mit seinem Herrchen David Korber das

WM-Finale 1966 ansehen – natürlich auf der Ehrentribüne. Der kleine Kläffer wurde auch zur WM 1970 in Mexiko eingeladen, starb aber kurz zuvor.

Pike, die Fußspitze. Die »schnelle Pike«, also das sofortige Schießen ohne Ausholbewegung des Beins, ist die richtige Waffe für einen Stürmer in Bedrängnis. Wie kunstvoll ein Schuss mit der Pike sein kann, bewies →Ronaldinho im Achtelfinale der Champions League 2004/05: Im Spiel seines FC Barcelona beim FC Chelsea stand er gut 18 Meter vor dem gegnerischen Tor mit etwa fünf Gegenspielern vor sich. Nach einigen herausfordernden Tanzschritten düpierte er die Abwehr und traf mit der rechten Pike ins rechte Eck.

Sepp PIONTEK, der einzige deutsche Trainer, der bei einer Weltmeisterschaft mit seinem Team gegen Deutschland gewann.
Der frühere Bundesliga-Spieler von Werder Bremen und sechsfache deutsche Nationalspieler trainierte elf Jahre lang das dänische Nationalteam (1979–90). Er erreichte unter anderem das EM-Halbfinale 1984 und schlug bei der WM 1986 im Gruppenspiel Deutschland mit 2:0. Im Achtelfinale unterlag Dänemark allerdings gegen Spanien 1:5, während sich das deutsche Team bis ins Endspiel (2:3 gegen Argentinien) kämpfte.

Michel PLATINI, der Rekordtorschütze bei Europameisterschaften. Während der EM 1984 im eigenen Land erzielte der französische Mittelfeldstar neun Treffer – so viele wie niemand davor oder danach bei einer EM. Frankreich gewann den Titel mit einem 2:0 im Endspiel gegen Spanien.
Michel Platini gewann mit dem AS St. Etienne die französische Meisterschaft (1981) sowie mit Juventus Turin zweimal die italienische Meisterschaft (1984 und 1986), einmal den italie-

nischen Pokal (1983) sowie den Europapokal der Pokalsieger (1984) und den Europapokal der Landesmeister (1985). Weitere Rekorde: Er war dreimal in Folge Torschützenkönig der italienischen Serie A (1983–85) und wurde in denselben Jahren jeweils zu Europas Fußballer des Jahres gewählt.

Oliver POCHER, der einzige deutsche Showmaster, der jemals Teamchef einer Nationalmannschaft wurde. Im Jahr 2005 fragte der Verband von Sansibar beim Komiker an, ob er die Nationalmannschaft repräsentieren könnte (einen Trainer gibt es bereits). Oliver Pocher sagte zu – obwohl der Verband noch nicht von der FIFA anerkannt ist.

Lukas PODOLSKI, der einzige Bundesliga-Spieler, der siebenmal das ARD-»Tor des Monats« erzielte – und das innerhalb von nur 23 Monaten. Zwischen 2003 und 2005 gewann der Stürmer des 1. FC Köln diese Wahl und stellte damit den bisherigen Rekord von Jürgen →Klinsmann ein.
Lukas Podolski wurde 1985 im oberschlesischen Gleiwitz geboren. Zwei Jahre später zog seine Familie in die Nähe von Köln, und er durchlief die Jugendabteilungen des 1. FC. Im November 2003 entdeckte ihn Marcel Koller, der neue Trainer, für die Bundesliga-Mannschaft. Mit seiner frechen und unbekümmerten Spielweise sowie mit seiner Coolness vor dem gegnerischen Tor wurde er zur großen Entdeckung der Saison 2003/04, schoss als Neuling zehn Tore in 19 Partien – stieg aber dennoch mit dem 1. FC Köln in die 2. Bundesliga ab. Im Juni 2004 absolvierte er sein erstes Länderspiel für Deutschland und kam auch beim letzten Gruppenspiel Deutschlands während der missglückten EM 2004 in Portugal zum Einsatz (Aus in der Vorrunde nach einem 1:2 gegen Tschechien). In der Saison 2004/05 gelang mit dem 1. FC Köln der Wiederaufstieg in die Bundesliga.

Polizist, ein »Freund und Helfer« der eigenen Nationalmannschaft während der Weltmeisterschaft 1930 in Uruguay. Im zu Beginn sehr hart umkämpften Halbfinale gegen Jugoslawien gingen die Gäste überraschend in Führung, und nur unter Mithilfe des »Unparteiischen«, der unter anderem ein Abseitstor Uruguays gelten ließ, jedoch ein einwandfreies Tor der Jugoslawen nicht anerkannte, stand es schnell 2:1 für die *Celeste*. Nach 31 Minuten folgte der entscheidende Moment der Partie. Bei einem Angriff der Gastgeber rollte der Ball ins Toraus – und ein Polizist kickte das Leder zurück aufs Spielfeld! Der Schiedsrichter ließ weiterspielen, und Juan Anselmo nahm die Vorlage auf: 3:1. Am Ende gewann Uruguay 6:1 und wurde mit 4:2 im Endspiel gegen Argentinien Weltmeister.

Vittorio POZZO, der einzige Trainer, der zweimal die WM gewann.
Der gebürtige Turiner hatte bereits 1912 und 1924 die italienische Nationalmannschaft zu den Olympischen Spielen geführt, war allerdings gegen Finnland beziehungsweise die Schweiz früh ausgeschieden. Von 1929 bis 1948 übernahm Pozzo erneut die *Squadra Azzurra* – mit beispiellosem Erfolg: In Frankreich 1934 gewann Italien mit einer eisenharten Truppe die Weltmeisterschaft (→Schlacht von Florenz), 1936 die Olympischen Spiele von Berlin (2:1 n.V. im Finale gegen Österreich) und 1938 im eigenen Land erneut den WM-Titel – diesmal mit einem technisch versierten und durch Diktator Benito Mussolini hochmotivierten Team (→Siegen oder sterben).
Alle 15 weiteren WM-Titel wurden jeweils von verschiedenen Cheftrainern gewonnen.

Pressing, das Abwehrverhalten einer Mannschaft, bei dem bereits die Stürmer durch frühzeitiges Stören des Spielaufbaus die gegnerischen Angriffsversuche blockieren. In der Bundesliga gilt Ernst →Happel als erster Trainer, der sein Team vom Hamburger SV so spielen ließ.

Robert PROSINECKI, der bisher einzige Spieler der Fußballgeschichte, der WM-Tore für zwei verschiedene Länder erzielte. Der gebürtige Schwenninger (!) traf 1990 für Jugoslawien zum 4:1-Endstand gegen die Vereinigten Arabischen Emirate. Nach dem Zerfall Jugoslawiens und der Neugründung des kroatischen Verbandes im Jahr 1992 spielte Prosinecki für Kroatien – und traf 1998 gegen Jamaika erneut (zum 2:1, Endstand 3:1).

Punktgleich waren erstmals bei der WM 1994 alle vier Mannschaften einer Vorrundengruppe: Mexiko, Irland, Italien und Norwegen kamen nach jeweils einem Sieg, einem Unentschieden und einer Niederlage auf vier Punkte. Gruppensieger wurde Mexiko (Torverhältnis 3:3) vor Irland (Torverhältnis 2:2), Italien (Torverhältnis ebenfalls 2:2, aber Verlier beim Losentscheid gegen Irland) und Norwegen (Torverhältnis 1:1). Die ersten drei Mannschaften erreichten das Achtelfinale (→Modus), Norwegen schied aus.

Purzelbaum, ungeschmeidige Aktion, durch die der deutsche Schiedsrichter Walter Eschweiler 1982 weltweit auf sich aufmerksam machte. Im WM-Gruppenspiel zwischen Italien und Peru (0:0) stieß er nach 20 Minuten mit dem peruanischen Spieler José Velásquez zusammen und stürzte zu Boden. Als perfekter Unparteiischer reagierte Eschweiler natürlich regelkonform: Zunächst unterbrach er die Partie, sammelte Gelbe und Rote Karte, seinen Notizzettel sowie einen verlorenen Zahn ein und setzte erst dann das Spiel fort.

Ferenc PUSKAS, der einzige Spieler, der vier Tore in einem Europapokal-Finale erzielte.

Der »Major« – Olympiasieger mit Ungarn 1952 und Kapitän der ungarischen Nationalmannschaft bei der WM 1954 in der Schweiz (→Wunder von Bern) – spielte von 1943 bis 1956 bei Honved Budapest und wechselte dann zu Real →Madrid. Im Endspiel des Europapokals der Landesmeister 1960 schoss er beim 7:3 den »Königlichen« gegen Eintracht Frankfurt vier Treffer. Auch an der WM 1962 nahm Puskas teil, diesmal allerdings im Trikot der spanischen Nationalmannschaft.
Als Trainer führte Puskas den griechischen Verein Panathinaikos Athen sensationell ins Finale des Europapokals der Landesmeister 1971, unterlag allerdings gegen Ajax Amsterdam mit 0:2.

Q

Qualifikation, Spiele, die zur Ermittlung der festgelegten Teilnehmerzahl eines Wettbewerbs ausgetragen werden. Die erste WM-Qualifikation fand für das Turnier 1934 statt (1930 nahmen nur →13 Länder teil, alle waren automatisch qualifiziert): Die erste Partie lieferten sich am 11. Juni 1933 Schweden und Estland (6:2). Von 32 gemeldeten FIFA-Mitgliedern kamen 16 durch. Kurios: Das letzte Qualifikationsspiel der Nord-/Mittelamerikagruppe fand am 24. Mai 1934 zwischen den USA und Mexiko (4:2) statt – und zwar in Rom, drei Tage vor Beginn des Endturniers.
Die meisten Länder beteiligten sich an der WM-Qualifikation 2006. Von 207 FIFA-Mitgliedern bewarben sich 198 um die Teilnahme.

R

Michael RAGOONATH, der Schiedsrichterassistent des WM-Viertelfinales 2002 zwischen Gastgeber Südkorea und Spanien (5:3 n.E.). In einer sehr umstrittenen Szene war der Mann aus Trinidad & Tobago dafür verantwortlich, dass Schiedsrichter Al Ghandour einen an sich regelgerecht erzielten Treffer der Spanier nicht anerkannte: In der 93. Minute wollte er den Ball vor der Flanke des Spaniers Joaquim auf Morientes im Aus gesehen haben. Die Fernsehbilder beweisen nicht nur, dass Ragonaath definitiv falsch lag, sondern auch, dass er im strittigen Moment gar nicht in Richtung Torauslinie geschaut hatte.

Helmut RAHN, der Torschütze des entscheidenden 3:2 gegen Ungarn im WM-Finale von 1954 (→Aus dem Hintergrund müsste Rahn schießen). Der »Boss« traf in dieser Partie sogar gleich zweimal: In der 18. Minute versenkte er einen Eckball von Fritz Walter im ungarischen Tor, und in der 84. erzielte er den Siegtreffer per Weitschuss.
Der gebürtige Essener spielte von 1951 bis 1959 bei Rot-Weiß Essen und gewann mit dem Klub den DFB-Pokal 1953 und die Deutsche Meisterschaft 1955. Zur Einführung der Bundesliga 1963 kehrte er vom niederländischen Klub Twente Enschede nach Deutschland zurück und spielte noch drei Jahre für den Meidericher SV (seit 1967 MSV Duisburg).
Der für seine Tore und seinen Lebenswandel berühmte Stürmer hält auch noch einen (traurigen) Bundesliga-Rekord: Er erhielt am dritten Spieltag der Saison 1963/64 die erste Rote Karte der Bundesliga-Geschichte (wegen Nachtretens).

Sir Alf RAMSEY, eigentlich Alfred Ernest Ramsey, der Trainer der englischen Nationalmannschaft, die 1966 den WM-Titel

gewann (4:2 n.V. im Finale gegen Deutschland, →Wembley-Tor).
Als Spieler gewann Ramsey mit Tottenham Hotspur 1951 die englische Meisterschaft und stand bei zwei empfindlichen Niederlagen der englischen Nationalmannschaft auf dem Platz: beim 0:1 während der WM 1950 gegen die USA und bei der Heimniederlage gegen Ungarn 1953 (→3:6). Als Trainer führte er Ipswich Town von der dritten Division bis zur englischen Meisterschaft 1962. Von 1963 bis 1974 leitete er die englische Nationalmannschaft – als erster englischer Trainer, der das Team allein aufstellte und nicht auf das Selection Committee des englischen Verbandes hörte.
Von Ramsey stammt auch die Fußballweisheit »Never change a winning team«.

Antonio RATTIN, der Spieler, der nach einem Platzverweis bei der WM das Spielfeld nicht verlassen wollte und so die Erfindung der →Roten Karte provozierte. Im Viertelfinale 1966 zwischen England und Argentinien (1:0) nervte der Argentinier den deutschen Schiedsrichter Rudolf Kreitlein mit fortwährenden Protesten. Als Kreitlein ihn mehrfach vergeblich aufforderte, endlich weiterzuspielen, stellte er Rattin vom Platz. Doch Antonio Rattin blieb minutenlang auf dem Feld (Im Nachhinein hieß es, er habe den Schiedsrichter nicht verstanden …) – bis schließlich freundliche Bobbys den Argentinier sanft in die Kabine begleiteten.

George READER, ältester Schiedsrichter der WM-Geschichte. Der Engländer pfiff bei der WM 1950 in Brasilien insgesamt drei Spiele (unter anderem das entscheidende Spiel zwischen Brasilien und Uruguay) und war bei seinem letzten Einsatz 53 Jahre und 236 Tage alt. Der jüngste WM-Unparteiische war mit 26 Jahren und 65 Tagen der Chilene Salvador González Bustamente, der 1950 als Linienrichter tätig war.

Almeida REGO, brasilianischer Schiedsrichter bei der WM 1930 in Uruguay, der ein Spiel sechs Minuten zu früh abpfiff. Zwischen Argentinien und Frankreich stand es nach 84 Minuten 1:0, der französische Spieler Marcel Langiller lief gerade auf das gegnerische Tor zu – da ertönte der Schlusspfiff ... Nachdem Almeida Rego seinen »Fehler« bemerkt hatte, ließ er beide Mannschaften noch einmal aus den Kabinen kommen und die sechs Minuten nachspielen. Es blieb beim 1:0 für Argentinien.

Otto REHHAGEL, auch » Rehakles« genannt, der erste Trainer, der mit einer ausländischen Nationalmannschaft einen EM- oder WM-Titel gewann.

Otto Rehhagel ist, wie er es selbst nannte, ein »Kind der Bundesliga«. Als Spieler war er bis 1972 bei Hertha BSC und dem 1. FC Kaiserslautern in der höchsten deutschen Spielklasse tätig. Ab 1974 trainierte er Kickers Offenbach, Werder Bremen, Borussia Dortmund und schließlich Arminia Bielefeld – allerdings ohne großen Erfolg. Bei Borussia Dortmund wurde er nach einer →12:0-Niederlage gefeuert. Seinen ersten Titel – den DFB-Pokal (2:1 im Finale gegen den 1. FC Köln) gewann er 1980 mit Fortuna Düsseldorf. Als Chef bei Werder Bremen stellte er dann den Bundesliga-Rekord auf: 14 Jahre (von Juli 1981 bis Juni 1995) bei demselben Verein. In dieser Zeit gab es zwei Deutsche Meisterschaften (1988 und 1993), zwei DFB-Pokalsiege (1991 und 1994) sowie den Gewinn des Europapokals der Pokalsieger (2:0 im Finale gegen den AS Monaco 1992) zu bejubeln. Zur Saison 1995/96 wechselte »König Otto« zum Rivalen Bayern München, wurde aber drei Tage vor dem UEFA-Cup-Finale 1996 gegen Girondins Bordeaux durch Franz Beckenbauer ersetzt.

Die Rache war süß: Rehhagel stieg 1997 mit dem 1. FC →Kaiserslautern in die Bundesliga auf und schnappte ein Jahr später den Bayern die Meisterschaft weg.

Überraschend übernahm er im Jahr 2000 die Nationalmannschaft von →Griechenland und gewann 2004 sensationell die Europameisterschaft in Portugal (1:0 im Finale gegen die Gastgeber). Damit war er der erste Trainer, der die EM oder WM mit einem Land gewann, ohne dessen Nationalität zu besitzen. Für die WM 2006 in Deutschland konnte sich Rehhagel mit Griechenland allerdings nicht qualifizieren.

Teodor REIMANN, ein Eishockey-Torwart (!) bei Slovan Bratislava, der ein Spiel bei einer Fußball-WM absolvierte. Beim Turnier 1954 in der Schweiz stand Reimann im Kader der Tschechoslowakei – und wurde überraschend im ersten Spiel gegen Titelverteidiger Uruguay (0:2) eingesetzt. Im zweiten und letzten Spiel gegen Österreich setzte es ohne Reimann sogar ein 0:5 für die Tschechoslowaken.

Reine Zeitverschwendung, die Meinung von Bundestrainer Sepp Herberger zum Thema Europameisterschaft. Bei den ersten beiden (allerdings inoffiziellen) EM-Turnieren 1960 (Sieger: Sowjetunion) und 1964 (Sieger: Spanien) nahm die deutsche Nationalmannschaft folgerichtig nicht teil.

Rheinstadion Düsseldorf, eines von zwei WM-Stadien von 1974, das nicht mehr existiert. Wie das Hamburger Volksparkstadion wurde auch das Rheinstadion abgerissen. Ein schwacher Trost: Der Schutt wurde in den Niederlanden als Straßenbaumaterial für Autobahnen benutzt.

RICARDO Pereira, der einzige Torwart, der während einer EM-Endrunde einen Strafstoß mit bloßen Händen hielt. Im Viertelfinale 2004 zwischen Gastgeber Portugal und England hatte es nach 120 Minuten 2:2 gestanden. Im Elfmeterschießen versagten zunächst David →Beckham und Rui Costa die

Nerven. Ricardo, der Keeper von Sporting Lissabon, zog sich daraufhin seine Torwarthandschuhe aus und fischte den nächsten Schuss des Engländers Darius Vassell aus der linken Ecke. Im Anschluss schnappte Ricardo seinem Mannschaftskollegen Nuno Valente den Ball weg und verwandelte den letzten Elfer selbst – 8:7 n.E. für Portugal.

Lars RICKEN, der Torschütze des entscheidenden 3:1 für Borussia →Dortmund im Champions-League-Finale 1997 gegen Juventus Turin. In der 71. Minute eingewechselt, hob der damals erst 20-Jährige mit seiner ersten Ballberührung den Ball aus 30 Metern über Juve-Keeper Perruzzi hinweg.
In seinen 16 Einsätzen für die Nationalmannschaft blieb ihm ein ähnlicher Erfolg verwehrt.

Herrmann RIEGER, der einzige Masseur der Bundesliga, der einen eigenen Fanclub hat und sogar ein Abschiedsspiel bekam. »Herman the German« hatte zunächst die deutsche Ski-Damennationalmannschaft trainiert und kurierte ab 1978 die Beine (und sensiblen Seelen) beim Hamburger SV. Die HSV-Fans gründeten »Herrmanns treue Riege« – bereits kurze Zeit später war dies der größte Fanklub des Bundesligisten. 26 Jahre und 1.755 HSV-Spiele später bekam der Kultkneter Herrmann Rieger sein Abschiedsspiel.

Skonto RIGA gewann 14-mal in Folge die Landesmeisterschaft von Litauen (von 1991 bis 2004) – Weltrekord. Es folgen Rosenborg Trondheim (13 Titel von 1992 bis 2004 in Norwegen) und der FC Tafea aus Vanatu, der elfmal in Folge Meister wurde (von 1994 bis 2004).

Jules RIMET, der »Vater der Fußball-Weltmeisterschaft«. Der Rechtsanwalt gründete unter anderem 1897 den Verein Red

Star Paris und 1919 den französischen Fußball-Verband FFFA. Seit 1921 FIFA-Präsident, war Rimet die treibende Kraft hinter dem Beschluss auf dem FIFA-Kongress während des olympischen Fußballturniers 1928, eine WM ab dem Jahr 1930 durchzuführen. Der erste Weltmeisterpokal (→Pickles) wurde 1946 ihm zu Ehren »Coupe Jules Rimet« genannt.

Riss der Achillessehne, schwere Verletzung, die sich Uwe →Seeler im Bundesliga-Spiel 1965 gegen Eintracht Frankfurt zugezogen hatte. In den sechziger Jahren bedeutete dies für einen Spitzensportler im Normalfall das Ende der Karriere. Doch Seeler riskierte eine damals einmalige Sehnentransplantation und schaffte nach einem halben Jahr Pause ein sensationelles Comeback: In seinem ersten Länderspiel nach der Verletzung trat Seeler mit einem Spezialschuh an und schoss das entscheidende 2:1 im WM-Qualifikationsspiel in Schweden. Dieser Treffer brachte die Elf von Helmut Schön zum Endrundenturnier 1966 nach England.

Roberto ROJAS, der chilenische Torwart, der von der FIFA wegen Vortäuschung einer Verletzung auf Lebenszeit gesperrt wurde. Im letzten Qualifikationsspiel zur WM 1990 zwischen Brasilien und Chile wurde beim Stand von 1:1 ein Feuerwerkskörper aufs Spielfeld geworfen. Der in der Nähe stehende Rojas fiel wie ein Stein zu Boden, und wurde – scheinbar stark an Kopf und Hals blutend – von den chilenischen Betreuern vom Platz getragen. Chiles Mannschaft beendete das Spiel und legte Protest ein. Dumm nur, dass die Fernsehaufnahmen zeigten, dass der Keeper von dem Feuerwerkskörper gar nicht getroffen worden war. Der Mannschaftsarzt hatte Rojas mit Ketchup bestrichen! Die FIFA wertete das Spiel mit 2:0 für Brasilien, sperrte Roberto Rojas auf Lebenszeit und schloss Chile von der nächsten WM 1994 aus. Rojas Verein – ausgerechnet der FC São Paulo aus Brasilien – feuerte ihn ebenfalls.

AS ROM, der einzige Verein, der ein Endspiel im Europapokal der Landesmeister im eigenen Stadion verlor. 1984 traf die *Roma* im Stadio Olimpico auf den FC Liverpool – und vergeigte nach einem 1:1 n.V. das Elfmeterschießen mit 2:4. Bruno Conti und Roberto Graziani hatten verschossen.

ROMARIO, eigentlich Da Souza Faria Filho, der einzige Spieler, der 13-mal Torschützenkönig in Brasilien wurde – und das, obwohl er insgesamt acht Jahre beim PSV Eindhoven und dem FC Valencia spielte.
Vor der WM 1994 wurde Romarios Vater gekidnappt, um Geld zu erpressen. Doch der Weltfußballer 1994 drohte, bei dem Turnier in den USA nicht zu spielen – prompt wurde sein Vater freigelassen. Gut für die brasilianische Nationalmannschaft: Mit fünf Treffern beziehungsweise drei Treffern sorgten Romario und sein kongenialer Sturmpartner Bebeto fast allein für den Gewinn des Weltmeistertitels (3:2 n.E. im Finale gegen Italien).

RONALDINHO, eigentlich Ronaldo Assis Moreira, wurde im Jahr 2004 zum Weltfußballer des Jahres gewählt, ohne einen Titel gewonnen zu haben.
Schon als Zehnjähriger galt Ronaldinho als großes Talent und kam bald darauf zur Jugendmannschaft von Gremio Porto Alégre. In einem Spiel schoss er alle 24 Tore seines Teams … Der U17-Weltmeister von 1997 gewann mit der brasilianischen Nationalmannschaft die Südamerikameisterschaft 1999 und den WM-Titel 2002. Beim Turnier in Japan und Südkorea war er fester Bestandteil des »R-Sturms« mit Ronaldo und Rivaldo und erzielte den wichtigen Siegtreffer per Freistoß im Viertelfinale gegen England (2:1). Im Jahr 2001 wechselte der antrittsschnelle und trickreiche Dribbler zu Paris St. Germain, 2003 zum FC Barcelona. Mit den Katalanen gewann Ronaldinho seinen ersten Vereinstitel: die spanische Meisterschaft 2005.

RONALDO, eigentlich Luiz Nazario de Lima, brasilianischer Weltmeister von 2002 und mit zwölf WM-Toren gemeinsam mit Pelé auf Platz drei der ewigen Torschützenliste.
Während der Weltmeisterschaft 2002 in Japan und Südkorea feierte der lange Jahre verletzte Ronaldo ein sensationelles Comeback: Mit seiner eigenartigen Zackenfrisur erzielte er nicht nur beide Treffer im Finale gegen Deutschland, mit insgesamt acht Treffern wurde er auch Torschützenkönig des Turniers.
Von Beginn an ein Fan von Flamengo Rio de Janeiro, wurde Ronaldo nach einem Probetraining vom Klub aufgenommen. Er konnte sich jedoch die Kosten für die Busfahrten zum Training in Höhe von umgerechnet 2,50 Euro im Monat nicht leisten und wechselte zum Zweitligisten São Christovao. Ex-Weltmeister →Jairzinho sicherte sich die Transferrechte an Ronaldo und transferierte ihn 1993 zu Cruzeiro Belo Horizonte, wo er bereits in seiner ersten Saison 60 Tore schoss. Während der WM 1994 in den USA gehörte Ronaldo zum Aufgebot Brasiliens, absolvierte jedoch kein einziges Spiel. Danach wechselte der erst 17-Jährige nach Europa und gewann mit dem PSV Eindhoven den niederländischen Pokal (1996), mit dem FC Barcelona den spanischen Pokal (1997) und den Europapokal der Pokalsieger (1997) sowie mit Inter Mailand den UEFA-Pokal (1998).
Der Weltfußballer der Jahre 1996, 1997 und 2002 wurde im WM-Finale 1998 gegen Frankreich (0:3) eingesetzt, obwohl er am Morgen vor dem Endspiel einen rätselhaften Anfall hatte (→ Schuhkrieg). Wegen seiner Knieprobleme begann eine endlose Verletzungsserie, die erst zum WM-Turnier 2002 beendet war. Der schnelle und wendige Vollstrecker wechselte danach zu Real Madrid und gewann 2003 die spanische Meisterschaft.

Rote Karte, das Zeichen des Schiedsrichters für einen Platzverweis. Am Tag nach dem Skandalspiel zwischen England und Argentinien bei der WM 1966 (Antonio →Rattin) überlegte der

FIFA-Schiedsrichter-Obmann Kenneth Aston (→Schlacht von Santiago) während einer Autofahrt, wie so etwas künftig vermieden werden könnte. Da sprang vor ihm eine Ampel zunächst auf Gelb und dann auf Rot um – und Mr. Aston hatte eine Idee … Zur WM 1970 wurden Gelbe und Rote Karten verbindlich eingeführt.

Rosa, die Farbe des Papiers, auf dem die italienische Sportzeitung *Gazzetta dello Sport* seit dem Jahr 1900 gedruckt wird. Der Grund: Während eines Streiks musste kurzfristig von Zeitungspapier auf Toilettenpapier umgestellt werden – und die Leser waren so begeistert von der neuen Farbe, dass die Auflage stieg.

Manuel Sanchez ROSAS, der Schütze des ersten Eigentores der WM-Geschichte. Bei der Partie 1930 zwischen Mexiko und Chile (0:3) erzielte der Spieler von Atlante Mexico das 0:2. Rosas ist ein zweites Mal in den Geschichtsbüchern der Weltmeisterschaft verzeichnet: Er ist zugleich der Spieler, der als erster einen →Strafstoß verwandelte.

Paolo ROSSI, der einzige WM-Torschützenkönig, der zum Zeitpunkt des Turniers eigentlich noch gesperrt war. Wegen eines Bestechungsskandals während seiner Zeit beim AC Perugia wurde der spätere Juve-Stürmer 1980 für drei Jahre aus dem Verkehr gezogen. »Rechtzeitig« vor der WM 1982 in Spanien begnadigte ihn der italienische Verband jedoch. In der Vorrunde des Turniers erzielte Rossi keinen einzigen Treffer, doch dann schoss er die *Squadra Azzurra* fast allein zum Titel: Zwei Treffer gegen Argentinien (2:1) und drei Treffer gegen Brasilien (3:2) in der Zwischenrunde, eines im Halbfinale gegen Polen (2:0) und das 1:0 im Endspiel gegen Deutschland (3:1).

Rückflugticket, ein Geschenk, das enttäuschte niederländische Fans Nationaltrainer Dick Advocaat während der EM 2004 in Portugal machten. Nach dem enttäuschenden 2:3 gegen Tschechien (nach einer 2:0-Führung in einem großartigen Match) zweifelten die *Oranje*-Fans daran, dass ihr Team die Vorrunde überstehen würde und kauften ein Ticket für den Abend des letzten Vorrundenspiels. Allerdings siegten die Niederlande gegen Lettland (während Deutschland gegen Tschechien verlor) und erreichten doch noch das Viertelfinale.

Rückpassregel, 1992 eingeführte Regel gegen das Zeitschinden, nach der ein absichtliches Rückspiel zum Torwart nicht mit der Hand aufgenommen werden darf. Ein Verstoß wird mit indirektem Freistoß bestraft. Bekanntester Fall eines bestraften Rückpasses ist der letzte Spieltag der Bundesliga-Saison 2000/01. Der Hamburger SV führte 1:0 gegen Bayern München und hätte mit diesem Ergebnis den FC Schalke 04 zum Deutschen Meister gemacht. In der Nachspielzeit nahm jedoch HSV-Keeper Mathias Schober einen Rückpass auf, Patrick Andersson verwandelte den anschließenden Freistoß zum 1:1. Schalke 04 wurde lediglich »Meister der Herzen«, den richtigen Titel gewannen (wieder einmal) die Münchner.

Ruhr Nachrichten, deutsche Zeitung, die am 18. Juli 2005 – also gut ein Jahr vor dem WM-Finale 2006 – folgende Schlagzeile druckte: »Wir sind Weltmeister.« Dazu wurde ein Foto von Michael Ballack mit dem WM-Pokal gezeigt und berichtet, Lukas Podolski habe den Siegtreffer für Deutschland zum 2:1 gegen England erzielt. Grund für die »Berichterstattung«: Das Blatt wollte den Blick auf sportliche Dinge der bevorstehenden WM richten, weil zu dem Zeitpunkt nur noch Fragen der Sicherheit diskutiert wurden.

Karl-Heinz RUMMENIGGE, der erste Fußballer, dessen »Sexy Knees« (so der Titel eines Hits von Alan & Denise) besungen wurden.
»Kalle« wechselte 1974 zu Bayern München und nahm als 20-jähriger Einwechselspieler am Finale des Europapokals der Landesmeister 1976 (1:0 gegen den AS St. Etienne) teil. Der trickreiche Stürmer spielte sich schnell in die erste Mannschaft der Bayern und bildete mit Rückkehrer Paul →Breitner das offensive Traumduo. Er gewann 1980 und 1981 die Deutsche Meisterschaft (und wurde in denselben Jahren zu Europas Fußballer des Jahres gewählt) sowie 1982 und 1984 den DFB-Pokal. Danach wechselte Rummenigge für drei Jahre zu Inter Mailand.
Bei insgesamt drei WM-Teilnahmen erzielte Rummenigge neun Treffer, darunter so wichtige wie die drei gegen Chile 1986 (→Hattrick), das 2:3-Anschlusstor beim →8:7 n.E. im Halbfinale gegen Frankreich 1982 und das 1:2 beim 2:3 gegen Argentinien im Endspiel 1986. Von 1991 bis 2002 übernahm Karl-Heinz Rummenigge das Amt des Vizepräsidenten bei Bayern München, seit 2002 ist er Vorstandsvorsitzender des Vereins.

S

Saarland, das einzige Bundesland der Bundesrepublik Deutschland, das FIFA-Mitglied war. Nach dem Zweiten Weltkrieg war das Saarland zunächst selbständig, wurde 1957 jedoch der Bundesrepublik angeschlossen. In den Jahren von 1950 bis 1956 war es Mitglied der FIFA und nahm an den Qualifikationsspielen zur WM 1954 teil – ausgerechnet gegen Deutschland! Fritz Walter & Co. gewannen gegen das Saarland (übrigens trainiert vom späteren Bundestrainer Helmut Schön) 3:1 und 3:0.

Tápia Guillermo SAAVEDRA, chilenischer Nationalspieler, der als erster in der Geschichte der Weltmeisterschaften einen Strafstoß verschoss. Im Spiel gegen Frankreich 1930 scheiterte der Mittelfeldspieler von Colo Colo Santiago am französischen Keeper Alexis Thépot. Dennoch gewann Chile durch einen Treffer von Guillermo Subriabre mit 1:0.

Joao SALDANHA, der einzige Fußball-Kommentator, der jemals Nationaltrainer wurde. Saldanha war in den fünfziger Jahren in Rio de Janeiro eher dafür bekannt, in Kneipen zu sitzen und politische Witze zu reißen, als eine ordentlich Ausbildung als Fußball-Lehrer zu genießen. Über einen Freund wurde der Fan jedoch in den Trainerstab des Garrincha-Klubs Botafogo aufgenommen und – zwischendurch hatte er als Radio-Kommentator gearbeitet – sogar zum brasilianischen Nationaltrainer berufen! Als Saldanha öffentlich darüber nachdachte, Pelé aus der brasilianischen Nationalmannschaft zu nehmen, wurde er jedoch gefeuert – ganze acht Wochen vor der WM 1970.

Oleg SALENKO, der einzige Spieler, der fünf Tore in einem WM-Spiel erzielte. Bei der Weltmeisterschaft 1994 traf der russische Spieler des spanischen Vereins CD Logrónes beim 6:1 im Gruppenspiel gegen Kamerun. Mit insgesamt sechs Treffern wurde er – gemeinsam mit dem Bulgaren Hristo Stoitschkow – auch Torschützenkönig des Turniers. Der Clou: Da Russland bereits in der Vorrunde ausschied, ist Salenko der einzige Torschützenkönig in der Geschichte der WM, der nicht die Vorrunde überstand.

Matthias SAMMER, der jüngste Meistertrainer der Bundesligageschichte.
Mit 17 Jahren wurde er von seinem Vater Klaus Sammer in die DDR-Oberliga-Mannschaft von Dynamo Dresden aufgenommen und feierte schon bald seinen Durchbruch. Nach der politischen Wende wechselte Sammer 1990 zum VfB Stuttgart und gewann die Deutsche Meisterschaft 1992. Nach nur einem halben Jahr bei Inter Mailand kehrte er in die Bundesliga zurück und feierte mit Borussia Dortmund seine größten Erfolge. Als Mittelfeldspieler oder Libero war Sammer an den Deutschen Meisterschaften 1995 und 1996 und dem Gewinn der Champions League 1997 maßgeblich beteiligt. Bei der Europameisterschaft 1996 wurde der immer hoch motivierte Musterprofi zur absoluten Führungsfigur und war mit zwei Treffern (das 1:0 gegen Russland im Gruppenspiel und das entscheidende 2:1 im Viertelfinale gegen Kroatien) und seinem absoluten Siegeswillen der wichtigste Faktor für den EM-Sieg.
Nach seinem verletzungsbedingten Karriereende wurde er im Jahr 2000 Trainer bei Borussia Dortmund und holte zwei Jahre später als Fünfunddreißigjähriger die Meisterschale für den Verein.

Leonel Lineros SANCHEZ, der Sohn eines Profiboxers und chilenischer Nationalspieler bei der WM 1962. Im Gruppenspiel gegen Italien (→Schlacht von Santiago) zeigte der Stürmer von

Universidad Santiago de Chile, dass der Apfel nicht weit vom Stamm fällt: Er brach – ohne vom Schiedsrichter bestraft zu werden – dem Italiener Humberto Maschio per Fausthieb die Nase.

Emmanuel SANON, haitianischer Nationalspieler, der alle Tore seines Landes bei Weltmeisterschaften erzielte. Der Stürmer von Don Bosco Pétionville traf 1974 zweimal: Im Spiel gegen Italien (1:3) zur zwischenzeitlichen 1:0-Führung (damit beendete Sanon den Rekord von Dino Zoff, der →1.143 Minuten in Länderspielen keinen Gegentreffer hinnehmen musste) und gegen Argentinien (1:4).
Auch für Bolivien, El Salvador, den Irak und Israel erzielte jeweils ein Spieler das einzige WM-Tor seines Landes.

Corinthians SÃO PAULO, der Verein, der die erste offizielle Vereins-WM gewann. Im Jahr 2000 siegte der Verein im Endspiel gegen Vasco da Gama Rio de Janeiro mit 4:3 n.E.

Ulises SAUCEDO war an der Weltmeisterschaft 1930 als Schiedsrichter (in einem Spiel), als Linienrichter (in fünf Spielen, unter anderem einem Halbfinale und dem Finale) und als Nationaltrainer beteiligt: Der Bolivianer betreute das eigene Team, mit dem er allerdings nach zwei 0:4-Niederlagen gegen Jugoslawien und Brasilien bereits in der Vorrunde ausschied.

Saudi-Arabien, dreifacher Gewinner der →Asienmeisterschaft (1984, 1988 und 1996), der viermal in Folge (1994, 1998, 2002 und 2006) die WM-Qualifikation schaffte. Der größte Erfolg gelang 1994, als die »Wüstensöhne« mit Siegen über Marokko und Belgien (jeweils 2:1) die Gruppenphase überstanden und erst im Achtelfinale am späteren WM-Dritten aus Schweden scheiterten (1:3). Der peinlichste Auftritt war der im ersten Gruppenspiel der WM 2002: →8:0 gewann Deutschland.

Hans SCHÄFER, der einzige Spieler der deutschen Weltmeister-Mannschaft von 1954, der später Meister in der Bundesliga wurde.
Der Stürmer des 1. FC Köln nahm an den WM-Turnieren 1954, 1958 und 1962 teil und erzielte dabei sieben Treffer. Am →Wunder von Bern war er mit Treffern in beiden Spielen gegen die Türkei (→3:8) und im Halbfinale gegen Österreich entscheidend beteiligt. Von den vier Weltmeistern, die in der 1963 gegründeten →Bundesliga spielten (neben Heinrich Kwiatkowski, Max Morlock und Helmut Rahn), war Schäfer derjenige, der noch einen Titel errang: die Deutsche Meisterschaft 1964. Hans Schäfer kam so in seiner Karriere auf 39 Länderspiele – und 39 Bundesliga-Spiele.

Winfried SCHÄFER, neben Otto →Rehhagel der einzige Deutsche, der im Ausland einen großen Titel als Nationaltrainer gewann.
Als Spieler bei Borussia Mönchengladbach, Kickers Offenbach und dem Karlsruher SC absolvierte er insgesamt 403 Bundesliga-Partien und gewann mit der Borussia die Deutsche Meisterschaft 1970 und den UEFA-Pokal 1979. Von 1987 bis März 1998 trainierte er den KSC und führte den Klub von der 2. Liga bis ins Halbfinale des UEFA-Pokals. Nach erfolgloser Zeit beim VfB Stuttgart und Tennis Borussia Berlin gelang »Winnie« mit der Nationalmannschaft Kameruns im Jahr 2002 sein größter Coup: Er gewann mit den *Unbezähmbaren Löwen* die →Afrikameisterschaft (3:2 n.E. im Finale gegen Senegal).

Schalker Kreisel, die berühmte Taktik von Schalke 04 in den 30er Jahren, bei der der Ball von den Feldspielern immer wieder in verschiedene Richtungen zum Mitspieler gepasst wurde, ohne dass der Gegner an den Ball kam. In den Jahren von 1933 bis 1942 erreichte der Klub neunmal das Endspiel um die deutsche Meisterschaft (sechs Siege) und fünfmal das Finale des DFB-Pokals (ein Sieg). Kein Zufall waren die Torschützen beim ersten Meistertitel der Schalker: Im Finale gegen den 1. FC Nürnberg 1934 trafen Fritz Szepan und Ernst Kuzorra, die »Väter« des Schalker Kreisels. Dass diese Taktik in der Nationalmannschaft keine erfolgreiche Anwendung fand, lag wohl vor allem an Kuzorras schlechtem persönlichen Verhältnis zu Reichstrainer Otto Nerz. Er wurde nur selten für die deutsche Auswahl (12 Spiele in 11 Jahren) berücksichtigt.

Anton SCHALL erzielte das erste WM-Tor in einer Verlängerung. Im Achtelfinale der WM 1934 zwischen Österreich und Frankreich traf der Stürmer von Admira Wien nach 93 Minuten zum 2:1, am Ende siegte Österreich 3:2 n.V.

Schickt ihn in die Pampa, empörter Ausruf von TV-Reporter Heribert Faßbender während des WM-Achtelfinales 1990 zwischen Deutschland und den Niederlanden. Gemeint war damit der argentinische Schiedsrichter Juan Loustau, der irrtümlicherweise Rudi Völler vom Platz gestellt hatte, nachdem es zwischen ihm und Frank Rijkaard zu chaotischen Szenen gekommen war (→Lama).

Schienbein des Schiedsrichters, das Ziel des Tritts von Mulamba N'daye bei der WM 1974. Der Nationalspieler von Zaire war im Gruppenspiel gegen Jugoslawien beim Zwischenstand von 0:4 so entnervt, dass er die Knochen von Schiedsrichter Omar Delgado »testete«. Ergebnis: Rote Karte nach 22 Minuten und am Ende eine 0:9-Packung für Zaire.

Salvatore SCHILLACI, genannt Toto, Torschützenkönig der WM 1990 in Italien. Der Spieler von Juventus Turin erzielte sechs der zehn Treffer Italiens (unter anderem im Achtelfinale gegen Uruguay, im Viertelfinale gegen Irland und im Halbfinale gegen Argentinien) und sorgte fast im Alleingang dafür, dass der Gastgeber schließlich Platz drei erreichen konnte.

Sambia verlor durch einen Flugzeugabsturz im April 1993 vor der Küste von Gabun die komplette Nationalmannschaft mit 18 Spielern und 12 Betreuern. Mit dem Ersatz-Team startete Sambia in die Finalrunde der WM-Qualifikation für das Turnier 1994 – und gewann sensationell Spiel um Spiel. In der letzten Partie in Marokko hätte ein Unentschieden zur Qualifikation genügt, doch Sambia unterlag 0:1. Schiedsrichter Diramba verweigerte Sambia kurz vor Spielende einen Strafstoß. Eine mögliche Erklärung: Diramba kam aus Gabun, dem Land, mit dem Sambia aufgrund schleppender Ermittlungen wegen des Flugzeugunglücks im Streit lag.

Schlacht von Bern, das WM-Viertelfinale 1954 zwischen Ungarn und Brasilien (4:2). Die Ungarn gingen schnell mit 2:0 in Führung, die Brasilianer reagierten mit tollem Kombinationsfußball – und mit brutalen Fouls. József Toth wurde von den Brasilianern so sehr verletzt, dass er auf dem Flügel »geparkt« werden musste (Auswechslungen gab es noch nicht), Nilton Santos und József Bozsik prügelten sich und flogen vom Platz. In der 89. Minute wurde auch Humberto Barbosa Tozzi vom Schiedsrichter hinausgestellt. Der Brasilianer kniete weinend vor dem Unparteiischen nieder – zu spät … Nach dem Abpfiff ging es in den Kabinen weiter: Ferenc Puskas soll Carlos Pinhero mit einer Flasche geschlagen haben, Ungarns Trainer Gusztav Sebes und Brasiliens Ersatzspieler Osvaldo da Baltazar trugen Schnittwunden am Kopf davon.

Schlacht von Bordeaux, das WM-Viertelfinale 1938 zwischen Brasilien und der Tschechoslowakei (1:1 n.V.). Bilanz des Spiels:

Zwei Tore (von Leónidas und Nejedly), drei Platzverweise (Zezé Procopio und Arthur Machado auf brasilianischer Seite sowie der Tschechoslowake Jan Riha), ein überforderter Schiedsrichter und ein Polizeieinsatz. Für die Tschechoslowaken endete die Begegnung jedoch tragisch: Sie verloren ihren Torjäger Nejedly durch einen Beinbruch sowie Torwart Planicka durch einen gebrochenen Arm und unterlagen im Wiederholungsspiel zwei Tage später mit 1:2.

Schlacht von Florenz, das WM-Viertelfinale 1934 zwischen Gastgeber Italien und Spanien (1:1 n.V.). Luis →Monti und seine Teamgefährten zeigten Brutalfußball der übelsten Sorte und sorgten durch ihre Fouls dafür, dass im Wiederholungsspiel am Tag darauf gleich sieben Spanier wegen Verletzung fehlten, unter anderem der Weltklasse-Keeper Ricardo Zamora. Die zweite Partie gewann Italien 1:0 – unter fragwürdigen Umständen: Der Schweizer Schiedsrichter René Mercet erwies sich nicht als neutral und fällte eine Fehlentscheidung nach der anderen. Beim Siegtor stützte sich Giuseppe →Meazza beim Ersatzkeeper Nogués auf, die Italiener begingen erneut ungestraft mehrere Tätlichkeiten, zwei Treffer der Spanier wurden nicht anerkannt … Immerhin wurde Mercet anschließend vom eigenen Verband auf Lebenszeit gesperrt.

Schlacht von Montevideo, das entscheidende Gruppenspiel zwischen Chile und Argentinien (1:3) bei der WM 1930. Nach dem Anschlusstreffer der Chilenen zum 1:2 brannten bei einigen Argentiniern die Sicherungen durch. Luis Monti (→Schlacht von Florenz) zettelte kurz vor der Halbzeitpause eine Schlägerei zwischen beiden Teams an, die erst von der Polizei beendet werden konnte. Niemand wurde des Feldes verwiesen. Mit dem 3:1 für Argentinien in der 51. Minute hatten sich die Gemüter beruhigt.

Schlacht von Santiago, das Vorrundenspiel zwischen Gastgeber Chile und Italien bei der WM 1962 und zugleich das hässlichste Spiel der WM-Geschichte: Das Publikum heizte die Stimmung gegen die Italiener an, weil drei abgeworbene südamerikanische Spieler in ihren Reihen standen, die Chile zuvor als »WM-untauglich« und die chilenischen Frauen als »leicht« bezeichnet hatten. Beide Mannschaften traten vom Anpfiff weg auf alles, was sich bewegte und lieferten sich immer wieder Boxeinlagen, bei denen sogar die chilenische Polizei mitmischte. Der englische Schiedsrichter Kenneth Aston war völlig überfordert und begünstigte die Chilenen eindeutig. Nach sieben Minuten stellte er den Italiener Ferrini vom Platz, der jedoch weigerte sich zu gehen – und wurde von der Polizei abgeführt! Aston stellte kurz nach der Pause auch David vom Platz, ließ die Gastgeber aber unbehelligt. Chile siegte schließlich 2:0 und erreichte das Halbfinale, Italien schied aus. Kenneth Aston selbst überstand die Partie gesund – aber er pfiff nie wieder ein WM-Spiel …

»Behutsame« Begleitung in Santiago 1962: Die chilenische Polizei kümmert sich aufopferungsvoll um italienische Fußballspieler

Aldyr García SCHLEE, der Erfinder der berühmten kanariengelb-blauen Spielkleidung von Rekordweltmeister Brasilien. Nach der tragischen Pleite bei der WM 1950 (Moacir →Barbosa) entschloss sich der Verband, nie wieder in den traditionellen weißen Trikots mit blauem Kragen zu spielen – und rief einen Wettbewerb für die neue Spielkleidung aus. Bedingung: Sie musste die Nationalfarben Brasiliens enthalten. Trotz eines namhaften Teilnehmerfeldes gewann der unbekannte, damals erst 19-jährige Schlee (der an der Grenze zu Uruguay lebte und eigentlich die uruguayische *Celeste* unterstützte) mit folgender Idee: Trikots gelb wie Kanarienvögel, Hose himmelblau, Stutzen weiß mit blauen Applikationen. Da Schlee beim Zeichnen kein Kobaltblau hatte, benutzte er das »falsche« Himmelblau – das schließlich auch vom Verband zugelassen wurde.

Schlüsselbein, verletzter Knochen von Franz Beckenbauer im →Jahrhundertspiel gegen Italien (3:4 n.V.) bei der WM 1970. Da es damals keine Auswechslungen gab, musste der Kaiser mit einer Schlinge um den rechten Arm weiterspielen – die Fotos gingen um die Welt.

Schmach von Cordoba, die Niederlage der deutschen Nationalmannschaft gegen Österreich bei der WM 1978 in Argentinien. Im letzten Spiel der Zwischenrunde (→Modus) musste Deutschland gewinnen, um noch eine Chance auf das Spiel um Platz drei oder im günstigsten Fall das Erreichen des Finales zu haben. Doch es setzte die erste Niederlage gegen den Rivalen seit 47 Jahren. Karl-Heinz Rummenigge brachte das erstaunlich lahme deutsche Team in Führung, doch Berti →Vogts per Eigentor und Hans Krankl sorgten für die Wende zum 2:1 für Österreich. Den zwischenzeitlichen 2:2-Ausgleich beantwortete Hans Krankl mit dem berühmten 3:2 in der 87. Minute (→I werd narrisch). Als Gruppendritter schied Deutschland ebenso wie Österreich aus. Ein Unentschieden hätte immerhin für das Spiel um Platz drei gereicht. Es gab Gerüchte, die deutschen Spieler hatten keine Lust auf eine weitere Partie und verloren mit Absicht.

Schmetterlinge störten die Qualifikationspartie zur WM 1994 zwischen Kamerun und Guinea (3:1). Hunderttausende der schwarzen Tiere »überfielen« den Rasen und ließen ein geordnetes Fußballspiel nicht mehr zu. Erst nach dem Abpfiff verließen sie das Stadion.

Karl-Heinz SCHNELLINGER, der erste Deutsche, der den Europapokal der Landesmeister gewann.
Der gebürtige Dürener spielte für die SG Düren 99 und den 1. FC Köln, wechselte aber direkt vor Gründung der Bundesliga 1963 nach Italien. Nach jeweils einer Saison für den AC Mantua und den AS Rom ging er zum AC →Mailand und gewann mit dem Verein dreimal den italienischen Pokal, einmal die italienische Meisterschaft (1968) und den Europapokal der Landesmeister 1969 (4:1 im Finale gegen Ajax Amsterdam).
Bei seinen vier WM-Teilnahmen (1958, 1962, 1966 und 1970) wurde Schnellinger vor allem durch sein erstes und einziges Länderspieltor berühmt: Im →Jahrhundertspiel gegen Italien 1970 (4:3 n.V. für Italien) erzielte Schnellinger per Doppelgrätsche das 1:1 in der 90. Minute und ermöglichte so erst die spektakuläre Verlängerung.

Helmut SCHÖN, der Trainer mit den meisten WM-Spielen.
Der »Mann mit der Mütze« betreute die deutsche Nationalmannschaft bei insgesamt 25 Partien (Mario →Zagallo und Bora →Milutinovic kamen auf jeweils 20).
Helmut Schön gewann als Spieler mit dem Dresdner SC 1943 und 1944 jeweils die Deutsche Meisterschaft. Er und weitere

Spieler verließen nach dem Zweiten Weltkrieg dessen Nachfolgeklub SG Dresden-Friedrichstadt und gingen in den Westen. Schön absolvierte noch einige Spiele für den FC St. Pauli und Hertha BSC und wurde anschließend Trainer, unter anderem Nationaltrainer im →Saarland. Seit 1956 Assistent von Sepp Herberger, übernahm Schön von 1964 bis 1978 das Amt des Bundestrainers. Der für seine ruhige, fast zögerliche Art bekannte Mann gewann mit Deutschland 1972 die EM und 1974 den WM-Titel.

Schottland schaffte das Kunststück, als erstes Land bei einer WM ungeschlagen auszuscheiden. Beim Turnier 1974 in Deutschland wurden die *Bravehearts* nach einem 2:0 gegen Zaire, einem 0:0 gegen Brasilien und einem 1:1 gegen Jugoslawien Gruppendritter. Nur Brasilien (1978 in der Zwischenrunde, →6:0) und England (1982 in der Zwischenrunde nach zwei torlosen Remis gegen Deutschland und Spanien) hatten später dasselbe Pech.

Schuh, notwendiges Utensil beim Fußball, das Lothar Matthäus ausgerechnet im WM-Finale 1990 gegen Argentinien kaputt ging. In der Halbzeitpause zog sich der Kapitän der deutschen Nationalmannschaft einen neuen, extra für ihn zur Weltmeisterschaft hergestellten Schuh am rechten Fuß an. Doch den entscheidenden Elfmeter in der 85. Minute wollte der mit acht Treffern erfolgreichste deutsche Strafstoßschütze mit dem neuen Gerät am Bein lieber nicht schießen und ließ seinen Kumpel Andreas Brehme ran. Ergebnis: 1:0 für Deutschland.

Schuhkrieg, die Auseinandersetzungen zwischen den Sportartikelherstellern Adidas (→Herzogenaurach) und Nike während der WM 1998. Adidas gehörte zum offiziellen Sponsorenpool des Turniers, doch Nike war als Sponsor der Nationalmannschaft Brasiliens und des Superstars Ronaldo wesentlich präsenter. Am Tag des Finales zwischen Frankreich und Brasilien (3:0) erlitt Ronaldo einen Anfall und musste ins Krankenhaus eingeliefert werden. Noch heute wird spekuliert, ob es sich um die »Nebenwirkung« einer schmerzstillenden Substanz gehalten hat. Ronaldo stand daher zunächst auch nicht auf dem Spielberichtsbogen für das WM-Endspiel – auf mysteriöse Weise nahm er aber – völlig außer Form – doch am Spiel teil. Gerüchte besagen, dass Nike die Aufstellung seines prominentesten Werbeträgers gefordert hatte.

Bernd SCHUSTER, der einzige Spieler, der für seinen bloßen Einsatz bei einer WM eine Extraprämie forderte. Der »blonde Engel« wechselte 1980 als 20-Jähriger vom 1. FC Köln nach Spanien und gewann mit allen drei großen Vereinen (FC Barcelona, Real Madrid und Atletico Madrid) jeweils den spanischen Pokal. Zudem wurde er mit *Barça* spanischer Meister 1985 und mit den Königlichen spanischer Meister 1989 und 1990. Der geniale und eigenwillige Mittelfeldstratege errang mit Deutschland den Europameistertitel 1980, beendete jedoch nach nur 21 Partien seine Länderspielkarriere. Teamchef Franz Beckenbauer wollte ihn für die WM 1986 zurückholen – aber nicht für zusätzliches Geld.

Schwalbe, das Fallenlassen im Strafraum, um einen unberechtigten Elfmeter herauszuholen. Auch heute noch ist nicht geklärt, ob Bernd →Hölzenbein im WM-Finale 1974 und Rudi Völler im WM-Finale 1990 tatsächlich gefoult wurden …

Schwarzweiß, die Farben der Spielkleidung, mit der Deutschland und Österreich im Spiel um Platz drei bei der WM 1934 antraten. Nach dem schnellen Führungstor für Deutschland durch Ernst Lehner (viele Zuschauer jubelten, in der Annahme Österreich führe ...) ordnete Schiedsrichter Albino (!) Carraro an, dass Österreich in den himmelblauen Trikots des gastgebenden Vereins AC Neapel zu spielen hatte. Auch das nützte nicht viel: Deutschland besiegte den Favoriten am Ende mit 3:2.

Schweden, Gründungsmitglied der FIFA und das einzige Land, das jemals ein WM-Finale im eigenen Land verlor. Der Olympiasieger von 1948 war Gastgeber des Turniers im Jahr 1958 und erreichte das Endspiel nach einem dramatischen Spiel gegen Deutschland (3:1, Erich →Juskowiak). Doch die *Tre Kronors* unterlagen der brillanten brasilianischen Nationalmannschaft um Pelé und Garrincha mit 2:5.
Uruguay (1930), Italien (1934), England (1966), Deutschland (1974), Argentinien (1978) und Frankreich (1998) konnten das WM-Finale daheim jeweils gewinnen.

Schweiz, der häufigste Gegner der deutschen Nationalmannschaft. Seit dem ersten Länderspiel Deutschlands überhaupt (3:5 in Basel 1908 gegen die Schweiz) gab es insgesamt 47 Partien gegen die Eidgenossen (Bilanz: 33 Siege, sechs Unentschieden, acht Niederlagen). Die wichtigsten waren dabei die Spiele nach dem Ersten und Zweiten Weltkrieg, als sich die Schweiz jeweils als erste Mannschaft bereit erklärte, wieder gegen Deutschland anzutreten.
Das Land beherbergt nicht nur den Sitz von FIFA und UEFA, sondern war in der Vergangenheit durchaus erfolgreich: acht WM-Teilnahmen (dreimal wurde das Viertelfinale erreicht, 1934, 1938 und 1954) und zwei EM-Teilnahmen (1996 und 2004) stehen zu Buche.

Schweizer Riegel, das vom Österreicher Karl Rappan entwickelte Defensivsystem der Schweizer Nationalmannschaft. Mit zwei Abwehrspielern und einem Läufer wurde die Innenverteidigung verstärkt und so fast unüberwindbar. Mit Rappan gelangen der Schweiz die Erfolge bei den Weltmeisterschaften 1938 (Aus im Viertelfinale mit 0:2 gegen den späteren Vizeweltmeister Ungarn) und 1954 (Aus im Viertelfinale durch das 5:7-Hitzedrama gegen Österreich).

Sechs Zeilen, exakt so lang war die Berichterstattung in Deutschland über die erste WM 1930 in Uruguay. Wegen des Verzichts der großen Fußballnationen auf das Turnier sprach die *Fußballwoche* vom »Märchen von der Weltmeisterschaft« und legte den Schwerpunkt der Berichterstattung auf den zugleich stattfindenden Coupe des Nations mit den Vereinsmannschaften von Vienna Wien, Slavia Prag, SpVgg Fürth, FC Bologna und Cercle Brügge.

6:0 gewann Argentinien das letzte Spiel der WM-Zwischenrunde 1978 gegen Peru. Wenige Stunden zuvor hatte der große Rivale Brasilien sein letztes Gruppenspiel gegen Polen mit 3:1 gewonnen – die argentinischen Gastgeber wussten also, dass sie gegen Peru mit mindestens vier Toren Unterschied siegen mussten, um das Finale zu erreichen. Die Umstände des Ergebnisses (unter anderem traf Mario Kempes zweimal) sorgen noch heute für Betrugsgerüchte (→50 Millionen US-Dollar). So spielte Peru erstmals nicht im traditionellen weißen Trikot mit der roten Schärpe, Torwart Ramon Quiroga war ein gebürtiger Argentinier und nach dem 4:0 explodierte eine Bombe vor dem Haus des Innenministers Alemann.

6:1, der höchste Sieg aller Zeiten bei einer EM-Endrunde. Die Niederlande gewannen im Jahr 2000 im Viertelfinale gegen Jugoslawien durch Treffer von Patrick Kluivert (3), Marc Overmars (2) und ein Eigentor von Dejan Govedarica. Frankreich (gegen Dänemark 1984) und Dänemark (gegen Jugoslawien 1984) errangen jeweils einen 5:0-Sieg.

6:5 n.V., legendärer Sieg Brasiliens im Achtelfinale der WM 1938 gegen Polen. Das Spiel war vor allem ein Duell der beiden Torjäger Leónidas (Brasilien) und Ernst →Willimowski. Beide Spieler erzielten jeweils vier Tore – darunter abwechselnd die letzten sieben der insgesamt elf Treffer.

16 Spiele blieb Bulgarien bei Weltmeisterschafts-Endrunden ohne Sieg. Erst bei der sechsten WM-Teilnahme 1994 im Gruppenspiel gegen Griechenland (4:0) gelang der erste Sieg. Zuvor hatte es seit 1962 für die Südosteuropäer sechs Unentschieden und zehn Niederlagen bei WM-Turnieren gegeben. Der Fluch der Sieglosigkeit wurde 1994 eindrucksvoll beendet: Nach dem Erfolg gegen Griechenland schlugen Stoitchkov, Letchkov & Co. auch Argentinien (2:0), Mexiko (4:2 n.E.) sowie Deutschland (2:1) und scheiterten erst im Halbfinale an Italien (1:2). Mit dieser Partie begann Bulgarien allerdings erneut eine Negativserie von fünf sieglosen Spielen bei der WM.
Südkorea blieb bei insgesamt 14 WM-Spielen seit 1954 in Folge ohne Sieg. Erst beim Turnier im eigenen Land 2002 gewannen die Südkoreaner erstmals (2:0 gegen Polen) – und stürmten wie Bulgarien 1994 bis ins Halbfinale (0:1 gegen Deutschland).

36 Länderspiele blieb die Nationalmannschaft von Argentinien zwischen 1990 und 1993 unbesiegt – Weltrekord. Die erste Niederlage erlitt Argentinien in der WM-Qualifikation in Kolumbien (1:2). Ungarn blieb 1950 bis 1954 in 29 Länderspielen unbesiegt (bis zum 2:3 im WM-Finale gegen Deutschland), ebenso Brasilien zwischen 1970 und 1973.

602 Bundesligaspiele absolvierte Karl-Heinz Körbel für Eintracht Frankfurt – Rekord. »Charly« hielt in der Abwehr zwischen 1972 und 1991 die Knochen hin und erzielte dazu 45 Tore. Am letzten Spieltag der Saison 1990/91 hätte er eigentlich

sein 603. Bundesliga-Spiel bestreiten sollen, aber in der Partie zuvor hatte er die vierte Gelbe Karte gesehen und war leider gesperrt.
Die Zahl seiner Einsätze für die deutsche Nationalmannschaft ist nicht annähernd so eindrucksvoll: ganze sechs Spiele bestritt er für sein Land.

6.800 Euro, Höhe der Geldstrafe, die der brasilianische Star Rivaldo während der WM 2002 in Südkorea und Japan erhielt. Im Vorrundenspiel gegen die Türkei (2:1) erzielte er kurz vor Schluss das Siegtor und ließ sich danach bei der Ausführung eines Eckballs sehr viel Zeit. Hakan Ünsal schoss Rivaldo den Ball auf Hüfthöhe an den Körper, dieser ließ sich »schmerzverzerrt« fallen und wälzte sich – den Kopf haltend (!) – umher. Ünsal erhielt von Schiedsrichter Kim die →Gelb-Rote Karte, Rivaldo wurde für seine Schauspielkunst von der FIFA nachträglich bestraft.

16:0, der höchste Sieg der deutschen Nationalmannschaft. In der Trostrunde des Olympia-Turniers 1912 in Stockholm gewann Deutschland gegen Russland mit diesem Ergebnis. Gottfried Fuchs vom Karlsruher FV erzielte allein zehn Tore – ebenfalls Rekord für die deutsche Nationalmannschaft.

60 Prozent, der Rabatt, den ein Fotogeschäft aus Kopenhagen seinen Kunden während der WM 1986 in Mexiko geben musste: Der Inhaber hatte vor dem dänischen Vorrundenspiel gegen Uruguay damit geworben, dass er für jedes Tor der Dänen 10 Prozent Rabatt auf alle Apparate in seinem Geschäft geben würde. Überraschend gewann das »Danish Dynamite« mit 6:1, und wenige Tage darauf gab es in Kopenhagen einen Konkurs mehr …

76 Millionen Euro, die Ablöse, die Zinedine →Zidane bei seinem Wechsel 2001 von Juventus Turin zu Real Madrid kostete – damit ist er der teuerste Spieler der Welt. Es folgen Luis Figo mit 58,2 Millionen Euro (2000 vom FC Barcelona zu Real Madrid) und Hernan Crespo mit 56,5 Millionen Euro (2000 vom AC Parma zu Lazio Rom).

Uwe SEELER, der erste Spieler, der einen Hattrick im DFB-Pokal-Finale erzielte (1963 beim 3:0 gegen Borussia Dortmund). Zugleich traf Seeler bei insgesamt vier WM-Endrunden in Folge – das schaffte außer ihm nur noch Pelé.
Seeler spielte von 1944 bis 1972 für den Hamburger SV und wechselte nie zu einem anderen Verein. Wegen seiner Treue – im Jahr 1961 hatte ihm Inter Mailand unter Trainer Helenio →Herrera über 1 Million DM Handgeld angeboten – nannten ihn die Fans »Uns Uwe«. Mit dem HSV wurde Uwe Seeler Deutscher Meister 1960 und DFB-Pokalsieger 1963, zudem stand er im Meisterfinale 1957 und 1958, im Pokalfinale 1956 und 1967 sowie im Endspiel des Europapokals der Pokalsieger 1968 (0:2 gegen den AC Mailand). Der bullige und kopfballstarke Mittelstürmer nahm für Deutschland an vier Weltmeisterschaften teil (1958, 1962, 1966 und 1970) und konnte jedes Mal Tore erzielen – insgesamt kam er auf neun Treffer.

Senegal trat bei der WM 2002 nur mit Spielern an, die in Frankreich unter Vertrag standen. Im Eröffnungsspiel gewann der WM-Debütant ausgerechnet gegen →Titelverteidiger Frankreich mit 1:0 (Tor: Bouba Diop) und erreichte als zweites afrikanisches Land überhaupt das Viertelfinale.

Karl SESTA, der älteste Debütant der deutschen Nationalmannschaft. Mit 35 Jahren und 87 Tagen trat er 1941 gegen Kroatien zum ersten von drei Länderspielen für Deutschland an. Grund:

Seit 1932 hatte »Schasti« bereits für Österreich gespielt, erst nach dem »Anschluss« (→Anschlussspiel) wurde der gebürtige Wiener auch deutscher Nationalspieler.

SHEFFIELD FC, der erste Fußballklub der Welt. Seit 1855 spielte man dort Fußball, offiziell wurde der Verein 1857 gegründet. Der reine Amateurklub hat nichts mit den beiden Profiklubs Sheffield United oder Sheffield Wednesday zu tun. Der erste Fußballklub außerhalb Großbritanniens ist übrigens der Boldklubben (heute: FC) Kopenhagen.

Sechs Spieler von Juventus Turin standen in der italienischen Weltmeister-Mannschaft von 1982: Dino Zoff, Antonio Cabrini, Claudio Gentile, Gaetano Scirea, Marco Tardelli und Paolo Rossi – Rekord.

Sieben Spieler der jugoslawischen Mannschaft im WM-Spiel 1974 gegen Zaire erzielten jeweils ein Tor – eine Rekordquote: Beim 9:0 trafen Dzajic, Suriak, Karakinski, Bogicevic, Oblak, Petkovic und Bajevic.

Sieben WM-Endspiele erreichte die deutsche Nationalmannschaft: 1954, 1966, 1974, 1982, 1986, 1990 und 2002. Der Rekordweltmeister Brasilien stand »nur« sechsmal im Finale.

7:5 endete das torreichste Spiel der WM-Geschichte. Im Viertelfinale der Weltmeisterschaft 1954 in der Schweiz spielten die Gastgeber bei großer Hitze gegen den Favoriten Österreich – und führten nach 20 Minuten sensationell mit 3:0! Doch die Österreicher schlugen noch vor der Pause zurück und überrannten ihren Gegner: Dreimal Alfred Körner, dreimal Theodor Wagner und Ernst Ocwirk sorgten für eine 5:4-Führung zur Halbzeit und am Ende für einen 7:5-Sieg. Dabei schienen die Österreicher viel Kraft verloren zu haben. Im Halbfinale setzte es ein 1:6 gegen Deutschland – die höchste Niederlage aller Zeiten gegen den Nachbarn.

70 Länderspiele in Folge machte der englische Nationalspieler William Ambrose Wright zwischen 1951 und 1959 – Weltrekord. »Billy«, der als Stopper der Wolverhampton Wanderers 490 Ligaspiele absolvierte und drei Meistertitel (1954, 1958 und 1959) gewann, blieb mit der englischen Nationalmannschaft allerdings ohne Titel.

Siegen oder sterben lautete der Inhalt des Telegramms, das der italienische Diktator Benito Mussolini vor dem WM-Finale 1938 an die italienische Mannschaft schickte. Die entschied sich für die erste Variante und gewann gegen Ungarn mit 4:2. »Wir haben heute elf Menschen das Leben gerettet«, lautete nach dem Spiel der Kommentar der Ungarn.

Silver Goal, die von 2003 bis 2004 geltende Regel, nach der ein K.o.-Spiel, das nach 90 Minuten unentschieden steht, in der ersten Hälfte der Verlängerung durch den ersten gefallenen Treffer entschieden wird – sofern keine weiteren Tore fallen. Das Silver Goal hatte das viel kritisierte →Golden Goal abgelöst, machte die Regelung aber noch komplizierter, weil beispielsweise bei Europapokalspielen die Auswärtstore-Regel in der Verlängerung abgeschafft werden musste.
Wie verwirrend das Silver Goal war, zeigt die Tatsache, dass immer noch behauptet wird, der Brasilianer Derlei hätte im UEFA-Pokal-Finale 2003 für den FC Porto gegen Celtic Glasgow (3:2 n.V.) das erste Silver Goal der Geschichte erzielt. Das Problem dabei: Er schoss das 3:2 in der zweiten Hälfte der Verlängerung – da kam die Regel gar nicht mehr zur Anwendung.
Das bekannteste Silver Goal erzielte Traianos Dellas zum 1:0 i.V. für Griechenland gegen Tschechien im EM-Halbfinale 2004.

Matthias SINDELAR, wegen seiner eher schmächtigen Konstitution »der Papierene« genannt. Der großartige Techniker gewann 1926 mit Austria Wien die österreichische Meisterschaft sowie fünfmal den Pokal. Er war der Kapitän des österreichischen →Wunderteams Anfang der dreißiger Jahre. Der Dichter Friedrich Torberg widmete Sindelar – der sich nach dem »Anschluss« an Nazideutschland weigerte, für die »großdeutsche« Mannschaft zu spielen und unter mysteriösen Umständen durch eine Kohlenmonoxydvergiftung ums Leben kam – ein Gedicht: »Er spielte stets, er kämpfte nie ...«

Solch ein Dribbelkünstler kann manchmal ein Spiel entscheiden, Aussage von Bundstrainer Sepp →Herberger vor der WM 1954 zu DFB-Präsident Peco →Bauwens, der den bekannt undisziplinierten Helmut Rahn nicht mit zur Endrunde in die Schweiz nehmen wollte. Herberger behielt recht: Er verzichtete beim Turnier auf den Stuttgarter Erich Retter – und Helmut Rahn erzielte unter anderem das entscheidende 3:2 im Finale gegen Ungarn.

Soll ich mit ihm gehen oder nicht?, Frage von Abwehrspieler Harry Johnston in der Halbzeitpause beim →3:6 Englands gegen Ungarn im Jahr 1953. Der ungarische Spieler Nandor Hidekuti agierte als hängender Mittelstürmer – eine taktische Weltneuheit – und verwirrte die Abwehr der Gastgeber heillos.

Rigobert SONG, bis auf seine Lockenfrisur ein eher unauffälliger Abwehrspieler (unter anderem in der Bundesliga beim 1. FC Köln), der dreimal mit Kamerun an einer Weltmeisterschaft teilnahm und jeweils in der Vorrunde ausschied. Dennoch hält er einen WM-Rekord: Er ist der bisher einzige Spieler, der zweimal bei einer Weltmeisterschaft mit der Roten Karte bestraft wurde. 1994 erwischte es den damals erst 17-Jährigen im Spiel gegen Brasilien (grobes Foulspiel), 1998 flog er als Kapitän gegen Chile (Ellbogencheck) vom Platz. Bei der WM 2002 blieb Rigobert Song allerdings »sauber«.

Martin SONNEBORN, der Chefredakteur der Zeitschrift *TITANIC*, der möglicherweise die WM nach Deutschland geholt hat. In einem Fax an die FIFA-Delegierten hatte die *TITANIC* jedem von ihnen eine Schwarzwälder Kuckucksuhr, einen Korb mit Spezialitäten sowie einen Bierkrug in Aussicht gestellt, wenn sie für Deutschland als Austragungsort stimmen würden. Der Neuseeländer Charles →Dempsey enthielt sich am Tag der Abstimmung, entgegen den Anweisungen seines Heimatverbands, der Stimme und Deutschland gewann schließlich mit 12:11 Stimmen gegen Südafrika.

Spanien, das einzige bei einer WM gesetzte Land, das gar nicht am Turnier teilnahm.
Durch den Verein Madrid FC (seit 1920 Real Madrid) gehört Spanien zu den Gründungsmitgliedern der FIFA. Doch trotz großer Spielerpersönlichkeiten gewann die *Seleccion* nur einen großen Titel: die Europameisterschaft 1964 im eigenen Land (2:1 im Finale gegen Jugoslawien). Peinlich auch die Blamage in der Qualifikation für die WM 1954: Obwohl Spanien in seiner Gruppe gegen die Türkei noch gar nicht gewonnen hatte, wurde es für das Turnier gesetzt. Nach einem 4:1 im Hinspiel sah alles nach der Qualifikation aus, doch in Istanbul verlor der Favorit 0:1. Da damals das Torverhältnis keinen Ausschlag gab, kam es zum Entscheidungsspiel in Rom – und zu einer herrlichen Farce: Unmittelbar vor Spielbeginn traf ein Telegramm ein – unterschrieben mit »FIFA« –, das Ladislao →Kubala den Einsatz für Spanien verbot. Spanien hielt sich daran und schied nach einem 2:2 n.V. per Losentscheid aus. Nur kam das ominöse Telegramm überhaupt nicht von der FIFA ... Jedenfalls erhielt die Türkei

den Platz Spaniens als gesetztes Team in der deutschen Gruppe – ein weiterer Grund, warum Sepp Herbergers großer WM-Bluff (→3:8) funktionieren konnte.

Jürgen SPARWASSER, der Fußballspieler, auf dessen Grabstein nur »Hamburg, WM 1974« stehen müsste.
Der Spieler des 1. FC Magdeburg absolvierte 271 Spiele in der DDR-Oberliga und erzielte 112 Tore. Er wurde dreimal DDR-Meister, viermal FDGB-Pokalsieger, gewann den Europapokal der Pokalsieger 1974 (2:0 im Finale gegen den AC Mailand), machte insgesamt 53 Länderspiele für die DDR (15 Tore) und holte die olympische Bronzemedaille 1972. Aber das alles spielt kaum noch eine Rolle, denn Jürgen Sparwasser erzielte »das Tor« des DDR-Fußballs: den Siegtreffer beim 1:0 der DDR gegen die Bundesrepublik in Hamburg bei der WM 1974. Die DDR hatte sich in einer Gruppe mit Rumänien, Finnland und Albanien zum einzigen Mal für ein großes Turnier qualifiziert. Nach einem 2:0 gegen Australien und einem 1:1 gegen Chile gewann die DDR im letzten Gruppenspiel sensationell gegen den Favoriten aus der Bundesrepublik. In der 77. Minute des einzigen deutsch-deutschen Duells der Länderspiel-Geschichte ließ Jürgen Sparwasser bei einem schnellen Konter die Abwehrspieler Vogts und Höttges stehen und haute den Ball an Sepp Maier vorbei hoch ins kurze Eck – der Knaller des Turniers war perfekt.

Spiel um Platz zwei, ein außergewöhnliches »Finale«, das nur einmal in der Fußballgeschichte stattfand. Das Endspiel um die Goldmedaille bei den Olympischen Spielen 1920 zwischen Gastgeber Belgien und der Tschechoslowakei wurde beim Stand von 3:0 für Belgien abgebrochen, da die Tschechoslowaken nach einem umstrittenen Elfmeter und einem unberechtigten Platzverweis das Spielfeld verließen. Belgien wurde zum Olympiasieger erklärt, die Tschechoslowakei disqualifiziert. Die Verlierer des Viertel- bzw. Halbfinales spielten eine Trostrunde um die Silber- und Bronzemedaille. Hier setzte sich schließlich Spanien mit einem 3:1 gegen die Niederlande durch.

Spielabsage, ein Malheur, das dem DFB einmal sogar bei einem Finale passierte. Das Endspiel um die Deutsche Meisterschaft 1904 musste ausfallen, da der DFB gegen seine eigenen Bestimmungen verstoßen hatte: Eigentlich sollten alle Endrundenspiele der Meisterschaft auf neutralen Plätzen ausgetragen werden. In der Vorrunde jedoch musste der Karlsruher FV bei Britannia Berlin antreten und verlor 1:6. Am Vormittag des Finales zwischen dem Titelverteidiger VfB →Leipzig und Britannia Berlin erklärte der Verband alle Endrundenspiele für ungültig. 1904 gab es also keinen Deutschen Meister.

Guillermo STABILE, der erste Torschützenkönig der WM-Geschichte. Der Stürmer von Huracán Buenos Aires wurde erst im zweiten Gruppenspiel der argentinischen Nationalmannschaft gegen Mexiko eingesetzt (→Klausur), traf dann aber in allen weiteren Partien des Turniers 1930 und erzielte insgesamt acht Tore in nur vier Spielen. Die Niederlage Argentiniens im Finale gegen Uruguay (2:4) konnte »El Filtrador« dennoch nicht verhindern. Zwischen 1939 und 1958 trainierte Stabile die argentinische Nationalmannschaft und gewann sechsmal die Südamerikameisterschaft.

Stan, der Spitzname von Reinhard Libuda nach dem großen Stanley →Matthews. Der technisch begnadete Rechtsaußen – insgesamt dreimal bei Schalke 04 und zwischendurch beim Revier-Rivalen Borussia Dortmund unter Vertrag – ist eine der tragischen Figuren der deutschen Fußballgeschichte. Er erzielte das entscheidende Tor für Borussia Dortmund im Europapokal-

Finale 1966 und das entscheidende 3:2 für Deutschland gegen Schottland in der Qualifikation zur WM 1970, konnte sein großes Talent wegen mangelnder psychischer Robustheit und Kontinuität allerdings nicht ausschöpfen. Trotz Verstrickung in den →Bundesliga-Skandal kehrte er zu Schalke 04 zurück und gewann den DFB-Pokal 1972. Nach vielen finanziellen und gesundheitlichen Problemen starb »Stan« Libuda 1996 mit 52 Jahren.

Sterne auf dem Trikot geben an, wie viele WM-Titel ein Land bereits gewinnen konnte. Das geht auf eine italienische Tradition zurück, nach der Vereinen, die zehn nationale Titel gewonnen haben, ein Stern verliehen wird. Bei deutschen Vereinen symbolisieren sie seit der Saison 2004/05 die Anzahl der gewonnenen Meisterschaften. Für bis zu drei Titel gibt es einen Stern, für fünf Titel zwei und für zehn Titel drei Sterne. Ärger gab es mit den Klubs aus der ehemaligen DDR, die ihre Erfolge ebenfalls auf dem Trikot zeigen wollten. Der zehnfache DDR-Meister BFC Dynamo Berlin und der dreifache Meister Erzgebirge Aue (damals unter dem Namen Wismut Karl-Marx-Stadt – die Mannschaft spielte von 1954 bis 1963 in Aue!) werden allerdings unterschiedlich behandelt: Dynamo spielt in der Oberliga, und der zuständige DFB ließ die Sterne zu – Aue spielt in der 2. Bundesliga, und die zuständige DFL untersagte dies.

Norbert Peter STILES, genannt Nobby, der einzige Spieler der WM-Geschichte, der *vor* einem Spiel ermahnt wurde, die Regeln der Fairness zu beachten. Vor dem Viertelfinale 1966 zwischen England und Argentinien (Antonio →Rattin) schrieb die FIFA einen Brief an den rechten Mittelfeldspieler von Manchester United mit der Bitte, doch etwas pfleglicher mit seinen Gegnern umzugehen. Der Publikumsliebling – wegen einiger fehlenden Schneidezähne als »zahnloses Ungeheuer« gefürchtet – hielt sich daran.

Das Lächeln des Siegers: »Nobby« Stiles (r.) feiert den englischen WM-Titel 1966 – natürlich stilecht ohne Zahnersatz

Stollenschuh, wichtige Erfindung, die Adi Dassler (→Herzogenaurach) zugeschrieben wird. Der Sportartikelhersteller und Chef der Firma Adidas sorgte dafür, dass die deutsche Nationalmannschaft im WM-Finale 1954 (→Wunder von Bern) Gewinde in der Sohle für Stollen unterschiedlicher Länge und Beschaffenheit benutzte. Die deutschen Spieler hatten bei regnerischem Wetter (→Dem Fritz sei' Wetter) einen besseren Halt auf dem feuchten Rasen als die Ungarn. Berühmt wurde der Satz von Bundestrainer Sepp Herberger vor der Partie: »Adi, stoll' auf.« Der Konkurrent Puma besteht allerdings noch immer darauf, selbst bereits Monate vor der WM 1954 einen Schuh mit Gewinden für die Stollen entwickelt zu haben.

Strafstoß, die Strafe für eine Regelverletzung im eigenen Strafraum. Der Schuss vom »ominösen Punkt«, elf Meter vor der Torlinie, muss nach vorne ausgeführt werden, der Torwart darf sich dabei auf der Torlinie hin und her bewegen, sie aber nicht verlassen. Bisher wurden in der WM-Geschichte insgesamt 167 Elfmeter verhängt und davon 141 verwandelt. Zum ersten Mal überhaupt traf der Mexikaner Manuel →Rosas bei der WM 1930 im Spiel gegen Argentinien (3:6), als er in der 37. Minute einen Handelfmeter verwandelte. In der 72. Minute scheiterte Rosas mit einem weiteren Handelfmeter.

Strafstoßschießen, auch Elfmeterschießen, die zur WM 1970 eingeführte Methode, nach einer Verlängerung unentschieden stehende K.o.-Spiele zu entscheiden. Jede Mannschaft benennt dabei fünf Schützen, die abwechselnd einen Strafstoß ausführen. Sieger ist, wer nach den zehn ausgeführten Schüssen mehr verwandelt hat. Falls noch keine Entscheidung gefallen ist, wird das Strafstoßschießen so lange fortgeführt, bis – bei gleicher Anzahl von Schüssen – eine Mannschaft einen mehr verwandeln konnte.

Das erste Elfmeterschießen der WM-Endrunden-Geschichte wurde 1982 durchgeführt (→8:7 n.E.), das erste in der WM-Qualifikation fand 1977 zwischen Tunesien und Marokko (5:3 n.E.) statt. Bei einem EM-Turnier wurde erstmals 1976 das Elfmeterschießen durchgeführt (→Nachthimmel von Belgrad). Alle 15 bisherigen Ergebnisse nach Elfmeterschießen bei WM-Turnieren seit 1970 im Überblick:

Halbfinale 1982: Deutschland – Frankreich 8:7 n.E
Viertelfinale 1986: Frankreich – Brasilien 5:4 n.E
Viertelfinale 1986: Belgien – Spanien 6:5 n.E
Achtelfinale 1990: Irland – Rumänien 5:4 n.E
Viertelfinale 1990: Argentinien – Jugoslawien 3:2 n.E
Halbfinale 1990: Deutschland – England 5:4 n.E
Halbfinale 1990: Argentinien – Italien 5:4 n.E
Achtelfinale 1994: Bulgarien – Mexiko 4:2 i.E
Viertelfinale 1994: Schweden – Rumänien 7:6 n.E

Finale 1994: Brasilien – Italien 3:2 i.E
Achtelfinale 1998: Argentinien – England 6:5 n.E
Viertelfinale 1998: Frankreich – Italien 4:3 n.E
Halbfinale 1998: Brasilien – Niederlande 5:3 n.E
Achtelfinale 2002: Spanien – Irland 4:3 n.E
Viertelfinale 2002: Südkorea – Spanien 5:3 n.E.

Joachim STREICH, der Rekord-Nationalspieler der DDR. Der in Wismar geborene Stürmer absolvierte 102 Länderspiele und erzielte dabei 55 Tore (ebenfalls Rekord). Für Hansa Rostock und den 1. FC Magdeburg machte er insgesamt 378 Spiele in der DDR-Oberliga und erzielte dabei 229 Treffer. Mit dem 1. FC Magdeburg gewann »Strich« dreimal den FDGB-Pokal (1978, 1979 und 1983) und war viermal Torschützenkönig der Oberliga (1977, 1979, 1981 und 1983).

Struuunz!, der empörte Ausruf von Giovanni →Trapattoni auf seiner Kult-Pressekonferenz 1994. Nach drei Niederlagen in Folge ließ der Bayern-Trainer seiner Wut freien Lauf und zog mächtig vom (runden) Leder – wobei er die deutsche Sprache unfreiwillig um ein paar neue Ausdrücke bereicherte: »Schwach wie Flasche leer« und »Ich habe fertig« sind seitdem geflügelte Worte bei allen Fans geworden. Giovanni Trapattoni wurde nach seinen Ausfällen in Deutschland sehr beliebt und erhielt jede Menge Werbeverträge.

Mohammed Saileh SUBKHIDDIN, der erste Schiedsrichter der Fußballgeschichte, der während eines Elfmeterschießens das Tor wechselte. Im Viertelfinale der →Asienmeisterschaft 2004 in China zwischen Japan und Jordanien stand es nach 120 Minuten 1:1 n.V. Nachdem die Japaner Nakamura und Alex ihre Strafstöße vergeben hatten, forderte deren Kapitän Tsuneyasu Myamoto vehement, wegen des angeblich schlechten Rasens am Elfmeterpunkt die Seite zu wechseln. Der malayische Unparteiische Subkhiddin verlegte daraufhin das Elfmeterschießen in den anderen Strafraum. Im Folgenden verschossen drei Jordanier die nächsten Elfmeter, und der Japaner Myamoto traf schließlich in das von ihm gewählte Tor zum 4:3 n.E. für Japan.

Südafrika, das erste afrikanische Land, das Gastgeber einer WM sein wird. Nach der überraschenden Niederlage gegen Deutschland bei der Abstimmung zur WM 2006 (Charles →Dempsey, Martin →Sonneborn) geht das Weltmeisterschafts-Turnier 2010 nun nach Südafrika. Wegen seiner Apartheidspolitik zwischen 1976 und 1992 aus der FIFA ausgeschlossen (unter anderem wollte das Land mit einer »weißen« und einer »schwarzen« Mannschaft an der Afrikameisterschaft teilnehmen), konnte die *Bafana Bafana* innerhalb kurzer Zeit große Erfolge feiern: 1996 wurde das Team Afrikameister, 1998 und 2002 gelang die Qualifikation zur WM.

Südamerikameisterschaft, der seit 1916 ausgetragene Kontinentalwettbewerb des südamerikanischen Fußballverbandes →CONMEBOL. Die Rekordsieger des ältesten noch existierenden Länderwettbewerbs (→British Home Championship) sind Argentinien (1921, 1925, 1927, 1929, 1937, 1941, 1945–47, 1955, 1957, 1959 erste Austragung, 1991 und 1993) und Uruguay (1916, 1917, 1920, 1923–24, 1926, 1935, 1942, 1956, 1959 zweite Austragung, 1967, 1983, 1987 und 1995) mit jeweils 14 Titeln. Rekordweltmeister Brasilien gewann die Copa America siebenmal (1919, 1922, 1949, 1989, 1997, 1999 und 2004).

Südkorea, das erste asiatische Land, das ein WM-Halbfinale erreichte. Der zweifache Asienmeister (1956 und 1960) blieb bei seinen ersten 14 Spielen während fünf Teilnahmen an WM-Turnieren ohne Sieg – doch 2002 platzte der Knoten: Im eigenen Land schlugen die vom Publikum mit lauten »Dae-Han Min Gook«-Rufen (»Die große Republik Korea«) angefeuerten Südkoreaner überraschend Polen (2:0), Portugal (1:0), Italien (2:1 i.V., Byron →Moreno) und Spanien (5:3 n.E., Michael →Ragoonath). Erst im Halbfinale kam mit dem 0:1 gegen Deutschland (Michael →Ballack) das Aus.

Hakan SÜKÜR erzielte das schnellste Tor der WM-Geschichte. Der damalige Spieler des AC Parma benötigte im Spiel um Platz drei bei der Weltmeisterschaft 2002 zwischen der Türkei und Südkorea (3:2) nur elf Sekunden für den ersten Treffer. Es folgen der Tschechoslowake Vaclav Masek (beim 1:3 gegen Mexiko 1962) mit 16 Sekunden und der Deutsche Ernst Lehner (beim 3:2 gegen Österreich 1934, →Schwarzweiß) mit 25 Sekunden.

Superga, ein Hügel vor der norditalienischen Stadt Turin, an dem 1949 ein Flugzeug mit Spielern und Betreuern von Turin Calcio (damals AC Turin) verunglückte. Unter anderem starben zehn italienische Nationalspieler. Der italienische Verband ordnete an, dass die verbleibenden vier Spiele der Saison 1948/49 von der Jugendmannschaft des AC Turin zu absolvieren wären – jeweils gegen die Jugendmannschaft des gegnerischen Vereins. Der AC Turin wurde so Meister 1949, aber der Lokalrivale Juventus Turin gewann im Jahr darauf den Meistertitel und löste den AC Turin als Topklub Italiens ab.

Suppenkasper, Bezeichnung von Uli Stein für Teamchef Franz Beckenbauer während der WM 1986 in Mexiko. Weil dem Kaiser die Beleidigung zu Ohren kam, schickte er den unzufriedenen Ersatzkeeper kurzerhand zurück nach Deutschland.

Horst SZYMANIAK, einer der beliebtesten Spieler bei Fußball-Quizfragen. »Schimmi« hat mehr Länderspiele (43) absolviert als Bundesligaspiele (29), und er hat auch mehr Länderspiel-Tore (zwei) geschossen als Bundesliga-Tore (eins)! Der Grund: Er wechselte 1961 vom Karlsruher SC nach Italien (CC Catania, Inter Mailand, US Varese) und spielte nur eine Saison in der höchsten deutschen Spielklasse bei Tasmania Berlin.

T

Tartan Army, Selbstbezeichnung der schottischen Fans nach ihrem blau-schwarzen Schottenmuster. Diese WM-»Schlachtenbummler« sind sprichwörtlich trinkfreudig und friedlich zugleich. Und noch etwas zeichnet sie aus: Sie sind zumeist früher zu Hause als ihre Postkarten, die sie von der WM in Richtung Heimat schicken – denn die schottische Nationalmannschaft schied bei bisher acht Teilnahmen (1954, 1958, 1974, 1978, 1982, 1986, 1990, 1998) immer in der Vorrunde aus.

Mauro TASSOTTI, der erste Spieler, der bei einer Weltmeisterschaft per Fernsehbeweis gesperrt wurde. Der Abwehrspieler vom AC Mailand streckte im Viertelfinale 1994 zwischen Italien und Spanien (2:1) den Spanier Luis Enrique per Ellbogencheck nieder, ohne dass der Schiedsrichter dies bemerkte. Nachträglich wurde Tassotti jedoch gesperrt – die Partie gegen Spanien war sein zweites und letztes WM-Spiel.

1000. Tor, der Treffer von →Pelé am 19.11.1969 im Spiel seines FC Santos gegen Vasco da Gama Rio de Janeiro. Ausgerechnet im legendären →Estadio Maracaná erzielte der brasilianische Superstar diesen historischen Treffer. Pelé verwandelte einen Elfmeter, lief hinter dem Ball her, hob ihn auf und küsste ihn. Brasilien reagierte ekstatisch: Die Partie wurde unterbrochen, im ganzen Land wurden die Kirchenglocken geläutet, Menschen tanzten auf den Straßen. Pelé selbst wurde von den Spielern – auch von den Gegenspielern – auf den Schultern getragen und bekam ein Trikot mit der Nummer 1000 übergezogen. Der brasilianische Präsident rief einen Feiertag aus und die Post druckte eine Sonderbriefmarke.

Telefongespräch, eine folgenschwere Unterhaltung zwischen Johan →Cruyff und seiner Ehefrau Danny, die wahrscheinlich zwei WM-Endspiele entschied. Nach den von *BILD* als »Pool-Affäre« öffentlich gemachten Gerüchten um die niederländischen Nationalspieler und angebliche Frauenbesuche bei der WM 1974 in Deutschland wurde »König« Johan, Kapitän der Niederlande, von seiner Gattin angerufen und intensiv befragt. Das Telefonat soll die halbe Nacht vor dem WM-Finale gegen Deutschland gedauert haben. Die Niederlande verloren, und Cruyff wollte nie wieder zu einem WM-Turnier. Vier Jahre später verloren die Niederländer ohne Cruyff das Finale gegen Gastgeber Argentinien mit 1:3 n.V.

Televisa, mexikanischer TV-Sender, der für die erste komplette TV-Übertragung einer Weltmeisterschaft sorgte. Das Turnier 1970 wurde live per Satellit in alle Welt gesendet.

Telstar, der erste offizielle WM-Ball. Bei der WM 1970 wurde mit diesem Modell von Adidas gekickt. Es folgten der Apollo (1974), der Tango (1978), der Tango España (1982), der Azteca (1986), der Etrusco (1990), der Questra (1994), der Tricolore (1998, der erste farbige WM-Ball) und der Fevernova (2002).

TFK, Abkürzung für Trainerfindungskommission, die Gruppe, die der DFB im Jahr 2004 einsetzte, um einen Nachfolger für den nach dem Ausscheiden bei der EM zurückgetretenen Rudi Völler zu finden. Nach einigen diskussionsreichen Wochen mit immer neuen Vorschlägen wurden Franz Beckenbauer, DFB-Co-Präsident Gerhard →Mayer-Vorfelder, Generalsekretär Horst R. Schmidt und DFL-Chef Werner Hackmann endlich fündig: Jürgen →Klinsmann übernahm als neuer Bundestrainer, gemeinsam mit Joachim Löw als Assistent und Oliver Bierhoff als Manager, die Nationalmannschaft.

The Cats, holländische Rockband, deren Musik die niederländische Nationalmannschaft bei der WM 1974 immer vor ihren Spielen in der Kabine hörte. Vor dem Finale gegen Deutschland wurde allerdings die Kassette gestohlen – und das Team musste stattdessen auf David Bowie mit seinem Song »Sorrow« (= Sorge) zurückgreifen. Ob das ein Grund für die 1:2-Niederlage der Niederländer war?

Clive THOMAS, walisischer Schiedsrichter, der bei der WM 1978 durch eine seltsame Auslegung der Nachspielzeit auf sich aufmerksam machte. Am Ende des Gruppenspiels zwischen Brasilien und Schweden (1:1) gab er einen Eckball für die *Seleção*. Die folgende Flanke köpfte Superstar →Zico ins Netz. Großer Jubel bei Brasilien über den vermeintlichen Siegtreffer. Doch Mr. Thomas hatte, während der Ball noch in der Luft war, die Partie bereits abgepfiffen! Es blieb beim 1:1 (eine Punkteteilung, die Brasilien den Gruppensieg kostete). Die Frage, warum ein Eckball ausgeführt wird, wenn die verbleibende Zeit nicht mehr ausreicht, um den Ball vor das Tor zu schlagen, konnte der Unparteiische nicht schlüssig beantworten.

Liliam THURAM, der einzige Spieler, der in über 100 Länderspielen nur zwei Tore schoss – und zwar in einem WM-Halbfinale.
Der französische Abwehrspieler – als Kind aus Guadeloupe nach Frankreich gekommen – machte im WM-Halbfinale 1998 gegen Kroatien das Spiel seines Lebens. Gleich nach dem kroatischen Führungstreffer durch Davor Suker in der 46. Minute glich er aus, und in der 69. Minute erzielte er das entscheidende 2:1 für den Gastgeber und späteren Titelträger Frankreich.

Titelverteidiger, der vorige Sieger eines stattfindenden WM- oder EM-Turniers. Der amtierende Weltmeister war bis einschließlich 2002 immer automatisch für das nächste Turnier qualifiziert, ab der WM 2006 ist dies jedoch nicht mehr der Fall. Nur einmal in der WM-Historie trat ein Titelverteidiger nicht an: Uruguay war 1934 immer noch empört wegen der mangelnden Beteiligung europäischer Länder am Turnier 1930 und fuhr im Gegenzug auch nicht nach Italien. Drei Titelverteidiger der WM-Geschichte schieden bereits in der Vorrunde aus: Italien 1950, Brasilien 1966 und Frankreich 2002. Nur zwei Titelverteidiger konnten die Weltmeisterschaft erneut gewinnen: Italien 1934 und Brasilien 1962.

Togo, Land in Westafrika, das sich 2006 erstmals für eine WM-Endrunde qualifizieren konnte. In den Gruppenspielen setzte sich das Team sensationell gegen den Senegal durch und feierte den größten Erfolg in der Fußballgeschichte des Landes.

Toni, du bist ein Fußballgott, der Ausruf von Radio-Reporter Herbert Zimmermann während des WM-Finales 1954. Er meinte damit den deutschen Torwart Toni Turek, der mehrfach große Torchancen von Puskas & Co. zunichte machte. Der Begriff Fußballgott wird seit einiger Zeit verschwenderisch von den Fans benutzt – im Grunde für jeden Spieler, dem gerade eine gute Aktion gelungen ist.

Tor, der erfolgreiche Abschluss eines Angriffs, wobei der Ball die Torlinie in vollem Umfang überschritten haben muss. Da dies vom Schiedsrichter und seinen Assistenten nicht immer einwandfrei zu erkennen ist (berühmtes Beispiel: das →Wembley-Tor), testet die FIFA derzeit einen Chip-Ball, der per elektronischem Signal anzeigt, ob er hinter der Linie war oder nicht.

Total Voetbal, »totaler Fußball«, die Anfang der siebziger Jahre von Rinus →Michels bei Ajax Amsterdam und der niederländischen Nationalmannschaft entwickelte Taktik. Dabei bleiben die Spieler nicht auf festgelegten Positionen, sondern sind in der Lage, unterschiedliche Abwehr- und Angriffsaufgaben zu übernehmen.

Tottenham Hotspur, der erste Fußballverein, der an der Börse notiert wurde (1983). Benannt nach Henry Hotspur, einer Figur aus Shakespeares Drama »Henry IV.«, gewannen die Heißsporne zwei englische Meisterschaften, achtmal den FA-Cup und drei Europapokale (den Europapokal der Pokalsieger 1962 sowie den UEFA-Pokal 1972 und 1984).

Trinidad und Tobago, karibischer Inselstaat, der sich 2006 erstmals für eine WM qualifizieren konnte. Als Vierter der Nordamerika-Qualifikationsgruppe spielte die Nationalmannschaft gegen den Fünften der Asien-Qualifikation aus Bahrain und gewann 1:1, 1:0.

Giovanni TRAPATTONI, der erste Trainer, der mit einem Verein alle drei Europapokale gewann.
Als Spieler gewann »Trap« mit dem AC Mailand zweimal den Europapokal der Landesmeister (1963 und 1969) – doch als Trainer war er noch erfolgreicher. Allein in den zehn Jahren bei Juventus Turin (1976–86) siegte er sechsmal in der italienischen Meisterschaft und zweimal im italienischen Pokal und gewann alle drei Europapokale: den UEFA-Pokal 1977, den Europapokal der Pokalsieger 1984 und den Europapokal der Landesmeister 1985 (→Heysel-Stadion). Nachdem Trapattoni auch bei Inter Mailand Erfolg hatte (italienischer Meister 1989, UEFA-Pokalsieger 1991), war sein erstes Engagement beim FC Bayern München in der Saison 1994/95 (→Struuunz!) nicht von Erfolg gekrönt. Doch im zweiten Versuch gewann er mit den Münchnern die Deutsche Meisterschaft 1997 und den DFB-Pokal 1998. Als Trainer der italienischen Nationalmannschaft

half dem »Mister« auch seine Angewohnheit, während des Spiels Weihwasser zu verschütten, nicht weiter: Bei der WM 2002 erwischte es Italien im Achtelfinale (Byron →Moreno), bei der EM 2004 bereits in der Vorrunde – Trapattoni nahm anschließend seinen Hut.

Bernd TRAUTMANN, der erste deutsche Spieler, der den englischen →FA-Cup gewann und der erste deutsche Fußballer des Jahres in England (1956). Der gebürtige Bremer geriet 1945 in englische Kriegsgefangenschaft und blieb als Fußballer in England. Vier Jahre später wechselte der Torwart – unter großen Protesten – zu Manchester City, wurde aber bald zum Publikumsliebling. Legendär ist der Auftritt von »Bert« im FA-Cup-Finale 1956: Während des Spiels brach er sich bei einem Zusammenprall das Genick, spielte jedoch bis zum Ende durch und sorgte für den 3:1-Sieg gegen Birmingham City.

Triple, der Gewinn der nationalen Meisterschaft, des nationalen Pokals sowie des Europapokals der Landesmeister beziehungsweise der Champions League innerhalb einer Saison. Bisher gelang dies nur Celtic Glasgow (1967), Ajax Amsterdam (1972), dem PSV Eindhoven (1988) und Manchester United (1999).

Tschechoslowakei, der erste Europameister, der sich für das nachfolgende WM-Turnier nicht qualifizieren konnte. Die Tschechoslowakei – 1934 und 1962 im WM-Finale jeweils trotz Führung am Ende unterlegen – gewann 1976 sensationell die Europameisterschaft im Endspiel gegen Deutschland mit 7:6 n.E. (→Nachthimmel von Belgrad). In der Qualifikation für die WM 1978 in Argentinien scheiterte man allerdings an Schottland. Nach der Trennung der beiden Landesteile konnte sich die Slowakei für kein weiteres großes Turnier qualifizieren, Tschechien erreichte das EM-Finale 1996 (1:2 i.V. gegen Deutschland,

Oliver →Bierhoff) und das EM-Halbfinale 2002 (0:1 n.V. gegen den späteren Europameister Griechenland).

Tunesien gelang der erste Sieg eines afrikanischen Landes bei Weltmeisterschaften. Bei der ersten WM-Teilnahme 1978 siegte Tunesien 3:1 gegen Mexiko. Mit einem 0:1 gegen Polen und einem 0:0 gegen Titelverteidiger Deutschland musste das Team dennoch nach der Vorrunde heimfahren – ebenso wie bei den Weltmeisterschaften 1998 und 2002. Der größte Erfolg gelang Tunesien mit dem Gewinn der →Afrikameisterschaft 2004 im eigenen Land.

Juventus TURIN, der erste Verein, der alle drei Europapokale gewonnen hat. Der italienische Rekordmeister (28 Titel) konnte sich nach dem Sieg im UEFA-Pokal (1977), dem Europapokal der Pokalsieger (1984) und dem Europapokal der Landesmeister (1985) alle drei europäischen Trophäen in die Vereinsvitrine stellen. Später gelang dies bisher nur noch dem FC Barcelona, Ajax Amsterdam und Bayern München.

Turniermannschaft, eine Mannschaft, die sich im Lauf eines Turniers steigern kann. Der Ruf eilt der deutschen Nationalmannschaft seit der WM 1954 voraus – nicht immer zu Recht. Deutschland wurde 1954 (nach einem →3:8 in der Vorrunde gegen Ungarn) noch Weltmeister, 1982 (nach einem 1:2 gegen Algerien in der Vorrunde) immerhin noch Vizeweltmeister – ebenso wie 1986 (nach einem 0:2 in der Vorrunde gegen Dänemark). Ein Gegenbeweis zu der Turnier-Theorie sind allerdings die WM-Endrunden 1962, 1994 und 1998, in denen die deutsche Mannschaft nach mäßigen Vorrunden jeweils im Viertelfinale gegen südosteuropäische Länder (Jugoslawien, Bulgarien und Kroatien) ausschied.

U

UEFA, Abkürzung für Union of European Football Associations, den 1954 gegründeten europäischen Fußballverband. Die UEFA hat heute 52 Mitglieder, die insgesamt 14 feste Plätze für eine WM-Endrunde erhalten. Bei bisher 192 Endrunden-Teilnahmen europäischer Länder wurde achtmal der WM-Titel gewonnen.

UEFA-Pokal, der seit der Saison 1971/72 an die Stelle des →Messepokals getretene Wettbewerb, für den sich – je nach der Stärke des Verbandes – zwei bis vier Klubs pro Land qualifizieren können. Bis 2005 wurde ohne Gruppenphase ausschließlich in Hin- und Rückspielen im K.o.-System gespielt (bis 1997 auch das Endspiel), seitdem gibt es in der zweiten Runde eine Gruppenphase mit acht Gruppen à fünf Mannschaften, von denen die ersten drei weiterkommen. Ab der dritten Runde kommen die acht Gruppendritten der Champions League hinzu.
Rekordsieger des Messe- beziehungsweise UEFA-Pokals sind der FC Barcelona, der FC Valencia und Inter Mailand mit je drei Titeln.

Ukraine, einer der Staaten, der sich aus der auseinander brechenden Sowjetunion entwickelte. Seit 1992 in der FIFA, scheiterte das Team um Superstar Andrej Schewtschenko zweimal erst in den Relegationsspielen der WM-Qualifikation (1998 an Kroatien mit 0:2, 1:1 und 2002 an Deutschland mit 1:1, 1:4). 2006 gelang erstmals die Qualifikation, wobei die Ukraine den amtierenden WM-Dritten Türkei, Europameister Griechenland und Dänemark in der Gruppe hinter sich ließ.

Unentschieden, ein Ergebnis, das es bei jeder Weltmeisterschaft gab – nur nicht 1930! Obwohl es in dem Turnier Gruppenspiele gab (→Modus) und damit viele Gründe für die beteiligten Mannschaften, es zunächst einmal bei einer Punkteteilung zu belassen, fanden alle WM-Spiele 1930 einen Sieger.

Ungarn, Rekord-Olympiasieger (1952, 1964 und 1968) und zweifacher Vizeweltmeister (1938 und 1954).
Die ungarische »Wunderelf« um Ferenc →Puskas gewann die Olympische Goldmedaille 1952, sorgte 1953 für das sensationelle →3:6 Englands im Wembley-Stadion – und scheiterte dramatisch als großer Favorit im WM-Finale 1954 gegen Deutschland. Diese »Wunde von Bern« schmerzt die ungarischen Fans noch immer, zumal der magyarische Fußball nach dem Einmarsch der Sowjetunion 1956 die gerade im Ausland befindliche Nationalmannschaft und die Jugendnationalmannschaft verlor. Bei den letzten drei WM-Teilnahmen (1978, 1982 und 1986) kam Ungarn nicht mehr über die Vorrunde hinaus, seitdem ist das Land bei großen Turnieren nur Zuschauer.

Ur-Länderspiele, Bezeichnung für die drei Partien einer deutschen Auswahl, die 1899 gegen England stattfanden. Da der DFB erst ein Jahr darauf gegründet wurde, tauchen die Ergebnisse (zum Glück ...) nicht in der Länderspiel-Statistik auf. Sie lauteten 2:13, 2:10 und 0:7.

V

Carlos VALDERRAMA, der einzige Weltklassespieler, dessen »Kopf aussieht wie eine Klobürste« (so ZDF-Reporter Bela Réthy). Bei der WM 1990 fiel »Pibe« im Gruppenspiel Kolumbiens gegen Deutschland (1:1) dadurch unangenehm auf, dass er sich nach einem vermeintlichen Foul unter dramatischen Gesten vom Platz tragen ließ – um nur Sekunden später wieder aufzulaufen und die Vorlage zum späten Ausgleichstor der Kolumbianer zu geben. Danach führte die FIFA die Regel ein, dass verletzte Spieler den Platz erst wieder betreten dürfen, wenn der Schiedsrichter ausdrücklich die Erlaubnis gegeben hat.

Venezuela, das einzige Land Südamerikas, das sich nie für eine Weltmeisterschaft qualifizieren konnte. 2002 gelang der Nationalmannschaft immerhin ein Achtungserfolg. Zum ersten Mal überhaupt wurde Venezuela in der WM-Qualifikation *nicht* Gruppenletzter. Man verwies Chile auf Platz neun in der Zehnergruppe ... Mit Chile teilt Venezuela ein weiteres Fußball-Schicksal. Diese beiden Länder sind die einzigen, die noch nie die →Südamerikameisterschaft gewannen.

Vereinigungsspiel, das für 1990 in Leipzig geplante Länderspiel zwischen der DDR und der Bundesrepublik, um die Wiedervereinigung Deutschlands auch im Fußball zu feiern. Wegen angekündigter Hooligan-Krawalle wurde es allerdings abgesagt.

Verlängerung, die Fortsetzung eines unentschieden ausgegangenen K.o.-Spiels um zweimal 15 Minuten. Die Regelungen von →Golden Goal und →Silver Goal wurden inzwischen wieder abgeschafft. Steht es nach der Verlängerung immer noch unentschieden, folgt das →Strafstoßschießen.

Verzicht auf die Weltmeisterschaft, ein seltener Vorgang in der Fußball-Geschichte, für den unter anderem die (geizigen?) Schotten verantwortlich sind: Im letzten Spiel der Qualifikation für das Turnier 1950 kassierte Schottland kurz vor Schluss das 0:1 daheim gegen England und wurde nur Gruppenzweiter hinter dem Fußball-Erzfeind. Als solcher waren die *Bravehearts* zwar auch automatisch qualifiziert, aber zuvor hatte man angekündigt, nur als Erster auch tatsächlich zur Endrunde nach Brasilien zu fahren. Nach dieser vollmundigen Ankündigung saßen die Schotten in der Klemme – und blieben tatsächlich zu Hause! Ebenfalls daheim blieben 1950 auch die Türkei und Frankreich, denen Gruppenspiele sowohl in Porto Alégre als auch im 3.000 Kilometer entfernten Recife zu strapaziös waren.

Vier Minuten WM erlebte der rumänische Nationalspieler Ion Vladoiu – das war's dann aber auch mit seiner Weltmeisterschafts-Karriere. Bei dem Turnier 1994 in den USA wurde der Stürmer von Steaua Bukarest nach 71 Minuten gegen die Schweiz eingewechselt, erlebte ein Gegentor (das letzte zum 1:4-Endstand), senste einen Gegenspieler um und flog vom Platz. Danach beleidigte Vladoiu noch seinen Trainer Anghel Iordanescu und wurde nach Hause geschickt.

4:5, das Ergebnis des torreichsten EM-Spiels aller Zeiten. Im Halbfinale 1960 unterlag Gastgeber Frankreich überraschend gegen Jugoslawien trotz zwischenzeitlicher 3:1- und 4:2-Führung.

14, die Rückennummer von Johan →Cruyff bei der WM 1974. Als Mittelfeldregisseur hätte er normalerweise die Nummer 10 getragen, doch die Niederländer nummerierten damals als einzige Nation nicht nach dem üblichen System der Spielpositionen. »König« Johan erhielt seine Lieblingszahl 14, alle anderen Spieler wurden nach dem Alphabet mit Nummern versehen! Mit diesem Vergabemodus verloren die Niederländer übrigens das WM-Finale 1974 und 1978 – erst im EM-Finale 1988 gab es mit der »normalen« Nummerierung einen Sieg.

Rudi VÖLLER, genannt »Tante Käthe«, der einzige Spieler, der nacheinander Torschützenkönig in der 2. Liga und in der Bundesliga war.
In der Saison 1981/82 schoss Völler 27 Tore für den TSV 1860 München in der 2. Liga Süd, wechselte zu Werder Bremen und traf in seiner ersten Bundesliga-Saison 1982/83 insgesamt 23 Mal. Mit den Norddeutschen holte der dynamische und kopfballstarke Mittelstürmer allerdings keinen Titel (nur drei Vizemeisterschaften 1983, 1985 und 1986) – mit seinen späteren Vereinen AS Rom und Olympique Marseille gewann er immerhin den italienischen Pokal (1991) und die Champions League (1993), bei Bayer Leverkusen ging er ebenfalls wieder leer aus.
Als Mittelstürmer war der beliebte »Ruuuudi« maßgeblich am Gewinn des WM-Titels 1990 beteiligt (→Lama) – vor allem holte er den entscheidenden Elfmeter im Finale gegen Argentinien heraus, indem er im Zweikampf mit Roberto Sensini fiel.
Nach seiner Spielerkarriere wurde Völler 1996 Sportdirektor bei seinem letzten Verein Bayer Leverkusen und 2000 überraschend Teamchef der deutschen Nationalmannschaft. Mit seiner lockeren und auf Teamgeist angelegten Art motivierte er die Nationalspieler zur sensationellen Vizeweltmeisterschaft 2002, war aber ebenso für den schwachen Auftritt bei der EM 2004 verantwortlich. Nach dem enttäuschenden Ausscheiden in der Vorrunde trat Völler zurück.

Berti VOGTS, eigentlich Hans-Hubert Vogts, wegen seiner sauberen Grätsche berühmt-berüchtigter rechter Außenver-

teidiger von Borussia Mönchengladbach und der einzige Mann, der als Spieler und Trainer den Europameistertitel gewann.
Mit seinem Verein Borussia Mönchengladbach gewann Berti unter anderem fünf Deutsche Meisterschaften (1970, 1971, 1974–76), den DFB-Pokal (1973) und zweimal den UEFA-Pokal (1975 und 1979). Als Verteidiger in der deutschen Nationalmannschaft war er Mitglied der EM-Elf von 1972 und der WM-Elf von 1974. Seine einzigen beiden Treffer im deutschen Dress sorgten für Furore: 1976 erzielte er sein einziges Länderspieltor beim 8:0 gegen Malta und gewann damit die Wahl zum ARD-»Tor des Monats«. Beim 2:3 gegen Österreich während der WM 1978 (→Schmach von Cordoba) traf Vogts erneut, allerdings in die falsche Richtung.
Nach dem Gewinn des WM-Titels 1990 wurde Berti Vogts als Nachfolger von Franz Beckenbauer zum Bundestrainer ernannt. Zweimal schnitt er bei den folgenden Weltmeisterschaften schwach ab (jeweils das Aus im Viertelfinale) – doch bei der EM 1996 in England sorgte er für den überraschenden deutschen Sieg: Im Finale gegen Tschechien (2:1 i.V.) wechselte er Oliver Bierhoff ein (→Nimm den Oliver Bierhoff mit) – und der erzielte die beiden Treffer zum Sieg (→Golden Goal).

W

Wadenbeinbruch, Verletzung, die der Uruguayer Eliseo Alvarez im WM-Spiel 1962 gegen die Sowjetunion (1:2) erlitt. Da es damals noch keine →Auswechslung gab, biss Alvarez auf die Zähne: Er ließ sich eine Spritze geben und spielte weiter.

Wales, das einzige Land der WM-Geschichte, das sich per Los für ein Weltmeisterschafts-Turnier qualifizierte. Als Gruppenzweiter war Wales eigentlich bereits ausgeschieden, doch nach den Boykotten gegen →Israel in der Asien-/Afrikagruppe wurde unter allen Gruppenzweiten in Europa ein Gegner für Israel ausgelost. Wales gewann die Relegation gegen Israel mit 2:0, 2:0.

Fritz WALTER, Kapitän der Weltmeister-Elf von 1954 und erster Ehrenspielführer der deutschen Nationalmannschaft.
Als Spielmacher und Kapitän des 1. FC Kaiserslautern gewann »der alte Fritz« die Deutsche Meisterschaft 1951 und 1953 und erzielte in insgesamt 379 Spielen 306 Tore für seinen Klub. Schon während des Zweiten Weltkriegs absolvierte er 24 Länderspiele, doch nach 1950 (→Marmara Szigett) wurde der begnadete Techniker zum Kapitän der deutschen Elf und zum verlängerten Arm von Bundestrainer Sepp Herberger auf dem Platz. Fritz Walter wurde zum Symbol für das →Wunder von Bern und wegen seiner zurückhaltenden und freundlichen Art zum Botschafter eines Deutschlands, das die Machtfantasien aus den beiden Weltkriegen hinter sich gelassen hat.
Seit dem Jahr 1985 trägt »sein« Verein, der 1.FCK, die Heimspiele im »Fritz-Walter-Stadion« (früher: »Betzenbergstadion«) aus.

Walz von der Pfalz, Spitzname von Nationalspieler Hans-Peter Briegel. Er begann seine Karriere als Zehnkämpfer, wechselte jedoch später zum Fußball – und hatte erstaunlichen Erfolg: Mit Hellas Verona wurde Briegel italienischer Meister 1985, und mit der deutschen Nationalmannschaft erreichte er das WM-Finale 1986 (2:3 gegen Argentinien).

Wasser tranken die ungarischen Spieler Tibor Nyilasi und Laszlo Fazekas beim →10:1 während der Weltmeisterschaft 1982 im heißen Spanien gegen El Salvador. Da dieses Verhalten damals tatsächlich verboten war, bestrafte sie Schiedsrichter Youssouf Al-Doy aus Bahrain mit der Gelben Karte.

Wasserflasche, einer der Gründe für die Niederlage Brasiliens im WM-Achtelfinale 1990 gegen Argentinien (0:1). Der Spieler Branco behauptete seit dieser Partie, Diego →Maradona hätte ihm eine Flasche gereicht, in der ein Betäubungsmittel gewesen sei. Branco musste wegen eines Schwächeanfalls ausgewechselt werden und schlief im Mannschaftsbus ein. Der beschuldigte Maradona gab die Tat erst im Jahr 2005 zu.

Wasserschlacht, das WM-Spiel 1974 zwischen Gastgeber Deutschland und Polen (1:0). Die entscheidende Partie um den Einzug ins Endspiel fand unter irregulären Bedingungen statt: Sintflutartige Regenfälle hatten den Platz im Frankfurter Waldstadion unter Wasser gesetzt. Die Frankfurter Feuerwehr versuchte mehr oder weniger hilflos, mit Hilfe einer (!) Walze, die Wassermengen vom Rasen zu bekommen. Das Spiel wurde mit 30 Minuten Verspätung angepfiffen – doch es wurde eher ein »Glücksspiel«. Mal blieb der Ball in einer der großen Pfützen stecken, mal wurde er durch das Wasser beschleunigt und rutschte den Spielern davon. Deutschland begann die Partie auf der trockeneren Hälfte – vielleicht war das entscheidend. Gerd →Müller traf in der 75. Minute zum einzigen Treffer.

»Wasser, marsch!« Regenzeit im Frankfurter Waldstadion beim Spiel zwischen Deutschland und Polen 1974

George WEAH, der einzige Spieler, der zugleich zu Europas und zu Afrikas Fußballer sowie zum Weltfußballer des Jahres gewählt wurde. Im Jahr 1995 gewann der Liberianer mit Paris Saint-Germain den französischen Pokal und alle drei Wahlen.

Weiße Socken trug Spaniens Nationaltorwart Luis Arconada während des WM-Spiels 1982 gegen Nordirland. Das Problem für den Spieler des baskischen Klubs Real Sociedad San Sebastian: Eigentlich spielt Spanien in schwarzen Stutzen. Die weiße Farbe wurde Arconada als Geste zugunsten des Baskenlandes ausgelegt – vor allem nach der überraschenden 0:1-Pleite.

Weltcup des Friedens, der (zynisch anmutende) Titel, den Argentiniens Junta-Boss General Jorge Videla der WM 1978 im eigenen Land verlieh. Nach einem Militärputsch im Jahr 1976 an die Macht gelangt, wollte er mit der Austragung der Weltmeisterschaft beweisen, das in Argentinien alles friedlich sei – ungeachtet vieler vermisster und gefolterter Regimegegner. Die FIFA unterstützte Videla und machte dessen General Lacoste zum FIFA-Vizepräsidenten.

Weltfußballer des Jahrhunderts, eine Ehre, die im Jahr 2002 gleich zwei Spielern zuteil wurde: Pelé und Diego Maradona. Für Deutschland gewann Franz Beckenbauer diese Wahl, für Europa »König« Johan Cruyff.

Weltpokal, der zwischen 1960 und 2004 fast jährlich ausgetragene Wettbewerb zwischen dem Europapokalsieger der Landesmeister beziehungsweise Champions-League-Sieger und dem Gewinner der südamerikanischen →Copa Libertadores. Rekordsieger sind Penarol Montevideo, Nacional Montevideo und Real Madrid mit je drei Titeln. Bayern München (1976 und 2001) sowie Borussia Dortmund (1997) gewannen den Weltpokal ebenfalls. 2005 wurde der Wettbewerb durch eine Klub-WM abgelöst.

Weltpokalsiegerbesieger, Selbstbezeichnung des FC St. Pauli nach dem 2:1-Sieg gegen Bayern München in der Saison 2001/02. Der Bundesliga-Aufsteiger (der auch gleich wieder abstieg) bezwang den amtierenden Deutschen Meister und Weltpokalsieger – und verkaufte kurz darauf T-Shirts mit dem Aufdruck »Weltpokalsiegerbesieger«.

Weltuntergang, Prophezeiung des argentinischen WM-Helden Carlos Roa. Der Torwart – von seinen Mitspielern als Veganer nur »Der Salat« genannt – wehrte im WM-Achtelfinale 1998 (6:5 n.E.) gegen England im Strafstoßschießen die Versuche von Paul Ince und David Batty ab. Nach dem Turnier beendete er seine Fußballer-Karriere und behauptete, dass am 31. Dezember 1999 die Welt untergehen werde.

Wembley-Stadion, der Endspielort des WM-Finales von 1966 (→Wembley-Tor). Das →1923 bis 2000 genutzte Nationalstadion Englands wurde durch seine großartige Atmosphäre sowie durch seine Twin Towers und seine Art-déco-Architektur weltberühmt. Nach einem kompletten Umbau (nur die denkmalgeschützten Türme bleiben erhalten) kann dort ab 2007 wieder Fußball gespielt werden.

Wembley-Tor, das auch nach über 40 Jahren noch immer umstrittene »Tor« Englands zum 3:2 im WM-Finale 1966 gegen Deutschland (4:2 n.V.).
Nach einer Flanke von rechts durch Nobby →Stiles in der 101. Minute wehrte Wolfgang Weber den Ball ab. Geoff →Hurst jagte den Ball unter die Latte des deutschen Tores, und er landete – ja, wo? Die englischen Zuschauer schworen, dass der Ball hinter der Linie aufkam, die deutschen Fans das Gegenteil. Schiedsrichter Gottfried Dienst aus der Schweiz jedenfalls hörte auf seinen sowjetischen Linienrichter Tofik Bachramow (Tofik-→Bachramow-Stadion), der aufgeregt mit seiner Fahne wedelte und behauptete, der Ball hätte die Linie überschritten. Begründung des Mannes aus Aserbaidschan: Der Engländer Peters hätte so gejubelt, und die deutschen Spieler hätten so niedergeschlagen gewirkt! Eine digitale Auswertung aller Filmaufnahmen im Jahr 1996 durch die Universität Oxford (!) ergab jedoch: Der Ball war beim Aufprall nicht hinter der Linie. Immer noch meinen viele Engländer, der Ball sei zwar *auf* der Linie aufgekommen, habe aber eine Kurve beschrieben und sei *in der Luft* im Tor gewesen.

Der soll drin gewesen sein? Neues Beweismaterial gegen das so genannte Wembley-»Tor« im WM-Finale 1966 …

Norman WHITESIDE, der jüngste WM-Spieler aller Zeiten mit 17 Jahren und 41 Tagen. Der Stürmer von Manchester United spielte bei der WM 1982 in Spanien für die nordirische Nationalmannschaft und erreichte die Zwischenrunde (→Modus).

Tom WIDDOWSON, der Erfinder der Schienbeinschützer. Der englische Profi aus Nottingham ließ im Jahr 1874 die Schienbeinschützer patentieren – die Regeln schreiben heute ihr Tragen vor.

Wiederholungsspiel, ein Spiel, das Italien 1968 benötigte, um den EM-Titel zu gewinnen. Nach einem glücklichen 1:1 n.V. gegen Jugoslawien (damals gab es noch kein →Strafstoßschießen) wurde zum einzigen Mal in der EM- und WM-Geschichte ein Final-Wiederholungsspiel notwendig: Italien siegte 2:0. Auch im Europapokal und im DFB-Pokal gab es jeweils nur ein Wiederholungsspiel: 1974 gewann Bayern München nach einem 1:1 n.V.

den Europapokal der Landesmeister mit 4:0 gegen Atletico Madrid, 1977 siegte der 1. FC Köln nach einem 1:1 n.V. im DFB-Pokal gegen Hertha BSC Berlin mit 1:0.

Wiener Melange mit preußischem Einschlag, Bezeichnung für die Mischung der deutschen Nationalmannschaft aus deutschen und österreichischen Spielern nach dem »Anschluss« Österreichs 1938 (→Anschlussspiel). Adolf Hitler hatte Reichstrainer Sepp Herberger befohlen, seine Mannschaft bei der WM 1938 aus sechs deutschen und fünf österreichischen Spielern zu bilden obwohl sie wegen unterschiedlicher Spielanlage gar nicht zusammenpassten (körperbetonter Kraftfußball einerseits, elegantes Offensivspiel andererseits). Ohne diese neue Mischung in den Vorbereitungsspielen getestet zu haben, stellte Herberger sein Team wie befohlen auf, und im Achtelfinale (→Modus) gegen die Schweiz gab es ein 1:1 n.V. und ein 2:4.

Ernst WILLIMOWSKI, der einzige Spieler der WM-Geschichte, der nur ein Spiel absolvierte, in dem er vier Tore erzielte.
Als gebürtiger Pole nahm Willimowski an der WM 1938 in Frankreich teil und schoss im verlorenen Achtelfinale gegen Brasilien (→6:5 n.V.) vier Treffer. Nach dem Einmarsch Deutschlands in Polen wechselte er nach Deutschland und spielte unter anderem für den TSV 1860 München und den FC Augsburg. Nach 22 Länderspielen für Polen (21 Tore) trat Willimowski auch achtmal für die deutsche Nationalmannschaft an (13 Tore).

Wir haben verloren, die letzten Worte des ungarischen Nationaltrainers Gusztav Sebes, der die ungarische Mannschaft bei der WM 1954 betreut hatte. Selbst an seinem Sterbebett konnte er die 2:3-Niederlage im Finale gegen Deutschland (→Wunder von Bern) nicht vergessen.

WM-Briefmarke, ein Wertzeichen, das die niederländische Post *vor* der Weltmeisterschaft 1990 in Italien herstellen ließ. Der selbstbewusste Aufdruck: »Niederlande Fußball-Weltmeister 1990.« Nach der 1:2-Niederlage im Achtelfinale gegen Deutschland (→Lama) wurden die hübschen Marken allerdings eingestampft.

WM-Endspiele auf einen Blick:
1930: Uruguay – Argentinien 4:2
1934: Italien – Tschechoslowakei 2:1 n.V.
1938: Italien – Ungarn 4:2
1950: Uruguay – Brasilien 2:1 (entscheidendes Gruppenspiel)
1954: Deutschland – Ungarn 3:2
1958: Brasilien – Schweden 5:2
1962: Brasilien – Tschechoslowakei 3:1
1966: England – Deutschland 4:2 n.V.
1970: Brasilien – Italien 4:1
1974: Deutschland – Niederlande 2:1
1978: Argentinien – Niederlande 3:1 n.V.
1982: Italien – Deutschland 3:1
1986: Argentinien – Deutschland 3:2
1990: Deutschland – Argentinien 1:0
1994: Brasilien – Italien 3:2 n.E.
1998: Frankreich – Brasilien 3:0
2002: Brasilien – Deutschland 2:0

WM-Maskottchen, die (mehr oder weniger) putzigen Tierchen, die seit 1966 zu jeder Weltmeisterschaft an den Kunden gebracht werden. Bisher gab es folgende Maskottchen: Willie (1966), Juanito (1970), Tip und Tap (1974), Gaucho (1978), Naranjito (1982), Pique (1986), Ciao (1990), Striker (1994), Footix (1998), Ato, Nik und Kaz (2002) sowie Goleo (2006).

WM-Tor des Jahrhunderts, der zweite Treffer von Diego Maradona beim 2:1 Argentiniens im WM-Viertelfinale 1986 gegen England (2:1, →Hand Gottes). Maradona ließ bei seinem »Spaziergang« mit dem Ball aus der eigenen Hälfte heraus sechs englische Gegenspieler stehen und spielte auch den gegnerischen Torhüter Peter Shilton aus. Bei einer FIFA-Internet-Wahl wurde dieses Tor zum besten WM-Tor des 20. Jahrhunderts gewählt.

Nlend Pierre WOMÉ, der Spieler, der im entscheidenden Spiel Kameruns bei der WM-Qualifikation 2005 in der Nachspielzeit einen Elfmeter verschoss und so dafür sorgte, dass sich Kamerun nach vier Teilnahmen in Folge von 1990 bis 2002 erstmals nicht qualifizieren konnte.
Im letzten Gruppenspiel der Afrika-Qualifikation daheim in Yaoundé mussten die *Unbezähmbaren Löwen* gegen Ägypten gewinnen. Beim Stand von 1:1 gab es in der Nachspielzeit einen umstrittenen Elfmeter für Kamerun. Seinen letzten Elfer hatte Pierre Womé sicher verwandelt – beim Sieg Kameruns gegen Spanien im olympischen Finale 2000. Doch im Stadion Ahidjo knallte der Spieler von Inter Mailand den Ball an den linken Außenpfosten – statt Kamerun hatte sich die Elfenbeinküste qualifiziert.

World Cup, der offizielle Name des aktuellen (zweiten) WM-Pokals von 1974. Anders als der erste Pokal (→Coupe Jules Rimet) bleibt der World Cup auch beim dreifachen Sieg durch ein Land Eigentum der FIFA. Auf ihm ist Platz für die Gravur der Gewinner bis zum Jahr 2042.

Wunderteam, der Name der österreichischen Nationalmannschaft der dreißiger Jahre um Matthias →Sindelar. Das für ihr technisch anspruchsvolle Passspiel berühmte Team (»Scheiberlspiel«) blieb zwölf Spiele ungeschlagen, gewann unter anderem 5:0 gegen Schottland und 6:0 gegen Deutschland.

Y

Toshimitsu YOSHIDA, der japanische Schiedsrichter, der durch einen krassen Regelverstoß für die Wiederholung der WM-Qualifikationspartie zwischen Usbekistan und Bahrain 2005 sorgte. Während des 1:0-Sieges hatte der Unparteiische ein Elfmetertor der Gastgeber nicht anerkannt, weil ein usbekischer Spieler dabei zu früh in den Strafraum gelaufen war. Anstatt den Strafstoß jedoch wiederholen zu lassen, entschied Yoshida auf Freistoß für Bahrain! Die FIFA ließ das Spiel – trotz der Benachteiligung des Siegers – wiederholen. Bahrain holte ein 1:1 und erreichte nach einem 0:0 die Relegation gegen Trinidad und Tobago, unterlag dort allerdings 1:1, 0:1.

Z

Mario ZAGALLO, der einzige Weltmeister aller Zeiten, bei dem ein falscher Name im Ausweis steht. Geboren als Mario Zagalo (wegen eines Fehlers des Standesbeamten steht im Pass das falsche »Zagallo« mit zwei l), besteht der Brasilianer auf die richtige Schreibweise, wird aber immer noch »Zagallo« genannt.
Gemeinsam mit Franz Beckenbauer ist Zagallo der einzige Mensch, der als Spieler (1958 und 1962) und als Trainer Fußball-Weltmeister (1970) war.

10:1, der höchste Sieg aller Zeiten in einer WM-Endrunde. 1982 gewann Ungarn im ersten Gruppenspiel gegen El Salvador als bisher einziges Land bei Weltmeisterschaften mit einem zweistelligen Ergebnis. »Kleiner« Wermutstropfen: Nach einem 1:4 gegen Argentinien und einem 1:1 gegen Belgien schieden die Magyaren dennoch in der Vorrunde aus! 1954 hatte Ungarn schon einmal mit neun Toren Unterschied gewonnen (9:0 gegen Südkorea), ebenso wie Jugoslawien 1974 (9:0 gegen Zaire).

10:1 lautete das vermeintliche Ergebnis der WM-Partie zwischen England und den USA 1950. In Wahrheit hatte das Mutterland des Fußballs mit 0:1 durch einen Treffer des gebürtigen Haitianers Jo Gaetjens verloren, doch als das Telegramm mit der Hiobsbotschaft in England ankam, konnten die Korrespondenten das Ergebnis nicht glauben. Sie korrigierten es in die »richtige« Richtung – eben 10:1 für England …

Walter ZENGA, italienischer Nationaltorhüter, der 518 Minuten bei einer Weltmeisterschaft ohne Gegentor blieb (Rekord). Der Keeper von Inter Mailand machte beim Turnier 1990 alle sieben Spiele Italiens mit – und spielte die ersten fünf (siegreichen) Partien jeweils zu null: gegen Österreich, die USA, die Tschechoslowakei, Uruguay und Irland. Erst in der 68. Minute des Halbfinales gegen Argentinien erzielte Claudio Caniggia einen Treffer, prompt schied Italien mit 4:5 n.E. aus.

ZICO, eigentlich Arthur Antunes Coimbra, erzielte während seiner Karriere 320 Tore im legendären →Estadio Maracaná – absoluter Rekord. Das brasilianische Mittelfeldgenie – wegen seiner Technik »der weiße Pelé« genannt – spielte von 1973 bis 1983 und von 1985 bis 1990 bei Flamengo Rio de Janeiro und gewann fünfmal die brasilianische Meisterschaft sowie die Copa Libertadores und den Weltpokal 1981. Achtmal wurde Zico (= der Dünne) brasilianischer Torschützenkönig – doch er bleibt wohl der einzige brasilianische Weltstar, der trotz dreier WM-Teilnahmen (1978, 1982 und 1986) nie einen WM-Titel gewann.

Zinedine ZIDANE erzielte sein erstes WM-Tor für Frankreich ausgerechnet im Finale 1998 gegen Brasilien (3:0). »Zizou« (= die weiße Katze) hatte das WM-Turnier nicht gut begonnen und war nach einer Roten Karte gegen Südafrika sogar für zwei Spiele gesperrt gewesen. Gegen Brasilien allerdings traf er gleich zweimal – und das auch noch per Kopfball! Es folgte der EM-Sieg 2000 mit Frankreich gegen Italien (2:1 i.V.).
Zuvor verlor der elegante Mittelfeldspieler drei Europapokal-Endspiele in Folge: mit Girondins Bordeaux (UEFA-Pokal 1996) und Juventus Turin (Champions League 1997 und 1998) hatte er kein Glück. Erst nach seinem Wechsel zu Real Madrid gewann er die Champions League (mit 2:1 gegen Bayer Leverkusen 2002, Zidane erzielte das entscheidende Tor).

Zimmergenossen bei WM-Turnieren – ein heikles Thema. Zumindest zwei Trainer in der Geschichte der Weltmeisterschaften hatten das richtige Händchen bei der Auswahl eines explosiven Pärchens: So legte Italiens Vittorio →Pozzo vor der WM 1934 Abwehrrecke Luis →Monti mit Angelo Schiavo auf ein Zimmer – da konnten sich die beiden mal richtig aussprechen: Monti hatte in der Saison zuvor Schiavo mit einem üblen Foul das Bein gebrochen. Und Sepp Herberger ordnete 1954 ein gemeinsames Zimmer für seinen Kapitän Fritz Walter und Heißsporn Helmut →Rahn an. Da konnte der »alte Fritz« einen beruhigenden Einfluss auf den Essener Stürmer ausüben, der zu Beginn des Turniers nicht in der Stammelf war.

Dino ZOFF, der älteste Weltmeister aller Zeiten: Keeper »Dino Nazionale« von Juventus Turin war beim WM-Sieg Italiens 1982 (3:1 im Endspiel gegen Deutschland) bereits 40 Jahre und 133 Tage alt. Es folgen der Brasilianer Nilton Santos (37 Jahre und 32 Tage, 1962) und der deutsche Torhüter Toni Turek (35 Jahre und 167 Tage, 1954).

Zusatzpunkt, einen Extrapunkt, den die heimischen Zuschauer bei der WM 1994 in den USA oft bejubelten, wenn ein Spieler den Ball über das Tor geschossen hatte. Die in den Fußballregeln nicht immer bestens bewanderten Amerikaner dachten, es würde – entsprechend der Regelung beim American Football – einen Punkt geben, wenn der Ball oben zwischen den Pfosten hindurch getreten wurde.

Zuschauer, bisher kamen bei den 17 WM-Endrunden 27.768.000 Zuschauer in die Stadien. Die höchste Besucherzahl verzeichnete die WM 1994 in den USA mit fast 3,6 Millionen bei einem Schnitt von 69.000 pro Spiel. Die wenigsten Zuschauer kamen zur ersten WM 1930 in Uruguay (434.000), den kleinsten Schnitt hatte das Turnier in Italien 1934 (23.000). Die meisten Besucher bei einem Fußballspiel überhaupt (immer noch Weltrekord!) waren bei der letzten und entscheidenden Endrundenpartie 1950 zwischen Brasilien und Uruguay (1:2): 199.854 Menschen füllten das frisch zur WM erbaute →Estádio Maracaná in Rio de Janeiro.

20 Spiele, der Rekord an Qualifikationsspielen, die ein WM-Teilnehmer absolvieren musste. Uruguay trat in der Qualifikation für das Endturnier 2002 bei insgesamt 18 Spielen in der zehn Länder umfassenden Gruppe des südamerikanischen Verbandes →CONMEBOL an. Als Tabellenfünfter musste die *Celeste* in die Relegation gegen den Sieger der Ozeaniengruppe, Australien, antreten und setzte sich in zwei Spielen mit 0:1 und 3:0 durch. Nur ein einziges Spiel genügte zum Beispiel Deutschland 1934: ein 9:1 gegen Luxemburg.

Zwei Gastgeber bei einem großen Turnier gab es erstmals im Jahr 2000: Die Niederlande und →Belgien richteten gemeinsam die Europameisterschaft aus. Es folgten Südkorea und Japan bei der WM 2002. Die EM 2008 wird zugleich in Österreich und der Schweiz stattfinden.

Zwei Tore während eines WM-Turniers genügten Irland, um das Viertelfinale zu erreichen. 1990 erstmals für eine Weltmeisterschaft qualifiziert – ausgerechnet der englische Weltmeister von 1966, Jack Charlton, trainierte die Spieler von der grünen Insel – spielten die Iren in der Vorrunde 1:1 gegen England, 0:0 gegen Ägypten sowie 1:1 gegen die Niederlande und wurden Gruppenzweiter. Im Achtelfinale setzte man sich nach einem 0:0 n.V. im Elfmeterschießen gegen Rumänien durch. Erst im Viertelfinale kam mit 0:1 gegen Italien das Aus.

62 Tore, der Weltrekord an erzielten Treffern für einen Torhüter. José Luis Chilavert aus Paraguay erzielte für seine Vereine (unter anderem Real Saragossa und Velez Sarsfield) sowie für die paraguayische Nationalmannschaft 45 Tore per Elfmeter und 17 Tore per Freistoß. Der Kolumbianer Rene →Higuita traf 42-mal, der Mexikaner Jorge Campos 40-mal. Der torhungrigste deutsche Keeper ist mit 25 Bundesligatoren Hans-Jörg Butt.

2002 FIFA World Cup Japan/Korea stand auf den in Japan erhältlichen Eintrittskarten für die WM 2002. Damit hatten sich die Japaner nicht an die Absprache mit Co-Gastgeber Südkorea und der FIFA gehalten, nach der das Turnier offiziell »2002 FIFA World Cup Korea/Japan« hieß. Dies war allerdings die einzige Unstimmigkeit zwischen den einstigen asiatischen Erzfeinden während der gemeinsamen Austragung der Weltmeisterschaft.

Zwölf Uhr, die Anstoßzeit der Sonntagsspiele bei der WM 1970 in Mexiko. Obwohl die Temperaturen auf dem Platz zu dieser Zeit an die 50 Grad Celsius betrugen, mussten die Spieler dennoch antreten. Grund: Wegen der Zeitverschiebung wurden die Partien in Europa zur attraktiven Zeit am frühen Abend übertragen – die erste »Fernseh-WM« 1970 zeigte gleich die Nachteile des TV-Diktats.